Kirsty McKay

UNTOT

LAUF, SOLANGE DU NOCH KANNST

Aus dem Englischen von Frank Böhmert

CHICKEN HOUSE

Für John

Mampf, schmatz, schlürf

Kapitel 1

Ich möchte lieber sterben als die alle noch mal wiedersehen. Und zwar einen schrecklichen Tod. Mit viel Blut und zerfetzten Körperteilen und so. Das ist mal glasklar.

Als unser Bus auf den Parkplatz der kleinen Raststätte einbiegt, lehnt meine Stirn an der kalten Fensterscheibe und die Kopfhörerstöpsel stecken in meinen Ohren. Die Musik ist schon lange zu Ende, aber so kann ich mir weiterhin einbilden unsichtbar zu sein. Ich perfektioniere meinen Tausend-Meter-Starrblick auf die öde schottische Pampa und das Wetter macht diesen Spiegel-der-Innenwelt-Quatsch. (Soll heißen, es ist genauso mies drauf wie ich. Nur für den Fall, dass ihr da im Literaturkurs nicht aufgepasst habt. Hey, soll kein Vorwurf sein.)

Noch ein paar Minuten, dann bin ich allein. Meine lieben Mitschüler gehen was essen und nichts und niemand kann mich zwingen da mitzulatschen.

Das hier könnte glatt als Klassenfahrt aus der Hölle durchgehen, bloß würde man sich da nichts abfrieren. Richtig nasskalt ist es – kriecht einem in die Knochen und dämpft den Lebenswillen. Verglichen mit dem hintersten Schottland hat sogar die Hölle ihre Vorteile.

»Eine Skireise vor Schulanfang, Bobby?«, hatte mein Dad vor Monaten geschwärmt, als wir uns noch zu Hause in den Staaten befanden und der Umzug nach England mehr eine verschwommene Halbidee war, die jemand anderen betraf. »Perfekt! Eine bessere Gelegenheit, deine neuen Mitschüler kennenzulernen, gibt's doch gar nicht!«

»Die kannst du dann auf sämtlichen Pisten beeindrucken!«, hatte meine Mutter hilfreich wie immer hinzugefügt.

Ja, und damit stand die Sache fest.

Bloß sind meine Eltern nicht auf die Idee gekommen, dass Aviemore in Schottland doch irgendwie was anderes ist als Aspen in Colorado. Und dass der Versuch, Freundschaften zu schließen, indem man mit seinen Eins-a-Skikünsten angibt, hier im Land der Queen der mit Abstand beste Weg ist, sich unbeliebt zu machen.

Erst musste ich mich vor sechs Jahren neu eingewöhnen, als wir in die Staaten gezogen sind, und jetzt mache ich schon wieder alles falsch, bloß diesmal in der alten Heimat. Ich muss mich dringend wieder an die Spielregeln gewöhnen, und zwar schnell. Ich habe die Nase voll davon, wie sie hinter meinem Rücken lästern und die Augen verdrehen und mit harten Schneebällen nach mir werfen. Die amerikanische Highschool kann brutal sein, aber die britische Variante ist genauso fies. Jede Mahlzeit im Skilager ist die reinste Folter gewesen. Nach einem freien Platz suchen. Darauf hoffen, dass wenigstens einer freundlich guckt. Beten, dass Mr Taylor und Ms Fawcett mich nicht schon wieder zu sich an den Lehrertisch winken – weil es sozialer Selbstmord wäre, als ihr Liebling abgestempelt zu werden.

Aber jetzt ist der Horror bald vorbei. Dieser Gedanke hat mir durch die letzten vierundzwanzig Stunden geholfen. Nur noch die Rückfahrt zur Schule, dann ist es ausgestanden.

Alle strömen raus ins Cheery Chomper, um was zu essen, aber ich bleibe einfach hier. Natürlich habe ich mich darauf vorbereitet und mir beim Frühstück noch schnell ein Erdnussbuttersandwich eingepackt. Als ich es zusammen mit einem Apfel in meiner Tasche versteckt habe, hat diese Möchtegern-Reality-Star-Schlampe Alice Hicks das mitgekriegt und eine aus ihrer Clique hat angefangen zu singen: »It's Peanut Butter Jelly Time«. Oder so. Diese miesen Zicken in ihren pastellfarbenen Skianzügen und mit ihrem pinken Glitzernagellack. Heute Mittag müssen sie jemand anderen mit Pommes bewerfen.

Ich habe überhaupt keinen Appetit, aber das ist nicht das Problem. In Wahrheit muss ich dringend pinkeln, schon seit wir losgefahren sind … aber *echt mal*, nur ein Vollidiot würde das Klo im Bus benutzen. Auf dem Hinweg ist Pete Moore da drin gewesen und die haben ihn anschließend zwei Stunden lang damit aufgezogen. Wie konnte er auch nur so blöd sein? Er hat doch eigentlich schon genug damit an der Backe, dass er der schwächliche Klassenspinner ist. Sie nennen ihn ›Albino-Boy‹, wegen seiner weißen Haare und der durchscheinenden Haut, was für manche Leute vermutlich schon an Rassismus grenzt. Er hat mich mal angelächelt, aber es war die Sorte von Lächeln, die dir jemand schenkt, der ein noch leichteres Opfer entdeckt hat. Er wird bald merken, dass ich ihm seine Frischhaltefolienhaut auch nicht rette. Weil ich denen nämlich keine Angriffsfläche bieten werde. Und wenn es darauf hinausläuft, dass ich für die nächsten Stunden meine Beine übereinanderschlagen muss, dann ist das eben so.

Ich wische den Beschlag von der Fensterscheibe. Wow. Jetzt kommt aber richtig fett Schnee herunter. Typisch. In Aviemore fünf Tage lang nicht mal ein Hauch frischer Puderschnee und jetzt, wo wir wieder in die Zivilisation zurückkehren, kann man kaum was sehen vor Flocken. Meine Mitschüler stapfen im Gänsemarsch einen schmalen Pfad entlang über den Parkplatz und die Stufen zum Café hoch. Als sie bei der Tür ankommen, kreischen sie auf.

Eine riesige Plüschkarotte steht im Eingang und winkt ihnen zu. Einen Moment lang denke ich, das ist eine Halluzination und die Busabgase haben mir eine Kohlenmonoxidvergiftung beschert, aber nein, es ist wirklich eine riesige Plüschkarotte. Und die anderen kreischen jetzt nicht mehr, sondern lachen und machen Witze. Die Karotte, das ist irgendein armer Kerl in einem riesigen orangefarbenen Kostüm mit grünen Leggings und Handschuhen. Er winkt und verteilt aus einem Wägelchen irgendwelche Gratisproben in kleinen Plastikbechern. Meine

Mitschüler reißen ihm die Dinger richtig aus den Händen. An der Wand über der Tür hängt ein Banner:

Carrot Man Gemüsesaft! Hol dir den Extra-Kick!

Der Karottenmann trampelt mit seinen Karottenfüßen im Schnee. Er friert sich bestimmt voll was ab. Auf einmal kommt mir mein eigenes Leben gar nicht mehr so schlimm vor. Ms Fawcett scheucht alle nach drinnen und Carrot Man hat nichts anderes mehr zu tun, als die weggeworfenen Becher einzusammeln und sein Wägelchen wieder herzurichten.

»Smitty, du bleibst hier drin bei mir.«

Ich spähe zwischen den Sitzen hindurch. Mr Taylor versperrt einem Indie-Kid mit tintenschwarzen Haaren und Lederjacke den Ausgang. Rob Smitty: ein Bilderbuchrebell, der irgendwann auf einer Parkbank enden wird. Aber auch ein Eins-a-Snowboarder, ehrlich. Gleich am ersten Schultag war mir klar, dass er der Anführer der Trinkerclique sein würde – was stimmt –, aber er weiß auch, wie man sich einen Berg hinunterstürzt, aber hallo. Er war als Einziger aus meiner Klasse verrückt genug, die Pisten mit der schwarzen Doppelraute zu nehmen. Das muss man ihm lassen, trotz Kajal und mieser Einstellung.

»Mr Taylor, Sie dürfen mich nicht im Bus festhalten«, nölt er. »Das ist gegen meine Rechte.«

»Ich darf und ich werde.« Der Lehrer setzt ein trockenes Grinsen auf, bloß wirkt das nicht so überzeugend, weil er laut in ein riesiges kariertes Taschentuch niest. »Du hast deine Rechte bei mir verwirkt, als du unbedingt versuchen musstest mit einem frisierten Schülerausweis Wodka und Zigaretten zu kaufen. Und nun halt den Rand und setz dich wieder hin und bete, dass du dir nicht meinen Virus einfängst.«

Smitty wirft die Arme hoch und stampft den Gang nach hinten. »Ich hab Sie gewarnt, Mr Taylor. Keine Ahnung, was die Schulaufsicht sagen wird, wenn sie hört, dass Sie mir nicht erlauben wollten was zu essen. Das ist Nahrungsentzug und nichts anderes.«

»Ganz schön große Worte, Smitty«, scherzt Mr Taylor, aber in seinem glasigen Blick steht Unsicherheit. Er zieht seine neonfarbene Skijacke an, von der ihm dringend jemand hätte abraten sollen. »Na schön, ich hole dir ein Sandwich. Aber dass du mir nicht den Bus verlässt.« Er droht mit dem Finger. »Unter keinen Umständen. Sonst ist Ende Gelände. Glaub mir, in diesem Zustand verstehe ich keinen Spaß.« Er niest noch mal, um es zu unterstreichen. Als der Fahrer für ihn die Tür aufgehen lässt, wehen Schneeflocken herein.

»Vergessen Sie nicht, dass ich allergisch gegen Nüsse bin, Sir!«, ruft Smitty. »Sie wollen doch nicht von meinen Eltern verklagt werden, wenn ich tot umfalle!«

Die Tür faltet sich wieder zu. Ich kuschele mich in meinen Sitz. Der Fahrer macht das Radio an und dieser krankhaft fröhliche Song plärrt los und will mir weismachen, dass jeden Tag die Sonne scheint und wir total Glück haben in der Sonne zu sein. Oh ja, aber so was von Glück ...
Der Fahrer schraubt eine Thermoskanne auf und gießt

sich eine Tasse dampfenden Kaffee ein. Warum riecht Kaffee immer viel, viel besser, als er schmeckt? Nicht dass ich überhaupt was trinken könnte. Ich schlage die Beine übereinander und denke an Dürrekatastrophen ...

Sinnlos. Ich muss mal. Ich muss.

»Hallo da vorne.«

Ich zucke zusammen, als Smitty sich hinten auf meine Rückenlehne stützt – voll peinlich. Aber er meint gar nicht mich, sondern den Fahrer.

»Lassen Sie uns mal kurz raus, bitte?«

Der Fahrer sieht ihn finster an. »Setz dich wieder hin, Junge. Du hast doch gehört, was euer Lehrer gesagt hat.«

Smitty schlendert nach vorne. »Ach, kommen Sie, Mann. Ich will bloß mal eben frische Luft schnappen.«

»Ha!«, sagt der Fahrer. »Den Tod holen wohl eher.«

Jetzt oder nie. Solange sie abgelenkt sind. Ich ziehe meine Kopfhörer heraus, gleite vom Sitz und schleiche mit eingezogenem Kopf nach hinten Richtung Klo.

»Hey, du! Das Mädchen da hinten!« Der Fahrer hat mich gesehen. »Auf dem Parkplatz keine Toilettenbenutzung!«

»Aber ...« Meine Wangen sind knallheiß. Smitty guckt herüber.

»Ist Vorschrift!«, ruft der Fahrer. »Benutz die Toiletten drüben im Café!«

Ich stehe im Gang und überlege. Auf gar keinen Fall halte ich noch vier Stunden durch; da *platzt* nachher noch was. Ich muss mich der Meute im Café stellen.

»Ich muss auch mal!« Plötzlich hüpft Smitty auf einem

Bein herum und kneift sich mit dem anderen den Schritt zu. Der Bus wackelt, während er im Takt zu dem Lied im Radio auf und ab springt. Was. Fürn. Hirni.

»Hinsetzen!«, brüllt der Fahrer, dann guckt er mich an. »Und du …«

Irgendwas klatscht an die Windschutzscheibe.

Wir zucken alle zusammen und der Fahrer flucht. Und wie! Ein Kaffeefleck ziert sein weißes Hemd.

Wieder zermatscht etwas auf dem Glas.

Eine dicke rosa Hand wischt an einer Stelle der Scheibe den Schnee ab. Dann ist sie wieder weg.

»Verfluchte Mistgören!«, schimpft der Fahrer, beugt sich vor und stellt seinen Kaffeebecher aufs Armaturenbrett. »Verschwindet!«, ruft er und schlägt gegen die Windschutzscheibe. Gleichzeitig kracht etwas schwer gegen die Seite des Reisebusses. Ich halte mich rasch an einer Rückenlehne fest, um nicht umzufallen.

»Na schön, ihr habt's nicht anders gewollt!« Der Fahrer reibt sich den Kopf an der Stelle, wo er gegen das Lenkrad geknallt ist, steht auf und zieht seine Jacke an. »Ihr bleibt hier!«, schreit er uns an und drückt den Hebel, der die Tür aufmacht. Dann stampft er die Stufen herunter aus dem Bus. Mit einem Zischen schließt sich hinter ihm die Tür.

»Ich werd's nicht verraten, Neue.« Smitty lächelt mich an. Ich reagiere mit einem Stirnrunzeln und er zeigt hinter mich. »Wenn du auf den Topf gehst, meine ich.«

Ich schenke ihm mein abfälligstes Augenrollen.

Plötzlich macht der Bus einen brutalen Satz nach vorn

und wir fallen beide hin. Ich schnappe nach Luft, so heftig war der Stoß, und warte, ob noch mehr verletzt ist als mein Stolz.

Nach einem Moment fragt Smitty: »Alles okay?«

»Ja.« Gummibelag, an manchen Stellen klebrig, direkt an meiner Wange. Ekelhaft. Ich setze mich auf. »Was war das?«

»Keine Ahnung.« Smitty steht schon wieder. »Irgendwas ist in uns reingekracht.« Er springt über mich hinweg und läuft nach hinten. Er wischt mit der Hand über die Heckscheibe. »Man kann nichts sehen.«

Ich stehe auf und versuche mich beim Gehen nicht allzu auffällig an den Sitzen festzuhalten, dann klettere ich neben ihm auf die Rückbank. Ich spähe nach draußen. Alles weiß. Die Luft ist von Schnee erfüllt, der in einem lila getönten Licht herumwirbelt und die Sicht total verschleiert.

»Ich geh mal gucken.« Smitty macht sich wieder auf den Weg nach vorn.

»Nein!« Keine Ahnung, warum ich nicht will, dass er geht; ich *will's* einfach nicht.

»Jemand könnte verletzt sein.« Er ist schon fast bei der Tür, ein dunkler Umriss vor der Helligkeit draußen. Ich ziehe mich von einer Rückenlehne zur anderen wieder nach vorn.

»Wir sollten hierbleiben, bis der Fahrer zurückkommt.«

»Und wenn der Bus jetzt explodiert, weil was in ihn reingefahren ist?«, fragt Smitty.

Ich blinzele. »Ach, Quatsch. So was passiert in Wirklichkeit *nie*.«

»Sagt wer?« Smitty schneidet eine Scream-Fratze. Er schiebt den Hebel für die Tür nach vorn und sie öffnet sich rumpelnd. Ein kalter Luftschwall weht herein. »Und wenn der Fahrer bei dem Unfall eingeklemmt worden ist?« Er klimpert mit den Wimpern und macht das nach, was er für meinen Akzent hält: »Ich könnte irgendwie *total* die Rettung sein.« Er springt die Stufen zur Tür hinunter und bleibt mit einem Ruck stehen. »Wah.«

»Was ist los?«

Langsam zeigt er hinaus ins Weiße. Ich linse an ihm vorbei.

Da draußen im Schnee ist eine große rote Pfütze.

»Was ist das?« Ich steige vorsichtig die Stufen hinunter, bis ich direkt hinter ihm bin. Durch die offene Tür fallen Schneeflocken auf mein Gesicht.

»Nichts Gutes.«

Eine dunkelrote Spur führt von der Pfütze zur Frontseite des Busses. Zusammen lehnen wir uns nach draußen und spähen um die offen stehende Tür.

Vom Café her kommt ein schriller Schrei wie von einem Fuchs, der in einer Falle festhängt.

Ich reiße den Kopf herum.

»Was zum ...?« Smitty fährt zurück, knallt gegen mich.

Wieder dieser Schrei, diesmal von näher dran. Ich starre angestrengt ins Schneetreiben hinaus. Eine verschwommene Silhouette bewegt sich darin.

»Schnell!« Smitty ist jetzt hinter mir, beim Fahrersitz. Er reißt an dem Hebel und die Tür faltet sich zu, verfehlt mich um Haaresbreite.

»Hey!«, protestiere ich, dann weiche ich geschockt zurück, als der Schrei direkt an der Tür zu hören ist und jemand laut dagegenwummert und versucht reinzukommen. Durch das Glas sind Babyblau und Gelb zu sehen, ein Büschel blonder Haare und leuchtend rosa Fingernägel, die an der Scheibe kratzen.

»Mach die Tür auf!«, rufe ich Smitty zu.

»Spinnst du?«

»Mach schon!«

Als er nicht reagiert, klettere ich die Stufen hinauf und schlage gegen den Hebel, bevor Smitty mich aufhalten kann.

Die Tür geht auf und das Mädchen wirft sich panisch in den Bus.

»Tür zu, schnell!«, kreischt es.

Ich greife nach dem Hebel, aber Smitty war schneller und die Tür gleitet wieder zu.

Das Mädchen liegt auf den Stufen und keucht. Es ist Alice Hicks. Sie hebt den Kopf und ihr rinnt schwarze Mascara über das hübsche Gesicht.

»Tot!«, kreischt sie. »Sie sind alle tot!«

Kapitel 2

Alice Hicks sieht sogar gut aus, wenn sie auf dem Boden liegt und heult. Wenn *ich* heule – was zugegebenermaßen alle fünfzig Jahre mal vorkommt –, sehe ich total fertig aus. Knallrotes Gesicht. Winzig kleine Schweinsäuglein und Schnoddernase. Schön auszusehen, während man ein Trauma erlebt, ist wirklich eine Himmelsgabe. Wenn das hier also Ernst ist, dann bin ich nicht bloß geschockt, dann bin ich *beeindruckt*.

»Tot?«, frage ich. »Was redest du da?«

»Deine Freundinnen sind tot?« Smitty lehnt sich lässig im Fahrersitz zurück. »Das fällt dir erst jetzt auf?«

»Es stimmt!« Ihre Stimme ist ganz zittrig vom Schluchzen. »Im Café. Geht's euch doch ansehen, wenn ihr mir nicht glaubt!«

»Alles klar.« Smitty springt vom Sitz auf.

»Nein!« Alice drückt sich hoch und sieht ihn an. »Ihr dürft da nicht raus!« Ihre Beine geben nach und sie bricht wieder auf den Stufen zusammen.

»Wieso nicht?« Smitty ist wenig beeindruckt.

»Bleib hier!«, kreischt sie.

Smitty hält sich die Ohren zu und macht eine schmerzerfüllte Grimasse.

Bloß, wie Alice da in ihrer zitronengelben Jogginghose auf den Stufen liegt – den schmutzigen, nassen Stufen ... Das *ist* keine Show, sie glaubt wirklich daran.

Ich schiebe Smitty beiseite und halte ihr eine Hand hin. »Komm, setz dich hierher. Hast du dir wehgetan?«

»Lass ihn bloß nicht an die Tür ran!«, schluchzt Alice und macht sich auf den Stufen breit. Erstaunlich, trotz ihrer Tränen und der babyblauen Skijacke macht sie den Eindruck, als ob man nur schwer an ihr vorbeikommt.

»Okay, dann setzt er sich da drüben hin.« Ich zeige auf einen Sitz ein paar Reihen weiter hinten und sehe Smitty an.

»Ach ja, tu ich das?«, fragt er.

»Ja. Tust du.« Ich beiße die Zähne aufeinander wie jemand, mit dem wirklich nicht zu spaßen ist. Smitty verzieht das Gesicht, fügt sich aber zu meinem Erstaunen. Und noch mehr staune ich, als Alice zulässt, dass ich ihr in einen Sitz helfe. »Und jetzt hol mal tief Luft.« Ich atme selber tief durch. »Und erzähl uns, was du gesehen hast.«

»Ich sag doch, sie sind alle *tot*.« Sie mahlt mit den Zähnen. »Ich war im Café und bin auf die Toilette gegangen – ja, sogar *ich* muss da mal hin, Smitty«, knurrt sie, bevor er etwas sagen kann. »Und als ich wieder rausgekommen bin, haben alle irgendwie so quer über den Tischen gelegen ... als ob sie eingeschlafen wären. Zuerst dachte ich, das soll irgendein lahmer Witz sein.« Ihre braunen Augen blitzen verächtlich. »Ich meine, hallo, *très* peinlich, aber dann bin ich rüber zu Libby und Em und Shanika gegangen und hab Em geschüttelt und sie ist runter auf den Boden gefallen.« Ihr Gesicht verzieht sich und dann kommen neue Tränen. »Sie hat nicht geatmet. Niemand hat geatmet!«

»Weißt du das genau?« Ich muss das einfach fragen.

»Und ob ich das genau weiß!«

»Was ist passiert?« Ich kauere mich neben sie. Das kommt so rüber, als ob ich mitfühlend wäre, aber in Wirklichkeit geben meine Knie nach. »Sind sie krank geworden oder so?«

»Woher soll ich das wissen?«, schreit Alice. »Sie haben da alle einfach nur gelegen, die ganze Klasse!«

»Und die anderen alle? Die Kellner, die anderen Leute im Café?«

»Alle tot.« Ein Zittern durchläuft sie. »Auf dem Boden, auf den Stühlen, hinter den Tresen.«

»Mr Taylor und Ms Fawcett?« Ich sehe Smitty an, als wäre er plötzlich der Vernünftige hier. »Wir müssen sie finden.«

»Nein!«, kreischt Alice. »Mr Taylor war auch dort im Laden. Ich hab ihn gesehen, als er bei den Sandwiches stand.«

Puh. Die Weltordnung ist wiederhergestellt. »Hat er Hilfe holen wollen?«

Alice schüttelt den Kopf. »Ich bin zu ihm gelaufen. Er hat sich umgedreht ... sein Gesicht sah voll eklig aus. Er hatte ganz komische Augen, total rot ...«

»Der hat doch gerade Männergrippe«, sagt Smitty verächtlich.

»Viel schlimmer!« Sie macht eine effektvolle Pause. »Er war auch tot.«

»Was?«, frage ich.

»Er hat mich packen wollen«, sagt Alice. »Ich bin weggelaufen ... nach draußen ... er hat versucht mich zu kriegen.«

»Du bist ja vielleicht drauf!« Smitty kriegt sich kaum ein vor Lachen. »Ist heute erster April oder was? Du willst uns weismachen, dass alle an irgendeiner Instantfraßvergiftung krepiert sind und Mr T wiederauferstanden ist und versucht hat dich zu töten?« Er springt auf, streckt die Arme vor und ächzt rum.

»Ihr müsst mir glauben!« Alice hämmert mit den Fäusten auf die Armlehnen. »Meint ihr ernsthaft, ich würde überhaupt mit euch reden, wenn nicht alle anderen tot wären?«

Ich ziehe eine Augenbraue hoch. »Da hat sie auch wieder Recht.«

»Ich würde eher sagen, sie hat vielleicht Nerven.« Smitty schüttelt den Kopf.

»Na schön.« Alice steht wackelig auf und reckt das Stupsnäschen in die Höhe. »Dann geh halt nachsehen. Aber gib nicht mir die Schuld, wenn du nachher tot bist.«

Smitty kommt nach vorn.

»Warte.« Bevor ich es richtig merke, habe ich mich schon als Puffer zwischen die beiden gestellt. Keine tolle

Position, aber sie ist dringend nötig. »Wir sollten die Polizei rufen oder einen Krankenwagen, meint ihr nicht? Und besser hierbleiben, bis die kommen.«

Alice reißt entsetzt die Augen auf. »Mein Handy ... es ist bei meinen Sachen. O mein Gott!« Noch mehr Tränen. »Ich hab meine Candy-Couture-Tasche auf dem Tisch liegenlassen!«

»O weh!«, piepst Smitty mit Mädchenstimme. »Meine Tasche ... die toten Leute fassen sie vielleicht an!«

»Hör auf damit! Du hast überhaupt keine Ahnung!«, jammert Alice. »Das ist ein Unikat!«

Das reicht, verdammt. Ein Handy habe ich selber. Ich rase zu meinem Sitz und zerre meinen Rucksack aus der Gepäckablage. Das Handy steckt in der Innentasche. Ich hab's kaum benutzt, seit meine Mutter es mir bei unserer Ankunft in England gekauft hat. Wozu auch? Ich habe in diesem öden, blöden Land ja keine Freunde, die mir eine SMS schicken könnten. Aber jetzt rettet mir das Ding vielleicht das Leben.

Netz wird gesucht, teilt mir das Handy mit. Ich halte es zum Fenster hoch.

»Kein Empfang?« Smitty hüpft an mir vorbei. »Wann hast du das gekauft, im Mittelalter?« Er zieht ein Smartphone aus seiner Potasche. Schick. Geklaut wahrscheinlich. »Dieses kleine Baby hier kriegt sogar auf dem Mond ein Signal.« Er starrt auf das Display. Ein bisschen zu lange.

»Bloß hier nicht?« Alice klingt triumphierend.

»Es braucht einen Moment«, sagt er. »Wir sind hier mitten in der Pampa.« Er drückt ein paar Tasten, als ob das was helfen könnte. »Na großartig. Was ist denn los mit dem Ding?«

»Kein Empfang.« Ich beiße schon wieder die Zähne aufeinander; wenn ich so weitermache, sind bald nur noch Stummel übrig. Ich werfe mein Handy auf die Sitzfläche. »Wir müssen den Fahrer finden. Er hat bestimmt ein Funkgerät.« Ich drehe mich zu Alice um. »Hast du ihn draußen gesehen?«

Alice legt ihren Kopf auf eine Weise schief, die sie eindeutig supersüß findet. »Wie jetzt, du meinst, als ich durch einen Schneesturm um mein Leben gelaufen bin? Ähm, das hieße dann wohl *nein*.«

Ich erspare mir eine Antwort – vor allem, weil ich keine Hirnkapazität frei habe – und laufe zum Heckfenster. Der Schneefall hat ein bisschen nachgelassen. Ich kann gerade eben den Umriss eines Autos ausmachen. »Wir müssen mal hinter dem Bus nachsehen. Da ist der Fahrer hingegangen.«

»Bis später dann.« Alice setzt sich auf einen Sitz in der Busmitte. »Ich rühr mich nicht vom Fleck.«

»Ich schon«, sagt Smitty. Er ist an der Tür, bevor ich reagieren kann. »Du bleibst hier«, ruft er mir zu. »Falls Lizzie hier auf die Idee kommt, mich auszusperren.« Er schlägt auf den Hebel für die Tür und läuft lässig die Stufen hinunter.

»Pass auf dich auf.« Ich bleibe an der obersten Stufe stehen. Er grinst und packt sich selbst am Hals, als ob irgendein Ghul ihn nach draußen zerrt. Der Schnee knirscht, als er um die Vorderseite des Busses verschwindet.

»Mach die Tür zu!«, zischt Alice.

»Gib ihm eine Sekunde. Er kommt gleich mit dem Fahrer zurück.«

Jetzt fallen wieder dicke, schnelle Schneeflocken. Der Wind hat nachgelassen und es ist dermaßen still rundum, dass es fast wehtut. Dieser rote Fleck auf dem Boden ist immer noch da, aber er sieht jetzt, wo ihn der frische Schnee langsam zudeckt, eher rosa aus. Ich spitze die Ohren und halte meine Hand über dem Hebel bereit, falls aus dem ganzen Weiß irgendwas angestürzt kommt.

»Hey!«

Ich zucke zusammen und stoße mir am Lenkrad die Knöchel.

»Hilf uns mal, Neue!«

Smittys Stimme. Ich steige die erste Stufe hinunter. »Was ist denn?«

»Nun komm schon!«

»Mach das bloß nicht.« Alice steht von ihrem Sitz auf, tritt aber nicht hinaus auf den Gang. »Bleib hier!«

»Er braucht Hilfe.« Ich zögere.

»Jepp!« Smitty taucht an der Tür auf und ich pralle zurück und knalle mit dem Hintern an die oberste Stufe. *Stylish*. Smitty schaut zu mir herauf. »Der Fahrer. Ich kann ihn nicht alleine tragen.«

»Ihn tragen?« Ich stehe da und widerstehe dem Drang, mir das Steißbein zu reiben.

»Nun komm!«

Damit ist er wieder weg. Ich fixiere Alice mit dem allerstählerndsten Blick, den ich draufhabe.

»Wehe, du sperrst uns aus.«

»Ich geb euch zwei Minuten«, ruft sie.

Ich trete hinaus ins Weiße, auf den Pfad, den meine Mitschüler in den Schnee getrampelt haben. Ich weiche dem rosa Fleck aus und sinke prompt bis an die Knie ein. *Na toll. Hey, ist doch bloß Schnee.* Ich stütze mich am Bus ab und setze meinen Fuß in den ersten von Smittys Fußabdrücken, folge ihnen zur Schnauze des Busses. Auf der Straße ist der Schnee flacher und ich komme entsprechend leichter den Bus entlang zum Heck, wo ein Minicooper mit einer auf das Dach gemalten Englandfahne unter der Stoßstange klemmt.

»Hier.« Smittys Kopf kommt hinter dem Auto vor. »Hilf mir, ihn zu ziehen.«

Ich gehe dichter heran. *O Gott.* Der Fahrer liegt reglos im Schnee, mit den Beinen unter dem Auto.

»Alles in Ordnung mit ihm?« Blöde Frage.

»Er hat nichts weiter abgekriegt«, sagt Smitty. »Bis auf seine Hand.«

Er hält das rechte Handgelenk des Fahrers hoch. Aus einer tiefen Wunde läuft langsam Blut seinen Arm hinunter. Adrenalin durchschießt mich und mir wird schwindelig.

»Wir müssen ihn verbinden – schnell.« Ich greife nach meinem Schal. Nach dem besten Kaschmirschal meiner

Mutter, besser gesagt. Hellviolett mit blauen Streifen. Sie hat ihn mir am Morgen der Abfahrt um den Hals gewickelt, statt einer Umarmung. Der Schal gefällt mir nicht mal, bloß ist ihr Gesichtsausdruck dermaßen untypisch für sie gewesen – als ob ich ihr tatsächlich mal fehlen würde –, dass ich ihn umbehalten habe. Aber jetzt gibt es Wichtigeres. Ich wickele ihn rasch ab und binde ihn so fest um den Unterarm des Fahrers, wie ich mich traue. Ich hab nur nichts zum Festmachen.

»Hier.« Smitty lässt ein kleines schwarzes rundes Ding in meine Hand fallen. Es ist ein Button mit einem lachenden Schädel und dem Schriftzug *Death Throes* drauf. Das ist der Name einer Rockband. Hoffe ich. Ich fixiere den Schal damit.

»Sollen wir ihn wirklich bewegen?« Ich sehe zu Smitty hoch und in meine Augen fallen Schneeflocken.

»Klar. Sonst erfriert er.« Er bückt sich und fängt an den Mann irgendwie hochzuhieven. »Glück für uns, dass er so klein ist. Ich heb ihn hoch und du schiebst dich unter seinen anderen Arm.«

Wir stehen auf und nun hängt der Fahrer schwer auf meiner Schulter und ich atme den unangenehm warmen, süßen Schweißgeruch eines Erwachsenen ein. Ihm entfährt ein Stöhnen.

»Gut, dass Sie wach sind, Mister«, sagt Smitty. »Wir müssen Sie hier wegschaffen. Stellen Sie einfach einen Fuß vor den anderen. Um den Rest kümmern wir uns.«

Wir stolpern vorwärts wie ein merkwürdiges Monster

mit drei Köpfen, das sich durch den Schnee voranschiebt. Schließlich haben wir es zurück zur Tür des Busses geschafft.

Sie ist zu.

»Alice, verdammt!« Smitty schlägt gegen die Scheibe. »Lass uns rein, du Elchkuh!«

»Komm schon, Alice!« Ich werfe einen nervösen Blick nach hinten zum Café. Der Schneefall lässt nach und ich kann den Eingang wieder ausmachen. Da sind Tote drin. Ich kann keine sehen, aber das möchte ich auch gar nicht. »Beeil dich und mach die Tür auf!«

Alice bleibt verschwunden. Der Fahrer grunzt und zeigt auf eine kleine Metallklappe an der Seitenwand des Busses. Ich mache sie mit tauben, klammen Fingern auf und drücke den Knopf, den ich darin finde. Die Tür öffnet sich mit einem Seufzer der Erleichterung.

»Die mach ich kalt«, knurrt Smitty.

»Hinten anstellen«, sage ich.

Zusammen schaffen wir es, den Fahrer die Stufen hinauf und in seinen Sitz zu verfrachten, wo er mit seiner heilen Hand auf den Türhebel schlägt und dann, noch während sie zugeht, ohnmächtig wird.

»Ist er tot?« Eine Stimme von weiter oben. Aus irgendeinem Grund, der mir nicht sofort klar wird, steht Alice auf halber Höhe im Gang auf den Rückenlehnen zweier Sitze und hält ein Fernglas in der Hand.

»Du hast die Tür zugemacht, du blöde Kuh!«, legt Smitty los.

»Da kannst du froh sein«, sagt sie. »Das hier hab ich in Ms Fawcetts Sachen gefunden.« Sie wedelt mit dem Fernglas. »Ich hab den Ausguck übernommen.« Sie zeigt nach oben zum Dach des Busses. Dort ist ein Notausstieg. »Man kann bis ins Café sehen. Da drin bewegt sich nichts.«

Im Nu ist Smitty auch da oben. »Gib mal her.« Er schnappt sich das Fernglas und klettert zur Luke hoch.

»Igitt, deine Hände kleben«, sagt Alice. »O mein Gott, das ist Blut!«, piepst sie, springt herunter und wischt sich die Hand an einem Sitz ab. »Das muss ab! Ist das seins?« Sie zeigt zum Fahrer.

»Ja.« Meine Stimme ist hart. »Er hat sich am Handgelenk verletzt und ist bewusstlos. Wir müssen zusehen, dass er Hilfe bekommt. Und zwar schleunigst.«

»Achtung!«, ruft Smitty oben vom Ausstieg her. »Da kommt Mr Taylor.«

»Kann gar nicht sein«, sagt Alice.

»Echt?« Ich klettere auf die Sitze und ziehe mich an den Gepäckablagen zu beiden Seiten zu der Luke hinauf. Dann zwänge ich mich neben Smitty und stecke den Kopf durch die Öffnung in die kalte Luft hinaus.

Smitty hält eisern seine Position. »Da kommt er. Genau in unsere Richtung.«

»Lasst ihn bloß nicht rein!« Alice versucht jetzt auch noch hier heraufzuklettern.

Ich spähe zum Café hinüber. Jetzt braucht man kein Fernglas mehr, um Mr Taylor sehen zu können. Es hat aufgehört zu schneien und in dem seltsamen, hell-lila Licht kann ich sehen, dass unser Lehrer gerade aus dem Café gestolpert kommt.

»Er sieht gar nicht gut aus«, kommentiere ich das Offensichtliche.

»Ach echt mal, ja?« Alice quetscht sich mit in die Luke. »Ich hab euch doch erzählt, dass er versucht hat mich zu packen und dass seine Augen total krank ausgesehen haben.«

»Nicht nur seine Augen.« Smitty hält mir das Fernglas hin. »Guck ihn dir mal an.«

Ich halte es mir vor die Augen und die Okulare drücken sich schwer gegen meine Wangenknochen, während ich es so einstelle, dass ich etwas erkennen kann. Gar nicht so einfach, Mr Taylors Kopf im Bild zu behalten. Ich stütze die Unterarme am Dach ab. Schon besser. Das Gesicht unseres Lehrers ist grünlich-braun und voller Blutergüsse, seine Augen sind geschwärzt und zugekniffen und sein Mund steht offen wie eine Falltür, bei der die Scharniere abgebrochen sind. Und was noch schlimmer ist, ihm läuft irgendwas am Kinn herunter. Was bloß? Ich blinzele und schaue noch mal hin. Es ist Blut, es läuft ihm zwischen den Zähnen hindurch und tropft in den weißen Schnee. Langsam gebe ich Smitty das Fernglas zurück.

»Ich glaube nicht, dass er an dein Sandwich gedacht hat.«

»Lasst mich mal sehen!« Alice versucht mich mit dem Ellbogen wegzuschieben, rutscht dabei unten auf dem Sitz mit dem Fuß ab und fällt fast herunter, kann sich aber im letzten Moment am Lukendeckel festhalten. Er klappt kurz hoch und knallt dann wieder aufs Dach.

Mr Taylor reißt den Kopf nach oben. Er sieht uns. Dann stößt er ein langes Ächzen aus, streckt die Hände vor und kommt direkt auf den Bus zugewankt.

Er wirkt ... hungrig.

Kapitel 3

Ich kann mich bloß am Lukenrand festhalten und zusehen, wie das Vieh, das einmal Mr Taylor gewesen ist, die Stufen vom Café zu uns herunterwankt.

»Er sieht ja nicht gerade glücklich aus«, sage ich übercool, weil die Alternative totale Panik wäre. »Vielleicht lassen wir ihn besser nicht rein, hm?«

Neben mir fängt Alice an zu wimmern, was sich genau wie so ein kleiner Handtaschenhund anhört, den sie sich bestimmt noch irgendwann zulegen wird.

»Er kommt mich holen ... Hab ich euch nicht gesagt, dass er versucht hat mich zu fangen?«

Smitty hält ihr das Fernglas hin. »Du beobachtest ihn. Wenn er ganz dicht bei uns ist, schreist du. Das kriegst du hin.« Er guckt mich an. »Wir müssen die Tür irgendwie verbarrikadieren, und zwar schnell!« Er springt wie eine Bergziege von den Sitzen herunter und durch den Bus. Ich folge ihm ein bisschen weniger geschickt.

»Hey, Mister!« Smitty schüttelt den Fahrer. »Wie schließt man diese Tür ab?«

Der Kopf des Fahrers rollt zur Seite und Smitty gibt ihm eine Ohrfeige.

»Nicht!«, sage ich. »Du tust ihm weh.«

»Er ist total weggetreten.« Smittys Blick huscht übers Armaturenbrett. »Nee, hier sieht nix nach Türverriegelung aus.«

Ich suche nach einem Knopf, einem Hebel, sonst irgendwas – aber er hat Recht. Die Tür besteht aus fünf langen senkrechten Teilen, die sich beim Aufgehen ineinanderfalten wie ein Fächer. Mir kommt eine Idee. »Wenn wir irgendwas hätten, womit wir die Tür verrammeln könnten, ein Brett oder so.«

»Schon kapiert«, ruft Smitty durch den Gang: »Wie sieht's aus, Lizzie Borden?«

Kurz kommt Alices blonder Kopf zum Vorschein. »Nenn mich nicht so, du Geisteskranker.«

Wo sie Recht hat, hat sie Recht. Echt charmant von ihm sie nach einer berühmten Axtmörderin zu nennen.

»Ist Mr T immer noch auf dem Weg zu uns?«

Sie steckt ihren Kopf wieder nach draußen. »Ja«, ruft sie zu uns herunter. »Langsam. Er wackelt irgendwie so um die geparkten Autos rum, aber er kommt in unsere Richtung. O Mann, er sieht grausig aus. Er *sabbert* total.«

»Spitzenmäßig.« Smitty grinst mich an. »Ich hol mein Snowboard. Mach hinter mir die Tür zu, ja?«

»Was? Du gehst raus?« Mir bleibt der Mund offen stehen.

Smitty fasst unter mein Kinn und hilft mir beim Zumachen; es macht richtig *klack*. Noch bevor ich mich wieder ganz gesammelt habe, betätigt er schon den Türhebel und springt hinaus in den Schnee.

»Mein Board ist unten im Gepäckraum. Mach die Tür zu!« Er verschwindet aus meinem Blickfeld. Ich ziehe an dem Türhebel und sause mit knallrotem Gesicht zu Alice zurück.

»Wo ist Mr Taylor jetzt?«

»Hinter den Autos«, sagt Alice von der Luke her. »Habt ihr die Tür verriegelt?«

»Smitty ist rausgegangen und holt sein Snowboard, damit wir sie verbarrikadieren können.«

Alice fällt fast aus der Luke. »Ich hab mich wohl verhört.«

»Keine Sorge.« Ich lächele halbherzig. »Er ist gleich wieder hier. Du hast gesagt, dass Mr Taylor sich richtig langsam bewegt ...«

»O mein Gott, o mein Gott, o mein Gott ...« Alice läuft blindlings nach vorn zur Windschutzscheibe. »Smitty ist da draußen? Wir können das Ding nicht zusperren?« Von unter dem Bus her kommt ein lauter Schlag und sie kreischt los: »Gleich ist er drin! Und dann bringt er uns alle um!«

»Das ist bloß Smitty.« Ich ziehe mich zur Luke hinauf, um mich zu vergewissern. Mr Taylor ist immer noch unterwegs. Schnell ist er nicht, aber noch schnell genug, um es in den Bus zu schaffen, wenn Smitty sich nicht beeilt. »Mach die Tür auf und hilf ihm!«

Alice sieht zu mir herauf. »Du hast sie ja nicht mehr alle. Ich soll diese Tür aufmachen? Von welchem Planeten kommst du denn?«

»Tja.« Ich springe hinunter und schiebe mich an ihr vorbei. »Zufällig von dem Planeten, wo alle möglichen Leute tot umfallen und Lehrer als Monster wieder auftauchen. Dein Heimatplanet, Schätzchen.« Ich bin bei dem Türhebel, bevor ihr eine Antwort einfällt, und drücke ihn. Die Tür rührt sich nicht. Ich versuch's noch mal. Nichts, verdammt. Etwas wummert gegen die Tür. Alice kreischt wieder los. Es ist Smitty, er winkt verzweifelt durch die Scheibe.

»Ich krieg sie nicht auf!«, rufe ich ihm zu und probiere den Hebel noch mal. Die Tür rührt sich kein Stück. Ich schaue zu Alice. »Hilf mir!«

»Auf gar keinen Fall!« Sie zieht sich nach hinten zurück.

Smitty tritt jetzt gegen die Tür, dann bückt er sich; er probiert es anscheinend mit dem Sesam-öffne-dich-Knopf draußen in der Seitenwand. Mein Magen zieht sich zusammen, als hinter ihm ein dunkler Umriss aufragt. Mr Taylor ist da. Ich hebe meinen Fuß, der in einem Snowboot steckt, und trete mit aller Kraft gegen diesen verfluchten Hebel, als wäre er an jedem einzelnen blöden Mist schuld, der mir je passiert ist. Die Tür geht auf und Smitty fällt in den Bus, Snowboard voran.

»Zumachen!«, schreit er, aber ich beachte ihn kaum. Mr Taylor ist jetzt direkt hinter ihm, er brüllt und streckt die Klauenhände nach ihm aus und seine blutigen Augen quellen fast aus den Höhlen. Ich ziehe den Hebel mit aller Kraft zurück, aber er ist verbogen. Ich habe ihn anscheinend kaputt gemacht.

»Er klemmt irgendwie!«

Smitty dreht sich um und brät Mr Taylor sein Board über. Frankensteins Lehrer stolpert von der Tür weg. Ich trete noch mal gegen den Hebel. Klemmt immer noch. Mit einem fiesen Ächzen schüttelt sich Mr T – Blut und Spucke spritzen aus seinem Mund wie Wasser aus dem Fell eines nassen Hundes –, dann greift er ein zweites Mal an. Smitty versperrt ihm den Weg mit dem Snowboard und versucht hinüberzulangen und die Tür zuzuziehen, aber es klappt nicht. Ich lasse von dem Hebel ab und werfe mich entgegen allen meinen Instinkten die Stufen hinunter und zerre an der Tür. Smitty hält Mr Taylor auf Abstand, aber der Lehrer ist nur einen Atemzug weit weg – was man riechen kann, wie ranzige, verfaulende Fischkotze. Plötzlich schwirrt über mir irgendwas. Alice taucht über der Absperrstange des Vordersitzes auf wie irgendein Racheengel, wirbelt das Fernglas an seinem Riemen lassomäßig über ihrem Kopf und erwischt Mr Taylor volle Kanne im Gesicht damit.

»Das ist für zweimal Nachsitzen, Sie Schwachmat!«

Eine Sekunde lang steht er vollkommen still und aufrecht da, dann dreht er eine Pirouette von uns weg, beschreibt mit einem Arm und einem Bein einen eleganten Bogen und fällt weich in den Schnee. Die Tür ist endlich frei und gleitet langsam zu. Smitty verkeilt das Board quer davor und bricht keuchend zusammen.

»*Wuu-huu!*« Alice reckt ihre manikürte Faust in die Luft.

Der Bus springt mit einem Ruck an.

Der Fahrer ist wieder wach, er sitzt wackelig da, greift mit der verbundenen Hand nach der Handbremse und lässt brutal den Motor aufheulen.

»Ab mit euch hinter die weiße Linie, Kinder!«, gurgelt er.

Ich klammere mich an der Haltestange fest und der Bus kracht rückwärts in den Mini hinein. Der Fahrer schaltet und wir schießen vorwärts. Etwas knirscht, der Motor säuft ab und der Fahrer wird wieder ohnmächtig und rutscht aus seinem Sitz.

Ich merke, dass ich auf dem Fußboden kauere und mich immer noch oben an der Stange festhalte. Wie eine nervöse Krabbe schiebe ich mich seitwärts, bis ich neben dem Fahrer hocke. Er atmet noch.

»Alles in Ordnung mit euch?«, frage ich laut.

»Geht so.« Smitty liegt zusammengekrümmt unten auf den Stufen im Einstiegsbereich und reibt sich den Kopf.

»Wo ist Mr Taylor abgeblieben?« Ich spähe durch die Windschutzscheibe. Vorsichtig. An dieser Stelle kommen sie nämlich immer alle zurück. Im Kino springen sie dann plötzlich auf einen zu und zerschlagen die Scheibe. Jedes Mal ist das so. Wenn man durch ein Schlüsselloch guckt, wird einem das Auge ausgestochen; wenn man in einen Spiegel guckt, steht der Mörder hinter einem. Ist richtig ein Gesetz oder so was.

»Habt ihr gesehen, wie ich ihm eins verpasst habe?«, fragt Alice plötzlich voller Schadenfreude hinter mir. Ihr sind alle Gesetze anscheinend egal. Ihre blonden Haare stehen komisch von ihrem Kopf ab. *Ha! Also doch nicht perfekt!*

Ich sehe durch eins der Seitenfenster. »Oh. Ich glaube, da gucken seine Beine unter dem Bus vor.«

»Was macht er denn da?« Smitty schiebt sich neben mich. Ich kann die Wärme spüren, die sein Körper ausstrahlt. Das hat etwas seltsam Tröstendes. Dann ist er wieder weg, klettert über die Sitze.

»Bewegt er sich?«, fragt Alice.

»Ich mach mal kurz die Tür auf und schau nach ...«, sagt Smitty.

»Nein!«, kreischen wir im Chor.

»Kleiner Scherz am Rande.« Er klettert durch den Notausstieg aufs Dach. Ich lausche, wie er vorsichtig das Dach entlangläuft, dann zur Luke zurückkehrt und sich wieder herunterlässt. »Ich glaube, wir haben gerade unseren Lehrer überfahren.« Er grinst. »Meint ihr, jetzt fliegen wir von der Schule?«

Ich keuche auf. »Du machst wohl Witze?«

»Klar, was sonst«, sagt Smitty. »Unter diesen Umständen werden wir bestimmt bloß eine Weile vom Unterricht ausgeschlossen.«

»Du weißt, was ich meine.«

Er schenkt mir sein aufrichtigstes Lächeln. »Mr T ist jetzt nur noch eine Pizza Kotzarella.«

»Örks, eklig!« Alice verzieht angewidert das Gesicht. »Aber das hat er sich selbst zuzuschreiben.«

Ich nehme eine Auszeit. Ich versuche, beschäftigt auszusehen, so, als ob ich mich um den Fahrer kümmere, aber in Wahrheit nehme ich eine Auszeit. Machen wir alle. Smitty läuft auf dem Dach herum, Alice durchsucht anscheinend die Gepäckfächer – aber eigentlich brauchen wir bloß ein paar Sekunden, um uns wieder einigermaßen einzukriegen.

Wir haben den Fahrer da liegen lassen, wo er hingefallen ist. Das ist ein bisschen entwürdigend – und auch unpraktisch, weil er den Gang blockiert –, aber vorerst muss das reichen. Ich überprüfe an seinem unverbundenen Handgelenk den Puls, wie mein Vater es mir beigebracht hat. Er ist schwach, aber regelmäßig. Ich zupfe den Verband zurecht und überzeuge mich davon, dass seine Atmung einigermaßen normal ist, und ich lege ihm sogar einen Pulli unter den Kopf als Kissen. Seine Jackentasche ist ausgebeult; ich zögere nur kurz, dann greife ich hinein. Ein Handy. Das Display ist leer: kein Empfang.

»Schau mal, ob du das zum Laufen kriegst.« Ich werfe es zu Alice hinüber, die es geschickt auffängt.

Ich hüpfe über den Fahrer hinweg und setze mich hinters Steuer. Dann drehe ich den Zündschlüssel eine Raste weiter und schalte vorsichtig das Radio ein. Lautes Rauschen dröhnt aus den Lautsprechern und lässt mich zusammenschrecken.

Smitty folgt meinem Beispiel und macht den Bordfernseher an. Weißer Griesel erfüllt den Bildschirm.

Schnee draußen, Schnee drinnen.

So viel zur Technik.

»Was ist mit dem CB-Funk?« Smitty zeigt auf einen kleinen schwarzen Kasten, der teilweise unter der Armlehne versteckt ist. »Mein Onkel hat CB in seinem Gästezimmer. Darüber hat man sich vor dem Internet mit Wildfremden unterhalten.« Er zwinkert. »Gib mir mal das Mikro.«

Ich schätze, damit meint er das runde schwarze Ding, das über ein langes Spiralkabel mit dem kleinen Kasten verbunden ist. Ich tue, was er sagt.

»Und jetzt leg diesen Kippschalter um, damit schaltet man es ein.«

Ein kleiner Schalter an der Seite. Ich betätige ihn. Statisches Rauschen ertönt und auf einem kleinen Display erscheint eine rote ›14‹.

Smitty drückt etwas an der Seite des Mikros und das Rauschen hört auf. »Hallo?«, sagt er. »Ist da jemand auf diesem Kanal? Bitte melden, bitte melden, over!«

Ich sehe ihn fragend an. Er zuckt die Schultern.

»Hab ich mal in einem Film gesehen«, nuschelt er. »Versuch mal mit diesem Knopf den Kanal zu wechseln.«

Als ich den Knopf drehe, wird die rote Zahl schrittweise höher. ›15‹, dann ›16‹, dann ›17‹. Nichts als Rauschen. Dann ›18‹, ›19‹ ...

»Stopp!«, ruft Smitty. »Ich hör was.«

Da sind Stimmen – leise und verzerrt, aber eindeutig Stimmen. Ich traue mich kaum zu atmen.

»Was sagen sie? Kannst du mit ihnen sprechen?«, ruft Alice.

»Mayday, Mayday«, sagt Smitty.

Die Stimmen fahren fort, als hätte ihn niemand gehört.

»Helfen Sie uns, bitte!«, ruft Alice.

»Man muss den Knopf gedrückt halten, Lizzie«, spottet Smitty. Er macht es vor. »Ist da jemand? Wir brauchen Hilfe. Ich wiederhole, wir brauchen dringend Hilfe. Kommt schon, Leute! Das ist kein blöder Witz!«

Wir lauschen angestrengt. Die Stimmen reden weiter, ohne dass man etwas versteht.

»Achtung, Achtung!«, ruft Smitty. *»Au secours! Au secours!«*

Ich sehe ihn schief an. »Wie jetzt, sind wir plötzlich in Frankreich oder was?«

»Ist alles einen Versuch wert.« Er klickt mit dem Mikrofonschalter herum. »Ich glaube, den Morsecode für SOS kriege ich hin, aber vielleicht bestelle ich auch gerade was vom Lieferservice.«

Ich muss grinsen. »Für mich *keine* Pizza Kotzarella, bitte.«

Er grinst zurück.

»Hört mal«, sagt Alice und beugt sich vor. »Ich unterbreche das zarte Knospen dieser Spinnerfreundschaft nur ungern, aber wir müssen Hilfe holen.« Sie lässt das Handy des Fahrers zwischen Daumen und Zeigefinger baumeln. »Das Einzige, was man mit diesem Ding kriegt, ist das Ohrenschmalz vom Fahrer und Einstein hier ist zu blöd das Funkgerät zu benutzen.« Sie schaut Smitty mit klimpernden Wimpern an. »Wir sollten einen Festnetzanschluss suchen und die Polizei oder die Armee rufen oder so. Damit sie kommen und uns retten. Und zwar *très* schnell.«

Smitty zeigt zur Tür. »Dann bitte nach dir, Lizzie Borden. Mach den Anfang.«

»Loser«, faucht sie.

Smitty spitzt die Lippen. »Ja komm Baby, gib mir Tiernamen! Das macht mich voll an.«

Alice schleudert das Handy des Fahrers nach ihm und Smitty duckt sich, dabei rutscht ihm das Mikro aus der Hand. Handy und Mikro knallen gegen die Scheibe und die Stimmen aus dem CB-Gerät verstummen.

»Ganz toll gemacht, Leute!« Ich hebe das Mikro auf und schaue, ob es noch funktioniert. Ein Riss zieht sich der Länge nach übers Gehäuse und ein blaues Kabel guckt da raus. *Mist.* Ich drücke es Smitty in die Hand. »Du bist ein Junge – bring das wieder in Ordnung.«

Alice hat Recht. Jetzt ist Handeln angesagt. Ich gehe den Gang hinauf und klaube das Fernglas vom Fußboden auf, wo es einer meiner Pseudo-Kumpel clevererweise hingeworfen hat. Dann klettere ich zur Luke hinauf und ziehe mich aufs Dach, so wie Smitty vorhin. Mir tun von der Anstrengung die Arme weh, aber ich lasse mir nichts anmerken. Schneien tut's nicht mehr, aber bald dürfte es dunkel werden. Ich klettere auf die rutschige Oberfläche, richte mich vorsichtig auf und sehe mir den Parkplatz an. Dann schaue ich durch das Fernglas zum Café hinüber.

Es ist gerade noch zu erkennen, dass über den Tischen Leute zusammengebrochen sind.

Mein Atem geht schneller. Sich das von Alice erzählen zu lassen ist das eine; es mit eigenen Augen zu sehen etwas völlig anderes. Ich suche nach Lebenszeichen – und entdecke ein Gebäude, dessen Lichter durch ein paar Bäume links vom Café scheinen.

Bingo.

»Da ist eine Tankstelle«, rufe ich nach unten. »Die haben Telefon. Wir müssen bloß da hinlaufen.« Ich lasse mich wieder in den Bus hinunter und schließe mit Mühe die Luke.

Alice hat sich in einen Sitz gefläzt und macht ein gelangweiltes Gesicht und Smitty fummelt mit dem Funkgerät herum.

»Kommt, rafft euch auf.« Ich hole meine Jacke aus dem Fach über meinem Sitz. »Wir brauchen ein Telefon.«

Smitty blickt hoch. »Ja, und wer sagt, dass Mr T da draußen keine sabbernden Freunde hat, hm?«

»Das wäre mir neu. Alle anderen liegen immer noch tot in dem Café rum.«

»Ha!« Alice setzt sich kerzengerade auf. »Fragt sich nur, für wie lange? Erst sterben sie, dann werden sie wieder lebendig, und dann fressen sie unsere Gehirne!«

»Vielleicht haben sie eine Lebensmittelvergiftung. Vielleicht war Mr Taylor an Magengrippe oder Tollwut erkrankt oder so und wollte zu uns kommen, damit wir ihm helfen?« *Nee, ne. Beknackter geht's kaum.*

»Bist du blind?« Alice starrt mich an. »Das war nicht mehr Mr Taylor, das war ein Zom ...«

»Stopp!«, rufe ich. »Sag das bloß nicht ... dieses Wort.«

»Wieso denn nicht?« Sie steht auf und kommt mit vorgerecktem Kopf auf mich zu. »Genau das war er doch.«

Ich möchte sie am liebsten schlagen. Weil sie Recht hat – schon wieder. Das an sich ist schon ein genauso schlechtes Omen wie eine Horde Shakespearscher Pferde, die einander verschlingen, und Tote, die sich aus ihren Gräbern erheben. Wobei Letzteres ja anscheinend bereits passiert ist.

»Wieso weißt du überhaupt so viel über sie, Lizzie?«, geht Smitty auf Konfrontationskurs. »Bei dir bildet sich da gerade ziemlich viel Schaum.« Er zeigt auf ihren Mundwinkel. »Vielleicht sollten wir dich in Quarantäne stecken, falls du dich verwandelst.«

Alice kreischt auf und schlägt seine Hand weg.

Ich stapfe zur Tür. »Wir gehen – jetzt sofort.«

Smitty ist hinter mir. »Und du willst das wirklich riskieren?«

»Willst du doch bestimmt auch.« Ich zähle jedenfalls darauf. »Es wird bald dunkel. Und richtig schweinekalt. Also gehen wir lieber, solange wir noch können.«

»Ich gehe nirgendwohin.« Alice kehrt triumphierend – eifrig geradezu – auf ihren Platz zurück.

»Gut.« Ich stehe an der Tür. »Einer muss sowieso hierbleiben und Krankenschwester spielen.« Ich zeige zum Fahrer. »Und versuch weiter die Handys und das Funkgerät. Wir kommen zurück, sobald wir können. Verbarrikadiere die Tür hinter uns, aber halte dich bereit uns wieder reinzulassen.« Ich spekuliere darauf, dass sie uns nicht endgültig aussperrt, und wenn auch nur, weil das bedeuten würde, dass sie dann auf sich allein gestellt wäre. Wie ich schon sagte, ich spekuliere darauf.

Wir treten hinaus in den Schnee. Als hinter uns die Tür zugeht, fährt mir das Geräusch richtig in den Magen. Wir machen sofort, dass wir vorankommen. Smitty hat längere Beine als ich und kommt im Schnee viel schneller vorwärts.

»Da lang.« Ich zeige links an den Bäumen vorbei, doch Smitty sieht nicht mal hin. »Folgen wir lieber der Straße da runter.«

Er schüttelt den Kopf. »Wir sollten durch die Bäume abkürzen. Geht schneller.«

Mein Magen krampft sich zusammen. Der Gruselquotient steigt rapide. Auf der Straße kann uns wenigstens nichts anspringen. Und der Schnee ist da auch nicht so hoch, so dass wir schneller weglaufen können, sollte irgendwas auftauchen. Ich werfe einen Blick zum Bus zurück. Alice drückt ihr Gesicht an die Scheibe, blass und geisterhaft. Plötzlich weiß ich mit absoluter Gewissheit, dass Smitty und ich auf uns allein gestellt sind, sollten wir in einen Hinterhalt geraten.

Wir erreichen die Bäume und bleiben neben einem großen Ahorn stehen, der still und mit Schnee beladen ist.

»Licht ist an.« Smitty zeigt an den Zapfsäulen vorbei zur Kasse. »Nichts rührt sich. Vielleicht sind da drin auch alle tot?«

Ich kriege eine Gänsehaut, ich kann nichts dagegen machen. »Gibt nur einen Weg, das rauszufinden.«

Wir huschen vorsichtig zum Vorhof hinüber, dann zu den Glastüren des Ladens hin. Ich greife nach der Klinke.

»Warte!«, sagt Smitty rau. »Da ist jemand hinter dem Tresen!«

Und wirklich, hinter der Registrierkasse ist der Kopf eines Mannes zu sehen. Sein Gesicht ist bleich und feucht, mit einem Büschel staubig schwarzer Haare darüber. Ihm hängt eine Zigarette aus dem Mundwinkel und Rauch kräuselt sich empor, während er zu uns herüberstarrt. Einen Moment lang frage ich mich, ob der Kopf in der Luft schwebt, dann kommt eine Hand hoch und die Zigarette ist verschwunden.

Gott sei Dank. Ein richtiger, lebendiger Erwachsener, der dafür sorgen kann, dass dieser Mist hier aufhört.

»Verpisst euch!« Eine knacksende Stimme über Lautsprecher. »Die Tür ist abgeschlossen. Macht, dass ihr wegkommt.«

Smitty schlägt gegen die Scheibe. »Lassen Sie uns rein, Mister. Machen Sie schon, wir brauchen Hilfe!«

»Nein«, ruft der Mann. »Geht weg!«

»Sir, wir sind bloß Schüler«, rufe jetzt ich. »Und unser Busfahrer braucht einen Arzt. Sie müssen uns helfen!«

»Wenn ihr wisst, was gut für euch ist, dann zieht ihr jetzt Leine!«, brüllt der Mann und verschwindet hinter dem Tresen.

»Wir brauchen ein Telefon, du Wichser.« Smitty tritt gegen die Tür.

Ich sehe ein Schild: *Kundentoiletten*, mit einem Pfeil, der um die Ecke zeigt. »Lass mal«, sage ich zu Smitty. »Vielleicht kommt man hintenrum rein.«

Und wirklich, so ist es.

»Hier rein.« Smitty geht vor und zieht mich durch eine Tür, als wäre es seine Idee gewesen. Drinnen ist es dunkel. Ich erkenne einen kurzen Flur und auf jeder Seite eine Tür. Auf der einen steht *WC*, auf der anderen *Privat*. Die versuchen wir.

Da drin ist es noch dunkler. Ich taste nach dem Lichtschalter. Flackernd geht eine gelbe Neonröhre an. Zum Glück ist niemand da. Es ist ein Hausmeisterraum mit einer zweiten Tür am Ende.

»Da geht's in den Laden.« Smitty versucht die Klinke. »Abgeschlossen. Aber mit irgendwas hier drin können wir sie aufbrechen.« Er fängt an die Regale abzusuchen.

Ich weiß, dass es jetzt so weit ist. Ich habe es lange genug hinausgezögert.

»Ich check mal die Toilette«, sage ich zu Smitty. »Bin gleich wieder da.« Ich gehe in den Flur hinaus und gucke durch die Tür, auf der *WC* steht. Drei Kabinen und ein Waschbecken. Ich schlüpfe in die erste Kabine, schließe ab und hocke mich schaudernd hin. Lebensgefährliche Lage hin oder her, wenn man muss, dann muss man.

Anschließend kommt mir alles schon viel besser vor. Ich bleibe noch einen Moment sitzen und hole tief Luft. Alles wird gut. Wir gehen jetzt da in den Laden, rufen die Polizei und kommen aus diesem Höllenloch hier raus. In ein paar Stunden bin ich wieder zu Hause, esse den Mikrowellenfraß meiner Mutter und weiche wie immer gereizt ihren nervigen Fragen aus. Ich reibe mir das Gesicht, schüttele meine Schultern aus und gestatte mir einen tiefen, von Herzen kommenden Seufzer.

In der Nachbarkabine antwortet etwas mit einem schrecklichen, todesröchelnden Ächzlaut.

Kapitel 4

Eine Sekunde lang frage ich mich, ob ich mir das Ächzen eingebildet habe. Weil ich natürlich gern *möchte*, dass es nur Einbildung war. Und wie ich es möchte!

Ich habe mal einen Bären gesehen. Da war ich auch gerade pinkeln. Wir haben zu Hause in den Staaten eine Wanderung gemacht – einer der letzten Ausflüge, zu denen Dad mich mitgenommen hat, bevor er krank wurde. Ich habe mich jedenfalls weggeschlichen, um pinkeln zu gehen, weil ich absolut nicht wollte, dass mein Vater sah, wie ich irgendwo hockte. Als ob er überhaupt geguckt hätte. Als ob ihn das überhaupt interessiert hätte. Jedenfalls saß ich da, und als ich mir die Hosen wieder hochzog, stand da plötzlich ein Bär. Vielleicht drei Meter entfernt. Wunderschön, dickbäuchig und glänzend, und seine trägen Augen sahen mich an. Ich habe mich geduckt, habe mich in das Gras gekauert, das nass von meinem Urin war, und nach einem Stein oder einem Stock umgesehen. Nach irgendeiner Waffe halt, bloß da war nichts. Als ich wieder nach oben guckte, war der Bär weg. Später habe ich mir eingeredet, dass da nie einer gewesen war. Dass ich gar keinen gesehen hatte. Wer sieht schon einen Bären?

Und genauso habe ich mir das Ächzen nur eingebildet. Keine Frage. Oder ein Rohr hat gegluckert oder es war Smitty. Ja, genau – dieser widerliche Kerl hat sich hier hereingeschlichen und will mir einen Schrecken einjagen.

Da ächzt es ein zweites Mal.

Es ist kein Rohr, es ist nicht Smitty und es ist auch kein verflixter Bär.

Ich stütze mich an den Seitenwänden ab und steige langsam auf die Kloschüssel, ziehe mir so leise wie möglich Leggings und Jeans hoch und mache dann den Reißverschluss zu.

Was immer da nebenan ist, es wimmert auf und der zittrige Laut steigert sich zu einem Heulen.

Panik schnürt mir die Kehle zu. Ich sehe zur Tür. Abgeschlossen. Puuh! Bloß ist die Lücke unten an der Trennwand groß genug, um drunter durchzukriechen. Und damit ist noch nicht einmal berücksichtigt, dass dieses Etwas da nebenan vielleicht einfach über die Wand springen oder die Tür einschlagen kann.

Hier drin ist es nicht sicher. Ich muss definitiv hier weg. Bevor die Angst mich lähmt.

Das Vieh keucht jetzt, es keucht und pfeift und ächzt.

Wie schnell kann es rennen? Wenn es so ein Vieh wie Mr Taylor ist, dann wahrscheinlich nicht besonders schnell. Aber hör sich das mal einer an, da spekuliere ich mir schon wieder einen Vorteil zusammen. Ich kneife die Augen zu und stelle mir vor, wie ich den Riegel zurückschiebe, zur Tür laufe, sie aufmache und hinter mir zuknalle – vielleicht irgendwie versperre – und nach Smitty rufe, der hoffentlich inzwischen einen Weg in den Laden gefunden hat.

Wahrscheinlich, vielleicht, hoffentlich – alles keine guten Wörter.

Jetzt ist es still. Ich öffne die Augen und mache mich zum Laufen bereit, blicke auf meine Füße hinunter, die auf der Klobrille stehen. Ist ein bisschen eklig, dass ich nicht spülen konnte, andererseits: Ist es gelb, lass es stehen ... sonst wird dich niemand wiedersehen. Ich muss versuchen zur Tür zu kommen, und zwar schnell.

Als ich gerade losspringen will, ist ein neuer Laut zu hören.

Ein vertrauter, rasselnder Laut.

Als ich das letzte Mal einen Untoten gesehen habe, hatte der keine Verwendung für einen Inhalator.

Ich steige auf den Wasserkasten, lehne mich an die Wand und richte mich auf, bis ich beinahe in die Nachbarkabine gucken kann. Sei mutig. Ich stelle mich auf die Zehenspitzen und zwinge mich da hinüberzulugen.

Ein Junge kauert auf der Toilettenbrille, die Hände vorm Gesicht. Die weißen, flauschigen Haare sind unverwechselbar. Das ist Pete Moore. Der mit der durchsichtigen Haut und der Busklo-Stinkbombe. Anscheinend probiert er gern alle Klos aus, die er finden kann. Mein Herz schlägt ein bisschen langsamer.

Ich flüstere: »Hey!«

»Waaa ...!« Pete streckt alle viere von sich wie eine Katze, die irgendwo herunterfällt, und landet mit dem Po in der Kloschüssel.

»Alles okay, ich bin's bloß!«, zische ich.

Pete schaut mit wildem Blick zu mir nach oben.

»Ich bin in deiner Klasse, weißt du nicht mehr?« Ich bemühe mich um einen beruhigenden Tonfall. »Sind wir hier drin alleine?«

»Pah!« Pete krabbelt in eine Ecke der Kabine. »Ich weiß nicht ... Warum fragst du mich das? Woher kommst du überhaupt? Warst du im Café? Weil, wenn du da nämlich drin warst, dann solltest du von mir wegbleiben. Geh wieder dahin zurück und komm nie wieder in meine Nähe ...«

»Du warst im Café? Hast du gesehen, was passiert ist?«

»Na klar hab ich's gesehen! Ich hab gesehen, wie der Tod gekommen ist!« Dann fängt er an zu heulen.

»Pst, leise«, dränge ich ihn verzweifelt. »Mach die Tür auf und lass mich rein, okay?«

»Lass mich rein, sagt sie!« Pete lacht hysterisch. »Lass mich rein, damit ich auf deinem Arm rumkauen kann. Noch eine Portion Pommes dazu? Nein, danke.« Er lacht vor sich hin, total durchgeknallt.

Ich versuche, nicht weiter auf den dreckigen Fußboden zu achten, als ich hinunterspringe, auf alle viere gehe und unter der Trennwand durchrutsche. Als ich drüben bei Pete ankomme, verwandelt sich sein manisches Lachen in Kreischen und er tritt nach mir. Er ist langsam und dem ersten Tritt kann ich ausweichen, aber der zweite landet auf meinem Oberarm, der prompt taub wird.

»Ich versuche dir zu helfen, du Idiot!«

Mir bleibt nichts anderes übrig, als mich auf seine Beine zu werfen und sie unten zu halten, aber er kreischt immer noch laut und windet sich wie ein Wurm in einer Pfütze.

»Sei still! Wenn hier noch mehr von diesen Viechern sind, lockst du sie doch direkt hierher!«

Durch irgendein Wunder verstummt Pete, die Arme halb vor dem Gesicht. Er hält den Kopf schief und glotzt mich an, mit einem hellgrünen Auge, das starr und blutunterlaufen ist. Er nickt.

»Gut.« Ich gestatte mir einen winzigen Hauch Erleichterung. »Das ist gut. Bleib einfach ruhig. Alles wird gut.«

Es gibt einen Rums und die Tür fliegt auf. Pete und ich kriegen einen Mordsschreck.

»Na, hast du dir einen Freund angelacht?«

Smitty steht in der Tür, einen Schraubendreher in der Hand. »Ich hab die Tür zum Laden aufgekriegt, falls dich das interessiert. Ansonsten kannst du ja weiter hier mit Albino-Boy auf dem Boden rumlümmeln.«

Ich stehe auf und Pete zieht sofort die Beine an, wie ein Einsiedlerkrebs.

»Er hatte sich hier drin versteckt«, sage ich. »Er ist im Café dabei gewesen und weiß irgendwas, aber er brabbelt nur sinnloses Zeug.«

»Ha!« Smitty lacht. »Das ist nichts Neues.« Er beugt sich hinunter, greift nach Petes Arm und zieht ihn in einer fließenden Bewegung nach oben. Pete springt zurück gegen die Trennwand, er schlottert förmlich. »Ich bin doch nicht der Feind, du Dummbratz«, seufzt Smitty. »Auf geht's.«

Wir verlassen das Klo und gehen durch den Hausmeisterraum zu der Tür, die jetzt angelehnt ist. Pete, dessen Atem wieder pfeifend geht, hängt zurück und brabbelt vor sich hin.

»Der Tod ist gekommen und er wird wiederkommen. Der Tod ist gekommen und er wird wiederkommen. Der Tod ...«

»Bring ihn zum Schweigen, ja?«, sagt Smitty zu mir.

»Als ob er tut, was ich sage.«

»Du hast ihn gefunden. Wir gehen jetzt da rein.«

Er packt den Schraubendreher fester und öffnet langsam die Tür. Das Neonlicht vom Laden ergießt sich in den kleinen Raum. Smitty lauscht kurz, gibt mir ein Daumenhoch-Zeichen und schlüpft nach drinnen.

Ich drehe mich zu Pete um, der mich böse anfunkelt. Ich seufze. *Na schön. Dann bleib halt hier und warte drauf, dass der Tod kommt und wiederkommt.*

Ich folge Smitty, ducke mich hinter die Regale mit Chips und Keksen und Grillanzündern, schleiche in die Richtung, wo der Kopf des Mannes hinter der Registrierkasse verschwunden ist.

Smitty springt auf den Tresen, den Schraubendreher vorgereckt.

»Überraschung!«, ruft er.

Ein Kriegsschrei ertönt von unter dem Tresen und der Mann springt auf und schlägt mit einem Baseballschläger nach Smittys Füßen. Wer hätte gedacht, dass sie in Schottland Baseball spielen? Ich weiche abrupt zurück und knalle mit dem Rücken gegen die Kante eines Regalbretts. Dem ersten Schlag ist Smitty ausgewichen, aber da kommt schon der zweite. Smitty springt in die Luft, als der Schläger Lufterfrischer, Pfefferminzbonbons und Flaschen mit Motoröl auf den Boden fegt.

»Aufhören!« Dass ich mir das sparen kann, weiß ich, bevor ich es noch gerufen habe.

Smitty weicht dem dritten Schlag mit einem Hechtsprung aus und donnert gegen eine Vitrine mit Gebäck. Der Mann macht einen Satz über den Tresen und schlägt zu. Glasscherben und Donuts fliegen in alle Richtungen, und Smitty duckt sich weg und krabbelt rückwärts durch eine Pfütze Motoröl, die sich rasch auf dem Boden ausbreitet. Ich sehe meine Chance. Ich werfe mich gegen die Kniekehlen des Mannes, was ihn aus dem Gleichgewicht bringt und im Öl ausrutschen lässt. Er schlägt hart auf und es knackt, als sein Kopf den Fußboden trifft. Der Schläger fliegt ihm aus den Händen. Ich strecke einen Arm aus und fange ihn. Dad wäre richtig stolz auf mich gewesen.

»Aufhören, hab ich gesagt!« Ich hole drohend mit dem Schläger aus. »Oder ich brat euch beiden eins über!« Speichel fliegt mir aus dem Mund, was wirkungsvoll meine Attraktivität unterstreicht.

Hinter den Regalen lacht jemand. »Das ist kein Witz von ihr.« Pete streckt seinen Kopf hervor.

»Schnauze, Albino!«, ruft Smitty.

»Selber Schnauze!« Der Mann auf dem Boden stößt Smitty seinen Zeigefinger entgegen. »Dieser wild gewordene Junge hat mich mit einem Messer angegriffen. Für so was kommt man ins Gefängnis.«

»Das war ein Schraubendreher, Sir.« Ich mahle mit den Zähnen. »Und ich bin mir sicher, dass er es nicht so gemeint hat. Er möchte sich dafür entschuldigen – stimmt doch, Smitty, oder?«

Smitty verzieht das Gesicht.

»Oder?« Ich packe den Schläger fester.

Smitty verdreht die Augen und nickt.

»Na also. Wir sind alle Freunde.« Ich bemerke zum ersten Mal das Namensschild am Hemd des Mannes. Es hängt schief und *Gareth* steht darauf. Ich wende mich an den Mann, nehme den Schläger aber nicht herunter, nur vorsichtshalber. »Gareth? Ich bin Bobby, das ist Smitty und das da hinten ist Pete. Wir brauchen Ihre Hilfe. Es gibt Verletzte und Sterbende; wir wissen nicht, was los ist, und wir müssen die Polizei rufen.«

Gareth setzt sich auf und reibt sich den Kopf. »Durchgeknallte Teenager haben mir gerade noch gefehlt. Aber wenn ihr hier telefonieren wollt, dann seid ihr an der falschen Adresse.« Er zieht sich am Tresen hoch. »Die Leitung ist tot.«

»Er lügt!« Smitty ist auch wieder aufgestanden.

»Warum sollte ich?«, fragt Gareth. Ziemlich plausibler Einwand. »Meinst du etwa, *ich* hänge gern hier fest?« Er wirft Smitty den Hörer zu. »Hier, probier's doch selbst. Wir sind erledigt.« Er geht um den Tresen herum und setzt sich auf den Stuhl, dann befühlt er seinen Kopf, als ob er nach Rissen sucht.

Ich glaube, ich brauche jetzt nicht mehr mit dem Schläger zu drohen. »Wissen Sie, was mit den ganzen Leuten passiert ist?«

Gareth grinst böse. »Als Erstes ist das Telefon ausgefallen. Mein Chef ist rüber zum Café gegangen, um nachzusehen, was los ist. Als er wieder zurückkommt, wird er ohnmächtig und ich versuche ihm zu helfen. Ich denke, er hat einen Herzanfall oder so was. Er atmet nicht mehr. Mausetot. Das Nächste, was ich mitkriege, ist, wie er nach mir greift und mich beißen will.« Er zeigt auf meine neu erworbene Waffe. »Den Schläger hatte er immer unter dem Tresen liegen, falls es nachts mal Ärger gibt. Auf die Idee, dass *er* diesen Ärger machen könnte, ist er nie gekommen. Ich hab ihn damit einmal quer durch die Hölle geprügelt.«

Ich sehe mir den Schläger zum ersten Mal aus der Nähe an. An dem einen Ende sind ein roter Fleck und ein paar Haare zu sehen. Mein Magen verknotet sich.

»Was haben Sie mit ihm gemacht?«

Gareth klopft sich eine Zigarette aus einer Schachtel. »Er ist mit jedem Schlag nur noch wilder geworden. Ich konnte nicht viel ausrichten ...« Er zündet die Zigarette an, steckt das Feuerzeug weg, atmet tief aus. »Bis ich das hier gefunden habe.« Er nimmt einen Gegenstand vom Tresen. Ein kleiner Holzklotz, aus dem ein Metallstäbchen ragt, auf das kleine Zettel gespießt sind. Kassenbons. Gareth kichert. »Er konnte Buchhaltung nie ausstehen. Er hat immer gesagt, die kriegt er einfach nicht in den Kopf.« Von der Spitze des Stäbchens tropft Blut. »Nun, diesmal schon.«

Ich schlucke. »Was ist passiert?«

Gareth fixiert mich finster. »Er ist da raufgefallen.« Er stößt die Spitze nach vorn. »Voll durchs Auge. Es ist geplatzt wie eine Weintraube.«

»Cool!«, sagt Smitty.

»Nein«, sage ich leise. »Das ist schrecklich.«

»Ach, so schlimm ist es auch wieder nicht«, sagt Smitty. »Wir haben gerade unseren Lehrer überfahren, schon vergessen?«

»Welchen?«, fragt Pete.

»Mr Taylor«, sage ich dumpf.

»Ja!« Pete klatscht erfreut in die Hände.

Ich sehe Gareth an. »Und was haben Sie dann gemacht?«

Er zuckt mit den Schultern. »Versucht die Polizei zu rufen. Die Leitung war tot. Also bin ich zum Café rüber. Alle waren tot. Ich hab aber nicht gewartet, ob welche wieder zum Leben erwachen. Ich bin hierher zurückgekommen und hab die Leiche im Lagerraum eingeschlossen.« Er deutet zu einer Tür in der Ecke. »Nur für den Fall.«

»Dann sind Sie nicht mal auf die Idee gekommen, im Café nach einem Telefon zu suchen?« Smitty verzieht verächtlich das Gesicht.

»Klar doch, ich hänge da so lange rum, bis ich auch durchdrehe wie mein Chef«, sagt Gareth. »Tolle Idee.«

»Dann warten wir einfach hier, ja?«, sage ich. »Das ist eine Tankstelle; da kommen doch ständig Autos angefahren.«

Gareth lacht. »Das ist kein Tag wie jeder andere, Mädchen.«

»Er hat Recht«, wirft Smitty ein. »Hast du schon irgendein Auto ankommen sehen, seit wir hier sind?« Er schaut zum Café hinüber. »Entweder das liegt am Schnee oder ...«

»Oder das, was hier gerade passiert, passiert überall.«

Niemand sagt etwas. Ich glaube, wir ignorieren alle, was ich gerade gesagt habe, aber ausgesprochen ist es trotzdem.

Ich riskiere ein Lächeln. »Gareth, ich glaube, Sie sind ungefähr so alt wie wir alle zusammen. Haben Sie ein Auto?«

Gareth schüttelt den Kopf. »Heute nicht.« Er wird rot. »Ich hab mich fahren lassen.«

Ich strahle. »Gut. Dann werden Sie doch wieder abgeholt, wenn Ihre Schicht um ist, oder? Dann warten wir so lange.«

»Oder wir schließen ein Auto kurz«, sagt Smitty. »Oder fahren den Bus.«

Gareth sieht uns fassungslos an. »Habt ihr das Wetter nicht mitbekommen?«

»Trotzdem können wir es ja wenigstens versuchen!«, ruft Smitty.

Bevor Gareth antworten kann, heult draußen ein Motor auf und ein großer Schatten umfährt schlingernd die

Bäume und hält auf die Tankstelle zu. Es ist unser Reisebus.

»Na also!«, ruft Smitty. »Voll der krasse Rallye-Pilot, unser Busfahrer!«

Wir flitzen zum Fenster und sehen zu, wie der Bus die Straße verlässt und die Böschung hinauffährt. Den letzten Ahorn streift er fast, dann rast er auf uns zu.

»Er fährt zu schnell«, sage ich. »Warum fährt er so schnell?«

Noch während ich das sage, sehe ich, warum.

Hinter dem Bus stolpern Leute durch den Schnee. Die Arme ausgestreckt, die Köpfe rollend, die Füße nachziehend ...

»Und um die Vorstellungsrunde zu beenden, Gareth«, sagt Smitty und deutet mit schwungvoller Geste zu dem herannahenden Mob, »darf ich Ihnen auch noch den Rest der elften Klasse der All-Souls-Oberschule vorstellen.«

Unsere Mitschüler. Manche lebhafter, als ich sie je gesehen habe.

Der Bus hat jetzt den Vorhof erreicht. Er schlittert über den vereisten Boden, fährt an den Zapfsäulen vorbei direkt auf die Kasse zu.

»Abbremsen!«, schreie ich.

Smitty packt mich. »Der wird nicht bremsen.«

Während der Bus mit übelkeiterregender Unausweichlichkeit auf uns zurast, bekomme ich nur mit, wie Petes weiße Haare hinter einem Regal abtauchen, und spüre unten am Rücken Smittys Hand, als er mich zu Boden drückt. Es rumst mörderisch und alles fliegt durch die Gegend, begräbt uns unter einem Schauer von Chips, Keksen und Regalteilen.

Ich schließe die Augen und warte auf meinen bevorstehenden Tod.

Kapitel 5

Einen wunderschönen Moment lang setzt die Zeit aus und unter dem Schutt ist alles still. Ruhig, dunkel, warm und seltsam behaglich, wie in einem Kokon.

Ich kann Motoröl riechen, zuckerige Donuts und einen schärferen, süßeren Duft. Himbeeren? Irgendetwas kitzelt an meiner Nase ... Ich öffne die Augen und puste mir Haare aus dem Gesicht. Nicht meine Haare, sondern Smittys. Sein Kopf liegt in meiner Halsbeuge und er ist ohnmächtig. Er benutzt Himbeershampoo? *Dabei ist er doch bereits ein richtig großes Mädchen.* Ich muss kichern. Ist aber schon irgendwie peinlich, dass er halb auf mir draufliegt und meinen Arm einklemmt. Sein Gewicht drückt schwer auf meine Brust und einer seiner Arme umschlingt halb meinen Kopf. Er liegt da, ohne sich zu bewegen. Das ist gar nicht gut. Panik erfasst mich und ich werfe meinen freien Arm nach außen.

Der Schutthaufen ächzt bedrohlich, ein Lichtstrahl durchschneidet die dicke Luft und die Welt stürzt wieder auf mich ein. Jemand brüllt, Glas bricht und eine Alarmanlage schrillt so laut, dass sie Tote wecken könnte. Ich versuche mich zu bewegen, aber ich bin am Boden festgenagelt, einmal von Smitty und außerdem von etwas Schwererem mit einer scharfen Kante, die sich schmerzhaft in meine Beine drückt. Wenigstens spüre ich sie noch.

»Smitty!« Ich versuche ihn mit der freien Hand an der Schulter zu rütteln. »Alles okay mit dir?«

»Häh?« Er kommt mit einem Ruck wieder zu sich und schnappt nach Luft wie ein gestrandeter Fisch. »Wasn los?«

Bevor ich antworten kann, springt er rückwärts von mir herunter, als könnte er sich an mir verbrennen, und alles Mögliche um mich herum purzelt übereinander. Das war's, der Kokon ist geplatzt.

»Schnell!«

Ich wende den Kopf und sehe Pete über mir stehen. Seine Klamotten sind merkwürdig zerfetzt, als ob man ihn quer durch Stacheldraht gezogen hätte, und er streckt eine Hand aus. Er hat einen silbrigen Heiligenschein, wie ein Engel. Dann dreht er sich zum Fenster um und ich sehe, dass ihm irgendein Regalteil im Kopf steckt. Blut sickert durch seine weißen Haare.

»Sie kommen!«

Ich folge seinem gehetzten Blick. Durch den Staub sind auf der anderen Seite dessen, was einmal das Schaufenster gewesen ist, dunkle Umrisse zu sehen und sie strecken in einer grausigen Willkommensgeste die Arme aus ...

»Meine Beine«, fluche ich.

Eine Sekunde später hebt sich das Gewicht und ich

werde von Smitty aus dem Schutt gezerrt. Hier drin sieht es aus, als ob eine Bombe eingeschlagen hätte. Die Schnauze des Busses klemmt in dem Laden fest wie ein Hund, der seinen Kopf zu tief in ein Kaninchenloch gesteckt hat. Der Fahrer ist über dem Steuer zusammengesackt und hinter der Windschutzscheibe ist Alices weißes Gesicht zu sehen; sie schreit uns an, ohne dass etwas zu hören ist. Der Alarm übertönt es.

Wir machen, dass wir auf die andere Seite des Busses kommen, und da ist Gareth. Ihm hängt immer noch die Zigarette im Mundwinkel. Er schlägt mit dem Baseballschläger blindlings auf den Staub ein.

»Kommt doch her!«, brüllt er die herannahenden Schatten an. »Zeigt, was ihr draufhabt!«

Der Motor des Busses heult auf und Alice erscheint an der offenen Tür. »Nun macht schon!« Sie winkt uns hektisch herein.

Wir weichen dem verwirrten Gareth aus und klettern in den Bus.

»Wartet!«, sagt Pete. »Ich bin gleich wieder da. Fahrt bloß nicht ohne mich weg.« Er springt aus dem Bus und huscht zurück in den Laden.

»Hinsetzen und festhalten!« Der Fahrer lallt wie betrunken und lässt den Motor erneut aufheulen.

»Er ist wieder zu sich gekommen«, sagt Alice. »Gerade rechtzeitig, um wegzufahren, als die plötzlich aufgetaucht sind.« Sie starrt nach draußen. »O mein Gott, das ist Em ...« Sie geht zu einem Fenster. »Em ist da draußen – Em!« Sie schlägt mit der Handfläche gegen die Scheibe. »Hierher! Libby ist auch da draußen! Und Shanika ... O Gott!« Sie dreht sich wieder zu mir um. »Wir müssen ihnen helfen, bevor diese Monster sie fressen.«

Ich starre zu den dahintrottenden Gestalten hinaus. »Ich glaube, sie *sind* die Monster, Alice.«

Alice dreht sich langsam zu ihren vermeintlichen Freundinnen um. Em krallt die leere Luft mit Klauenhänden und setzt die Füße so staksig auf wie ein Laufsteg-Model, das versucht eine Zigarette auszutreten. Shanikas Augen treten hervor und sie mahlt mit den Zähnen, während sie unbeholfen über eine Kühlvitrine hinwegsteigt, die nach draußen auf den Vorhof gerollt ist. Libbys Kopf baumelt zur Seite weg und ihr läuft schwarzes Blut aus den Mundwinkeln. Kein guter Look. Aber wie der Rest der Meute hinter ihnen haben sie ein Ziel und kommen immer näher.

»Das ist ja der pure Horror!«, schreit Alice. »Sie wollen uns töten!« Ihre Augen werden zu Schlitzen. »Und Shanika hat sich meine Candy-Couture-Tasche gekrallt, diese Schlampe! Fahren Sie, los«, sagt sie zum Fahrer. »Fahren Sie sie über den Haufen.«

»Wir können doch nicht ohne Pete weg!«, rufe ich. »Und ohne ihn auch nicht!« Ich zeige zu Gareth, der jetzt, wo die Meute dichter dran ist, nicht mehr ganz so von seinen Kampfkünsten überzeugt zu sein scheint.

»Der eine bringt nichts und der andere ist durchgeknallt«, sagt Smitty und wirft mich in einen Sitz. »Geben

Sie Stoff, Mister!«, ruft er dem Fahrer zu und springt zum Türhebel.

»Nein!«, schreie ich und kämpfe mich wieder aus dem Sitz hoch. Die Tür geht zu, aber ein Arm fährt dazwischen und sie springt wieder auf. Pete wirft sich auf die Stufen, er hat immer noch seinen Metall-Heiligenschein und trägt eine flache schwarze Kiste in den Händen.

»Du Geisteskranker!«, ruft Smitty. »Komm hier rauf.«

Gareth erscheint hinter Pete und springt an Bord. »Losfahren! Los, los, los!«

Der Fahrer tritt das Gaspedal durch, während Gareth und Pete noch den Gang hinunterkrabbeln. Ich hechte mich wieder in meinen Sitz, ziehe mir die Knie vor den Körper und schicke ein stilles Gebet an jeden, der zufällig zuhört. Der Bus macht einen Satz zurück durch das Ladenfenster, dann bleibt er mit einem Kreischen von Metall auf Metall hängen. Ich kneife die Augen zu und versuche uns da per Willenskraft herauszukriegen, aber ich bete offensichtlich zum falschen Gott. *Mach schon, mach schon.*

Ein Klopfen und Trommeln setzt ein, wie ein spöttischer Applaus für die Bemühungen des Fahrers. Klatsch, klatsch, klatsch – überall um uns herum. Ich öffne die Augen und wage einen Blick. Hände schlagen gegen den Bus: kleine Hände weiter unten und Erwachsenenhände oben gegen die Fenster. Der Bus macht wieder einen Ruck, die Gangschaltung knirscht und wir fahren erneut rückwärts, dann ein Stück vorwärts, haben uns fast befreit.

»Sie haben eine Zapfsäule erwischt, Sie Idiot!«, brüllt

Gareth ein paar Reihen hinter mir. »Jetzt ist überall Benzin.«

Und richtig, hinter uns schießt eine Fontäne vier Meter in die Höhe und besprüht die herumtrottenden Gestalten.

»Anhalten!« Smitty reißt Gareth die brennende Zigarette aus dem Mundwinkel.

»Hey!«, protestiert er.

Smitty springt zur Luke hinauf.

»Was machst du denn?«, schreie ich ihm hinterher.

»Warten Sie, bis ich rufe!« Smitty ist oben auf dem Dach, bevor ihn jemand bremsen kann. Ich bin dicht hinter ihm, taste mit den Händen nach Halt in der Luke, rutsche mit den Füßen ab.

»Bist du jetzt total durchgeknallt?«, brülle ich. Ich weiß, was er vorhat, und einerseits muss ich ihn aufhalten, andererseits aber auch nicht.

Er zwinkert mir zu. »Das wollte ich schon immer mal machen.« Er nimmt einen Zug von der Zigarette, dann schnippt er sie in die Luft. Langsam, beinahe elegant, trudelt sie nach unten Richtung Boden.

»Weg hier!« Er schiebt mich wieder zurück durch die Luke und fällt dabei praktisch zum zweiten Mal heute Nachmittag auf mich drauf. »Losfahren!«, schreit er und der Bus ruckt nach vorn, die Räder drehen durch, der Motor brüllt. Es macht *wuuuump* und der Luftdruck ändert sich. Vom Heck des Busses her kommt Glas angeschossen und überall um uns herum sind Flammen. Ich ziehe den Kopf ein und klammere mich an dem Sitz fest, während der Bus mit neuem Schwung vorwärtsrast. Aus dem Augenwinkel sehe ich Gestalten im Feuer tanzen, sehe Flammenbälle stolpern, zu Boden fallen und liegen bleiben. Während der Bus um eine Kurve auf die Straße fährt, erschüttert eine gewaltige Explosion den Boden. Das Licht ist so grell, dass man es kaum aushält. Ich begrabe mein Gesicht in der Kopfstütze. *Weiterfahren, weiterfahren.*

An der Steigung heult der Motor immer lauter. Wir werden langsamer. Ich luge zwischen meinen zittrigen Händen hindurch; rechts geht es steil hinunter. Als wir die Kuppe erreichen, scheint der Bus fast zu stehen.

»Die Räder drehen durch!«, ruft Gareth.

Der Fahrer bricht über dem Steuer zusammen. Der Motor geht aus und der Bus fängt an langsam rückwärtszurutschen.

»Er ist ohnmächtig geworden«, rufe ich und drehe mich zu Gareth um. »Übernehmen Sie das Steuer.«

»Übernimm's doch selbst!« Gareth stützt sich auf einen Sitz.

Hinten fängt Alice an zu heulen. »Was ist denn mit Ihnen los?«, kreischt sie Gareth an. »Wir stürzen gleich da runter!«

»Ich fahre eben nicht Auto«, ruft Gareth.

Smitty fällt fast über ihn her. »Sie fahren nicht Auto? Welcher Erwachsene ist denn so beknackt und fährt nicht Auto?«

Er saust nach vorne und zieht den Fahrer von seinem Sitz herunter. Aus irgendeinem kranken, mir total unklaren Grund springe ich auf den Fahrersitz. Ich kann nicht Auto fahren – und Bus schon gar nicht. *Musst du auch gar nicht,* sagt die Stimme meines Vaters zu mir. *Du brauchst den Bus ja nur anzuhalten. Das Bremspedal ist das mittlere, weißt du noch?*

Ich trete hoffnungsvoll das Pedal durch. Der Bus rutscht übers Eis und kommt dem Abgrund gefährlich nahe.

»Das funktioniert nicht!«, schreie ich.

Smitty packt das Lenkrad und beginnt es hilflos zu drehen.

Alice kreischt, als der Bus an Schwung gewinnt. Wir sind erledigt.

Plötzlich ist Pete neben mir. »Lass mich mal«, sagt er.

»Was?«

»Ich kann das«, drängt er. Er hat immer noch diesen Regalteil-Heiligenschein, aber ein Stück ist abgegangen und jetzt sieht sein Kopf so aus wie eine Kugel Vanilleeis mit einer Waffel drin.

Ich gleite vom Sitz und Pete springt hinein und dreht den Anlasser.

»Bremsen ist unter diesen Bedingungen tabu«, ruft er, als würde er uns Unterricht geben. Er schiebt einen Hebel nach vorn und drückt das Gaspedal herunter, ganz vorsichtig. Der Bus rutscht jetzt langsamer. »Der Trick ist, mit einem niedrigen Gang anzufangen.« Er wuchtet einen anderen Gang rein und der Bus hält an. »Und dann so schnell wie möglich höher zu schalten. Je weniger Antrieb, desto besser.« Der Bus fängt an, sich den Hang hinaufzubewegen. »Bleibt schön, wo ihr seid!«, schreit er. »Drückt die Daumen, dass wir es nach oben schaffen, und rührt euch nicht von der Stelle!«

Wir halten alle den Atem an, wobei uns Petes totaler Persönlichkeitsflickflack ebenso sehr einschüchtert wie unser bevorstehender Untergang. Langsam, ganz langsam kriecht der Bus auf die Hügelkuppe zu und immer, wenn er ein Stück rutscht, steigt wieder Panik in mir auf. Und ist das zu fassen, wir schaffen es.

Rechts von uns liegt, mit Blick auf das Café unten am Fuß des Hügels, eine kleine Fläche, die mit *Ausweichparkplatz* bezeichnet ist. Pete steuert den Bus profimäßig da hinauf und dreht den Zündschlüssel. Der Motor vibriert noch einmal und geht aus. Pete lehnt sich in den Sitz zurück und atmet tief aus; ich ebenso, während ich da auf der obersten Stufe kauere und mich an der Querstange festhalte.

»Warum halten wir an?«, fragt Smitty. »Fahr weiter, Albino!«

Pete greift in seine Hosentasche und holt seinen Inhalator heraus. Er nimmt einen langen Zug. »Wohin denn?«, fragt er mit gespenstischer Gelassenheit. »Die Straße führt weiter den Berg rauf.« Er zeigt mit dem Inhalator dorthin. »Und die Karre hier schafft die Steigung auf keinen Fall.« Er nimmt noch einen langen Zug.

»Ähm, na ja, ich hab halt gedacht ...« Smitty tut blöd. »Wie wär's denn mit der *Ausfahrt*?« Er packt Pete und schubst ihn gegen das Fenster.

»Hey!«, protestiere ich, aber Smitty hört nicht zu.

»Siehst du die Straße da unten?« Er zeigt zu einer Abzweigung, die von der Tankstelle wegführt, vorbei am Cheery Chomper und dann weiter auf die von einer Baumreihe verdeckte Hauptstraße. »Weißt du noch, wie wir hier reingefahren sind? Jetzt wäre genau der richtige Moment, wieder rauszufahren.«

Pete schüttelt ihn ab und setzt sich wieder. »Das war der Job von jemand anders, schon vergessen? Ich bin da nicht gefahren.«

»Lasst uns jetzt endlich von hier abhauen!« Alice tritt in den Gang hinaus. »Du kannst fahren. Bring uns hier raus!«

»Tolle Idee.« Pete klopft an das Armaturenbrett. »Bloß fahren wir schon im roten Bereich.«

Alice entgleiten die Gesichtszüge. »Der Tank ist leer?«

Smitty flucht. Gareth steuert auch noch ein paar auserlesene Worte bei.

Pete seufzt. »Und wir dürfen wohl davon ausgehen, dass Smitty uns die Möglichkeit genommen hat aufzutanken.« Er winkt mit der anmutigen Handbewegung einer Ballerina zur Tankstelle hinüber.

Gareth starrt Smitty wütend an. »Du dämlicher Piepel!«

»Ach ja?«

Gareth und Smitty strecken die Brust heraus und plustern sich auf wie zwei stinksaure Kampfhähne.

»Dann bleiben wir eben hier!«, rufe ich. »Fürs Erste jedenfalls.« Ich gehe zwischen die beiden. Wie immer die Friedensstifterin. »Wir sichern den Bus und warten, dass jemand kommt.«

Sie funkeln einander noch ein paar Sekunden lang an, weil keiner nachgeben will, dann boxt Smitty gegen eine Rückenlehne und schwingt sich auf das Armaturenbrett hinauf, wo er kauert wie ein Wasserspeier und den Kopf schüttelt. Gareth stolziert in den hinteren Teil des Busses davon.

Pete verzieht das Gesicht. »Ich glaub, ich hab mich am Kopf verletzt.« Er tastet mit einer Hand in der Nähe seiner Heiligenschein-Waffel herum.

»Ähm, ja.« Ist wahrscheinlich am besten, ihm gar nicht erst zu sagen, dass er ein Stück von einem Metallregal im Schädel stecken hat.

»Hier.« Smitty beugt sich von seinem Hochsitz auf dem Armaturenbrett vor, packt die Heiligenschein-Waffel und pflückt sie Pete mit einem Ruck aus dem Kopf. »So besser?«

Pete starrt das blutige Dreieck aus Aluminium in Smittys Hand an. »Das hat in mir dringesteckt?«

»Nur kurz.« Ich hole schnell ein sauberes Taschentuch aus meiner Jackentasche, das meine Mutter da für genau so eine Gelegenheit hineingesteckt hat. (Eine ihrer leeren Gesten, mit denen sie wettmachen will, dass sie eigentlich nie da ist, denke ich mal.) Dann sehe ich mir seinen Kopf an. In seinen Schädel ist ein perfektes Dreieck gestanzt und die Haut in der Mitte steht ab wie ein hochfloriger Teppich. Es blutet, aber nicht allzu schlimm, und wie es aussieht, sickert keine Gehirnmasse heraus. »Hey, deinen Fahrkünsten hat's ja eindeutig nicht geschadet.« Ich gebe ihm das Taschentuch und presse seine Hand an seinen

Kopf. »Aber vielleicht setzt du dich mal lieber ein bisschen hin?«

Ich hocke mich neben den bewusstlosen Fahrer und fühle seinen Puls. Meine Hand zittert dermaßen, dass ich kaum die Vene treffe. Schließlich finde ich seinen Puls, er ist unregelmäßig und schwach, aber vorhanden.

»Er lebt«, sage ich. »Er hat uns wahrscheinlich alle gerettet. Wir sollten ihn irgendwo bequem hinlegen.«

Smitty hüpft vom Armaturenbrett herunter und hilft mir ihn vorsichtig den Gang hinaufzuziehen. Wir legen ihn auf die hinterste Bank und drehen ihn in die stabile Seitenlage. Sein Gesicht ist schlaff und grau. Sieht nicht gerade danach aus, als ob er bald wieder zu sich käme.

»Sind die Türen sicher?« Smitty springt wieder zurück nach vorne.

»Alles okay«, ruft Alice am Fenster, das Fernglas vor den Augen. »Niemand folgt uns. Ich glaube, du hast sie alle erwischt, Smitty.«

»Ja, das war eine mordsgefährliche Aktion, du Irrer«, höhnt Gareth. »Du hättest uns alle abfackeln können.«

»Hat er aber nicht«, sage ich. Mein Bein fängt an zu pochen. Ich hatte fast schon vergessen, dass ich es mir verletzt habe.

»Genau.« Smitty schiebt sich an mir vorbei und baut sich vor Gareth auf. »Und ohne uns hätten die allerbesten Freundinnen von der hier«, er zeigt mit dem Daumen auf Alice, »noch kräftig an Ihnen rumgenagt. Da wäre der Tod glatt eine Erlösung. Bloß dass Sie auf den vielleicht immer noch warten würden. Also zeigen Sie ruhig mal ein bisschen Dankbarkeit.«

»Du mieser kleiner ...«, knurrt Gareth.

»Hey!«, ruft Pete vom Fahrersitz. »Wir haben ein Signal!«

Damit hat er unsere Aufmerksamkeit. Er beugt sich über den flachen schwarzen Kasten, den er vorhin mit in den Bus gebracht hat – ein Laptop, jetzt aufgeklappt. »Der stand neben der Kasse.«

»Gehört dem Chef«, sagt Gareth. »Damit macht er die Bestandskontrolle. Ist ein ziemliches Schrottteil. Damit kommt man nicht mal ins Internet.«

»Ich erlaube mir anderer Meinung zu sein.« Pete steht vorsichtig damit auf, ohne die Augen vom Bildschirm zu nehmen. »Das Ding ist WLAN-fähig, es war bloß deaktiviert. Wahrscheinlich, damit sich die Angestellten keine Möpse runterladen ...«

»Halt bloß die Klappe, Kleiner!«, schreit Gareth los.

»Zu unserem Glück habe ich die Deaktivierung deaktiviert.« Pete grinst. »Wir können ins Netz.«

»Internet?« Smitty saust den Gang hinunter zu ihm hin. »Erst lässt du den Monstertruck-Fahrer raushängen und dann auch noch den Geek, der alle rettet. Von null auf Held in acht Minuten oder was?« Er will sich den Laptop schnappen.

»Finger weg!« Pete bringt den Laptop außer Reichweite. »Akku ist fast leer und das Signal total schwach. Es ist nicht mal ein Signal, bloß der Name des Providers, aber das beweist, dass es hier irgendwo WLAN geben muss. Ich muss es nur finden.« Er bewegt sich durch den Bus wie ein Wünschelrutengänger, kippt den Laptop in verschiedene Richtungen, hält ihn sich über den Kopf. Nach zwei Buslängen setzt er sich wieder hinters Steuer.

»Und?«, frage ich.

Pete drückt ein paar Tasten und klappt das Ding zu.

»Nichts.«

Gareth steht auf. »Was soll das heißen, nichts? Eben hast du noch gesagt, du hast ein Signal.«

»Das ist zu schwach.«

»Gib mir mal.« Gareth bewegt sich auf ihn zu.

»Nehmen Sie ihn ruhig, wenn Sie wollen.« Pete sieht ihn mit seinen hellgrünen Augen an. »Dann ist das Akku in den nächsten zehn Minuten vollends leer. Oder wir können warten, bis sich da drüben der Staub gelegt hat«, er zeigt durch die Bäume zum Café, »und zum Hotspot gehen. Wenn Sie in der Tankstelle nie online waren, kann nur das Cheery Chomper noch WLAN haben. Aber mit so wenig Saft haben wir bloß einen einzigen Versuch.«

»Lasst uns abstimmen«, sage ich. »Alle, die warten wollen.« Ich hebe die Hand.

Pete lächelt matt und hebt seine auch.

»Ja.« Alice tut sich schwer damit, aber sie ist dabei.

»Hoch lebe die Demokratie. Sie sind überstimmt, Mister«, sagt Smitty. »Wir halten Ausschau.« Er reißt Alice das Fernglas aus der Hand. »Wir warten, bis der Rauch nachlässt, dann gehen wir da runter.«

Gareth lacht. »Ihr dämlichen Teenies habt doch keine

Ahnung. Dieses Feuer brennt noch die ganze Nacht lichterloh. Das ist Benzin, kein Lagerfeuer im Garten.«

Ich schaue zu den Flammen unten am Berg.

»Auch gut. Weil das nämlich auch ein gutes Signal ist. Irgendwer wird schon kommen.«

Kapitel 6

Bis wir das glaslose Rückfenster verstärkt haben, ist es stockdunkel.

Pete holt Isolierband heraus, das er in seinem Rucksack mit sich herumschleppt. (Ich weiß. Ist wahrscheinlich so eine Geek-Geschichte, wie gebügelte Jeans und Schlüsselanhänger an der Gürtelschlaufe.) Smitty wagt sich nach draußen und macht den großen Gepäckraum auf. Mit einem fies aussehenden Taschenmesser schneidet er die Kofferdeckel aus den Rahmen und schleudert sie wie Frisbees in den Schnee, wo ich rumflitze und sie einsammele, als wäre ich so eine durchgeknallte Mario-Figur. Dann kommt der kniffelige Teil, sie am Heckfenster zu befestigen. Ein Problem, das durch den nach wie vor bewusstlos auf der Rückbank liegenden Fahrer noch verschärft wird. Es ist einfacher, um ihn herum zu arbeiten, als ihn noch mal von der Stelle zu bewegen, aber der Nachteil ist, dass ab und zu etwas auf ihn drauffällt. Er scheint nichts davon mitzukriegen. Wir finden in einem der Gepäckfächer etwas Schnur, die wir zwischen den Vorhanghaken zu beiden Seiten des Fensters spannen, aber eigentlich werden die Kofferdeckel von Klebeband am Platz gehalten. Es ist eher ein Windschutz als eine Barrikade, aber mehr ist einfach nicht drin.

Wir bilden eine Menschenkette, um alles aus dem Gepäckraum zu holen, das vielleicht für die Nacht nützlich sein könnte, oder fürs Überleben, oder für das, was uns als Nächstes bevorsteht. ›Wir‹ ist schön gesagt: Alice hält Wache mit dem Fernglas, weil sie sich weigert den Bus zu verlassen, und Gareth hat einen Erste-Hilfe-Kasten aufgetrieben und sich damit auf den Fahrersitz gesetzt, wo er diverse nicht vorhandene Wunden versorgt. Trotzdem sind die Reihen 20 und 21 bald mit Skiern, Skistöcken und Kleidung vollgestopft und Smitty hat sein kostbares Snowboard, mit dem wir die Tür versperrt hatten, durch eines ersetzt, das einem unserer glücklosen Mitschüler gehört hat.

Als es Nacht wird, schrillt immer noch der Alarm der Tankstelle, brennt immer noch das Feuer und braut sich der nächste Streit zusammen. Zum Thema Beleuchtung. Alice will Licht haben, Pete und Smitty sind dagegen. Ich gebe ihnen Recht, dass Licht uns zu einem leichteren Ziel macht, muss aber leider auch Alice beipflichten, dass es unsere Rettung erleichtern wird. Denn irgendwann wird ja Rettung kommen. Bloß was ist, wenn nicht? Wenn wir den Bus vielleicht doch wieder den Berg herunterfahren müssen, aber die Batterie dann leer ist, weil wir das Licht angelassen haben? Und vielleicht müssen wir auch noch die Heizung aufdrehen. Von der Schufterei und dem Adrenalin ist uns warm geworden, aber jetzt ist es Nacht und die wird kalt werden – unerträglich kalt vielleicht sogar. Uns steht eine selbst erlebte Version dieser Schocker-Dokus im Fernsehen bevor, die so hübsche Titel tragen wie ›Wäre ich bloß auch gestorben‹ oder ›Die Überlebende – ich habe meine beste Freundin verspeist‹.

Apropos ...

»Haben wir eigentlich was zu essen?« Gareth hört doch noch auf an sich herumzudoktern und kommt den Gang heruntergeschlurft.

»Nein«, sagt Smitty. »Ein Jammer, dass Sie nicht daran gedacht haben, was aus dem Laden mitzubringen, sondern lieber mit diesem Baseballschläger um sich geschlagen haben.«

»Ich hab noch ein Sandwich, das wir teilen können«, sage ich rasch, bevor sie eine Prügelei anfangen. »Und wenn du mal in das Gepäckfach guckst, wo Ms Fawcett gesessen hat, da sind ein paar Chips und Brause. Ich glaube, die hatte sie später sowieso verteilen wollen.«

»Ach, na wenn sie das sowieso vorgehabt hat, dann geht es ja wohl in Ordnung, dass wir sie jetzt nehmen.« Smitty guckt mich schief an.

Ich merke, wie ich rot werde. Etwas Blöderes konnte ich wirklich kaum sagen. Als ob das jetzt noch eine Rolle spielt.

Alice klettert auf Ms Fawcetts Sitz und wirft Chipstüten und Brauseflaschen durch den Bus. Aber nicht zu mir. »Du wirst mit deinem Erdnussbutter-Marmeladen-Teil bestimmt hinkommen«, lästert sie.

Na toll. Ich werde mir das Sandwich für später aufheben, am besten bis Alice in dem Stadium ist, sich selbst aufzufressen, und dann werde ich es vor ihren Augen essen, langsam und bedächtig und mit Soundeffekten.

Wir stopfen uns mit den Chips voll. Alice stöbert in einem der Rucksäcke noch eine Packung hart gekochte Eier auf. Und dann bleibt uns nichts mehr zu tun, als so viele Klamotten überzuziehen, wie wir noch rüberkriegen, und zu warten: auf Schlaf, auf Rettungstruppen oder auf den Erstickungstod durch Petes giftige Eierfürze, was immer zuerst kommt.

Zum Schlafengehen ziehe ich mir die zerfetzten Jeans aus und knöpfe mir endlich mein Bein vor. Bewaffnet mit dem Erste-Hilfe-Kasten und ein paar antibakteriellen Tüchern aus Ms Fawcetts unerschöpflichem Rucksack rolle ich vorsichtig das rechte Bein der Leggings nach oben. Das Blut ist längst geronnen und der Stoff klebt an der Wunde fest. Ich beiße die Zähne zusammen und ziehe weiter und es fängt wieder an zu bluten. Vor Schmerzen schnürt es mir die Kehle zu ... und dann sehe ich mir die Bescherung an. Da ist ein großer Kratzer – und eine klaffende Wunde, klein zwar, aber ziemlich tief. Gruseligerweise kann ich da drin etwas Weißes sehen. Ich brauche einen Moment, um zu begreifen, dass das mein Knochen ist. Örks.

»Das muss genäht werden«, sagt Smitty trocken, als sein Gesicht über meiner Schulter auftaucht und mich zusammenzucken lässt. Ich kann mich gerade noch bremsen das Hosenbein wieder runterzuziehen. Ist schließlich nichts, wofür ich mich schämen müsste.

»Komm bloß nicht auf falsche Ideen«, sage ich. »In dem

Kasten hier sind auch solche Schmetterlingspflaster.« Ich gehe die Erste-Hilfe-Sachen durch. »Die reichen völlig.«

»Schade eigentlich.« Smitty pflanzt sich auf das Armaturenbrett und schlürft an einer Limo. »Ich kann echt gut mit Nadel und Faden umgehen.«

Klar, als ob ich das zulassen würde. »Dann bist du so weit fit?« Ich lenke beiläufig die Aufmerksamkeit auf ihn, während ich etwas antiseptische Salbe heraushole und einen dicken Klecks davon auf das Loch in meinem Bein gebe.

»Kommt jetzt die Stelle, wo wir vergleichen, wer die tollste Verletzung hat?« Er lacht und das muntert mich ein bisschen auf. »Du hast gewonnen. Ich hab nichts weiter, bloß einen Zuckerflash.«

»Ich schätze, Pete mit seinem Loch im Kopf schlägt uns alle.«

»Aber echt.« Smitty grinst mich an. »Petey-Schatz! Komm mal rüber zur kessen Krankenschwester!«

Pete braucht noch ein bisschen Überredung, aber schließlich setzt er sich auf die oberste Stufe und lässt Smitty und mich nach seinem Kopf sehen. Weißblond ist die beste Haarfarbe, wenn man auf den optimalen Horroreffekt bei einer Kopfverletzung aus ist. Das Blut hat große Teile seiner Haare rosa gefärbt und um die Stelle, wo das Metall in seinem Kopf gesteckt hat, hat sich eine böse aussehende Schwellung gebildet, wobei die Wunde bereits verschorft. Ich lasse sie hübsch in Ruhe und säubere die umliegende Kopfhaut mit einem Tuch, so gut ich kann. Er beschwert sich nicht, ist sogar richtig stoisch. Kein Vergleich zu dem zitternden Häuflein Elend früher in der Toilette auf den Fliesen. Liegt wahrscheinlich an dem vielen Adrenalin, das er immer noch ausschüttet. Oder vielleicht auch an den Chemikalien in seinem Inhalator. Hoffentlich bin ich nicht in der Nähe, wenn er zusammenbricht und durchdreht.

»Sag mal, wie kam es eigentlich, dass du da in der Klokabine warst?«, frage ich im Plauderton, während ich ihm ein Wattepad mit einem gepunkteten Halstuch festbinde, das vermutlich einmal einer von Alices Freundinnen gehört hat. Es ist mintgrün und weiß und lässt ihn irgendwie total verloren aussehen.

»Ich hab mich da reingeflüchtet.« Er holt tief Luft und seine Brust rasselt. Er greift in eine Tasche und nimmt einen Zug aus seinem Inhalator.

»Du warst im Cheery Chomper, als da ... der ganze Mist passiert ist?«

Ein kurzes Lächeln, trocken und scharf und viel zu abgeklärt für ihn. »Ja. Ich war im Laden, außer Sicht. Ich hab in den Zeitschriften rumgeblättert.«

Ich lächele aufmunternd zurück.

»Ja, ich glaube, man könnte sagen, ich war in meiner eigenen Welt.« Sein Blick wird glasig. »Intellikit hat gerade einen neuen Chip rausgebracht, ein total cleveres Teil. Ich habe einen Artikel darüber in der *PC World* gelesen.«

»Boah, ist ja krass«, zieht Smitty ihn auf. »Warum erzählst du uns das erst jetzt?«

»Keine Sorge, ich werde dich nicht damit langweilen.« Pete hebt eine Augenbraue. »Es reicht wohl, wenn ich sage, dass ich nicht richtig anwesend war.«

»Alle anderen waren im Café?«, frage ich.

»Nur ein paar Meter entfernt.« Er nickt langsam. »Haben sich wie eine Meute Hunde auf die Burger gestürzt. Ich hab sie ausgeblendet, wie immer.«

»Ja, das mache ich auch immer.« Ich versuche einen Draht zu ihm zu kriegen, aber er schaut mich komisch an – Smitty auch. »Und was ist dann passiert?«

»Mr Taylor ist reingekommen.« Pete runzelt die Stirn. »Er hat mich gefragt, ob Smitty allergisch gegen Nüsse ist. Keine Ahnung, warum er das wissen wollte.«

Smitty kichert.

»Und dann?«, hake ich nach.

»Dann ist er umgefallen.«

»Wer?«, frage ich. »Mr Taylor?«

»Ja. In dem einen Moment steht er noch bei den Softdrinks und kann sich nicht entscheiden, im nächsten kippt er um.«

»Was hast du dann gemacht?«

Pete sieht mich verblüfft an. »Gar nichts. Ich hab gewartet, dass es jemand mitkriegt, aber die Frau hinter der Kasse war weggegangen und jemand anders ist nicht gekommen. Da ist mir erst aufgefallen, dass das Geschrei aufgehört hatte.« Er knackt mit seinen Knöcheln. »Es war total still. Bis auf ein Zischen; die Fritteusen wahrscheinlich, oder in der Küche ist Wasser gelaufen.« Sein Gesicht nimmt einen verträumten Ausdruck an. »War eigentlich richtig schön.«

»Idyllisch«, schwärmt Smitty.

»Und dann?« Ich beuge mich vor.

»Dann bin ich rüber ins Café gegangen.« Er blinzelt. »Und da lagen sie alle quer über den Tischen. Ohne sich zu bewegen. Wie Mr Taylor.« Er schluckt und ich sehe zu, wie der weiße Klumpen in seiner Kehle, den seine merkwürdige, durchsichtige Haut kaum verhüllt, hoch- und wieder runtergeht. »Als ob sie alle eingeschlafen wären.«

»Das muss voll gruselig gewesen sein«, sage ich.

»Nein!« Seine Augen leuchten und ein Lächeln stiehlt sich auf seine Lippen. »Es war herrlich! Sie haben alle hilflos dagelegen. Stell dir das vor ...« Er beugt sich dicht heran. »Ich konnte tun, was ich wollte! Sie konnten mich nicht daran hindern!«

Smitty seufzt. »Du bist echt ein Fall für die Klapse.«

»Ähm, ja«, sage ich zu Pete. »Und was hast du getan?«

»Gar nichts. Es war bloß einen Moment lang herrlich, dann wurde es doch gruselig.« Er erschaudert. »Sie kamen wieder zu sich. Mr Taylor als Erstes – ich hab dagestanden und die anderen angeguckt und er ist hinter mir aufgetaucht. Er hat mich an der Schulter gepackt. Ich hab mich umgedreht und da war er. Sein Gesicht war voll abartig verzerrt – und er hat total gruselige Laute von sich gegeben. Er hat mich geschnappt und an sich rangezogen. Sein Mund war offen – er hat versucht mich zu beißen.«

»Hammerhart.« Ich schüttele den Kopf. »Und was hast du gemacht?«

»Ich hatte immer noch die *PC World* in der Hand. Ich hab sie zusammengerollt und ihm in den Mund gestopft, dann bin ich weggerannt.«

»Ha ha!« Smitty lacht. »Du hast ja echt Moves drauf, Albino!«

»Du bist aus dem Café raus?«, frage ich.

Pete nickt. »Rüber zur Tanke. Da war aber abgeschlossen, also bin ich hintenrum gelaufen und da hab ich die Klos entdeckt.«

Irgendwas stimmt da nicht. Ich sehe den Gang hinauf. Alice liegt in der Mitte des Busses quer über zwei Sitzen und hat sich mit ungefähr fünf Skianoraks zugedeckt. »Bevor du weggelaufen bist, hast du da Alice gesehen?«, flüstere ich.

»Nein«, antwortet Pete.

»Sie hat gesagt, als sie aus der Toilette vom Café kam, hat nur Mr Taylor gestanden. Und als wir durch das Fernglas geguckt haben, konnten wir sehen, dass alle immer noch auf den Tischen lagen.«

»Ja und?«

»Eben hast du gesagt, dass ›sie‹ wieder zu sich gekommen sind«, sagt Smitty. Er hat kapiert, worauf ich hinauswill. »Wer ist denn noch aufgewacht, bevor du da raus bist?«

Pete ruckelt unbehaglich herum. »Keine Ahnung. Das hab ich nicht so genau gesehen. Ich hab bloß ein Geräusch gehört – ein Ächzen – und das kam aus einer anderen Richtung, nicht von Mr Taylor.« Er legt die Stirn in Falten. »Dann kam ein Knall – wie eine Tür, die zuschlägt. Ich hab nicht erst gewartet, um zu sehen, wer oder was das war.«

»Könnte es sein, dass du Alice gehört hast, die gerade von der Toilette kam?«, frage ich.

»Könnte sein – wenn sie mit der Tür geknallt hat. Aber ich glaube nicht, dass das Ächzen von ihr kam, weil dann ihre Stimme nämlich um mehrere Oktaven hätte tiefer gerutscht sein müssen.«

Das ergibt keinen Sinn. Alice hat gesagt, dass alle ohnmächtig auf den Tischen oder auf dem Boden gelegen haben. Vielleicht hat Pete sich geirrt. Oder vielleicht hat Alice nicht mitbekommen, dass jemand erst wieder zu sich gekommen und dann noch mal zusammengebrochen ist? Oder derjenige hat das Gebäude verlassen und wir haben ihn einfach nie zu sehen bekommen?

»Danke für den Verband jedenfalls.« Pete lächelt mich verkniffen an, steht auf und geht wieder den Gang hinunter.

Smitty wartet einen Moment. »Glaubst du ihm?«

Ich überlege. »Glaubst du Alice?«

Er zuckt die Schultern. »Wie auch immer, wir hängen jedenfalls mit ein paar schwer Durchgeknallten in diesem Bus fest. Typisch Klassenfahrt eben.«

Wir wechseln uns mit dem Schlafen ab. Ich übernehme die erste Wache, weil ich sowieso viel zu aufgedreht bin. Es ist zu kalt, um die Luke offen zu lassen, also ziehe ich noch einen Fleecepulli und eine Skijacke an und halte eine Stunde lang oben auf dem Dach aus. Es fällt nur ein bisschen Schnee und mein Bein ist zu kalt, um wehzutun. Die Flammen bei der Tanke sind zu einem Glühen zusammengefallen, aber es stinkt immer noch beißend nach Rauch. Von dem vorhin so schrillen und durchdringenden Alarm ist nur noch ein dünnes, ungleichmäßiges Summen übrig geblieben, wie von einer Grille, die immer noch jämmerlich weiterzirpt, obwohl der Sommer längst vorbei ist.

Irgendjemand wird kommen. Irgendwann. Wenn der Bus nicht zur Schule zurückkehrt und uns niemand auf dem Handy erreichen kann, dann werden unsere Eltern durchdrehen. Es wird Suchtrupps geben und jede Menge Presserummel – Teufel noch mal, sobald das hier die Runde macht, sind wir D-Promis. Wir müssen bloß irgendwie die Nacht überstehen. Ich suche die dunklen Winkel des Parkplatzes nach Bewegungen ab und komme mir mehr wie ein Angriffsziel vor als auf dem Beobachtungsposten, aber alles ist still. Hinter den Bäumen ist unten links am Berg die Außenbeleuchtung des Cheery Chomper angegangen. Funktioniert wahrscheinlich automatisch.

Niemand ist übrig geblieben.

Kapitel 7

Mein Vater wischt mir das Gesicht mit einem zusammengelegten Musselintuch und eiskaltem Wasser sauber. Das kitzelt um die Nase und die Augen herum und es weckt mich. Ich blinzele das Wasser weg.

Es ist hell, schockierend hell.

Aber kein Dad weit und breit, nur eine kalte Gesichtshälfte.

Es war ein Traum. Einen Moment lang denke ich, es wäre alles nur ein Traum gewesen, bis ich eine Hand an meine Wange lege und etwas Weißes auf mich niederrieseln sehe – Schnee. Es ist, als ob jede Flocke eine Erinnerung an den gestrigen Tag mitbringt. Das alles ist wirklich passiert.

Ich liege quer über dem Doppelsitz ganz vorne beim Fahrer, neben der Tür.

Und die Tür steht offen.

Panik ergreift mich und ich setze mich ruckartig auf. Wo sind alle? Ziemlich weit hinten ragt ein Fuß in einem schwarzen Stiefel in den Gang hinein und sagt mir, dass Smitty dort liegt. Das behelfsmäßig verbarrikadierte Fenster ist immer noch zu. Jemand schnarcht leise hinter mir.

Aber die Tür steht offen.

Ich schieße von meinem Sitz hoch und schlage auf den Hebel, der die Tür schließt. Sie faltet sich widerwillig zu. Das Snowboard, das als Riegel gedient hat, ist weggenommen und auf die Stufen gelegt worden. Ich klemme es rasch wieder vor die Tür. Jemand hat beschlossen einen kleinen Morgenspaziergang zu machen.

»Hey.«

Ich fahre herum. Smitty steht hinter mir, das Gesicht voller Schlaffalten.

»Was ist los?« Er kratzt sich am Kopf.

»Wer fehlt?«

Er sieht mich stirnrunzelnd an. »Lizzie und Petey schlummern selig. Der Loser aus der Tanke? Wen interessiert's?«

»Gareth sollte Wache halten.« Ich erwidere das Stirnrunzeln. »Er ist weg und hat die Tür offen gelassen.«

Alice taucht hinter einer Rückenlehne auf, die Augen noch halb zu.

»Was ist denn?«

»Pete!«, rufe ich.

»Häh?« Er setzt sich mit einem Ruck auf, zerzaust und durcheinander.

»Wo ist der Laptop, Pete?«, frage ich. »Bitte sag mir, dass du ihn als Kopfkissen benutzt hast.«

Er lächelt träge. »Den hab ich sicher verstaut.«

»Ach ja? Weil uns der ach-so-verantwortungsvolle Erwachsene nämlich allein zurückgelassen hat«, sage ich.

»Und ich denke mir, dass er vielleicht nicht mit leeren Händen gegangen ist.«

Das Lächeln ist wie weggewischt.

»Ich hab ihn in meiner Tasche.« Er taucht unter seinen Sitz und kommt mit einem abgeranzten, schwarz-orangen Rucksack wieder hoch. Der Reißverschluss ist offen. Pete guckt trotzdem hinein.

Der Laptop ist weg.

Smitty stößt einen Kampfschrei aus und rennt zur Tür, wirft das Snowboard beiseite. »Wo steckt er? Den mach ich kalt!« Er springt in den Schnee hinaus und läuft über den Parkplatz, einmal um den Bus herum, als hätte Gareth sich nur kichernd irgendwo versteckt.

»Smitty!« Ich bleibe auf den Stufen stehen, weil ich keine Lust habe, ihm hinaus in den Schnee zu folgen. »Komm wieder rein!«

Ich habe gleich neben der Tür geschlafen. Wie hat Gareth es geschafft, sich abzusetzen, ohne mich zu wecken?

Smitty klettert wieder in den Bus, versperrt die Tür mit dem Snowboard und sinkt niedergeschlagen zu Boden.

»Er ist weg? Er lässt uns einfach hier sitzen?« Alice ist jetzt hellwach und kommt langsam in Fahrt.

»Spielt doch keine Rolle«, faucht Smitty. »Er war eh zu nichts nütze. Wichtig ist bloß, dass er unsere vielleicht einzige Verbindung zur Außenwelt mitgenommen hat.«

»Nicht notwendigerweise.« Pete steht auf und ich bin einem Hauch von allerfeinstem Morgenatem ausgesetzt.

»Wahrscheinlich ist er mit dem Laptop zum Café gegangen. Das hatten wir sowieso vor. Also folgen wir ihm.«

Ich weiche ein Stück zurück. »Und wenn das Café WLAN hat, dann steht da bestimmt auch ein Computer. Da ist es egal, ob wir den Laptop haben oder nicht.«

Pete nickt. »Oder es besteht die Chance, dass wir mit Smittys Smartphone online kommen. Vielleicht haben die sogar einen Festnetzanschluss, der funktioniert.« Er gleitet auf den Fahrersitz. »Wollen wir hoffen, das Ding springt auch mit ein paar Tropfen noch an.«

»Warte!« Ich halte seine Hand fest, als er nach dem Zündschlüssel greift. »Können wir es überhaupt den Berg runter schaffen? Der Schnee liegt jetzt noch höher als gestern.«

Pete zögert.

»Und wenn wir nicht fahren, dann laufen wir eben?«, fragt Alice. »Ohne mich.«

»Aber wenn wir es nun nicht wieder hier rauf schaffen?«, frage ich. »Wenn da noch mehr solche ... Leute sind und der Bus steckenbleibt und wir nicht wegkommen?«

»Ja klar, du hast Recht, es ist *viel* besser zu laufen«, spottet Alice. »Egal, irgendjemand muss sowieso hierbleiben und auf ihn da aufpassen.« Sie zeigt auf den Fahrer.

Mich überkommen Schuldgefühle. Wir haben den Fahrer seit dem Verbarrikadieren des Fensters mehr oder weniger ignoriert. Ich nähere mich ihm. Er hat sich kein bisschen gerührt. Ich beuge mich vor und berühre seine Hand. Die Haut fühlt sich wächsern und kalt an.

Alice reißt die Augen auf. »Ist er ...?«

Ich halte meine Hand vor sein Gesicht. Aus seinen Nasenlöchern kommt ein bisschen warme Luft. »Nein. Er lebt noch.« Aber vielleicht nicht mehr lange. Irgendwie hat er auch angefangen zu müffeln, aber ich schrecke davor zurück, den improvisierten Verband zu lösen und nach seinem schlimmen Handgelenk zu sehen.

»Egal was wir machen, wir sollten es jetzt machen«, sagt Smitty. »Ich checke mal die Straße und räume Hindernisse aus dem Weg.« Er schnappt sich das Fernglas und hält es mir hin. »Du schaust, ob wir Gesellschaft bekommen.«

Ich stehe mit Pete und Alice auf dem Dach. Sie sind mir gefolgt und ich habe nichts dagegen. Mehr Augen sehen mehr. Mutter Natur hat sich ausgetobt; es fällt kein Schnee mehr und die Sonne gibt sich alle Mühe, hinter einer lavendelgrauen Wolke hervorzukommen. Die Luft ist still und über der Tankstelle steht noch eine ganz dünne Rauchsäule. Ein letztes verzweifeltes Rauchsignal. Ich versuche mir nicht zu sehr den Kopf zu zerbrechen, warum niemand gekommen ist.

Smitty fährt mit seinem Board die Straße hinunter und hält ab und zu an, um Stellen frei zu kratzen.

Alice probiert noch mal die Handys. Sie hat es geschafft, alle an sich zu raffen, sogar Smittys kostbares Smartphone, und sie hält sie in der Hand wie ein Kartenspiel, blättert abwechselnd eins nach vorn und schaut nach einem Signal. Ihrem Schmollmund nach zu urteilen hat sie ein schlechtes Blatt.

Dann ist da eine Bewegung – ich kriege sie gerade noch aus dem Augenwinkel mit und fahre herum. Irgendwas rumort da im Gebüsch. Ich hole tief Luft und schaue durch das Fernglas. Eine Amsel fuhrwerkt im Unterholz herum und fliegt dann mit einem trillernden Alarmschrei aus der Deckung heraus. Bloß eine Amsel. Was hat sie erschreckt? Meine Finger verkrampfen sich um das Fernglas. Keine Bewegung mehr in den Büschen jetzt; wahrscheinlich ist sie einfach nur vor herabfallendem Schnee oder einem anderen Vogel davongeflogen. Mich überläuft ein Schaudern. Ich habe schon seit Jahren keine Amsel mehr gehört und auf einmal fühle ich mich um Jahre zurückversetzt. Ich sitze in einem Sandkasten zu Hause – also in England. Dad jätet nahebei und pfeift wie der Vogel. Es muss schon lange her sein, sehr lange. In den Staaten hat er nicht gegärtnert und die Amseln sind da ganz anders. Auf einmal fehlt er mir – richtig doll und schrecklich. Weil er ja nicht mal da sein wird, wenn ich nach Hause komme. *Falls* ich nach Hause komme. Ich kann mir nicht helfen, aber ich habe irgendwie das Gefühl, dass der ganze Mist hier gar nicht passiert wäre, wenn er noch bei uns wäre. Er wäre auf jeden Fall nicht passiert, wenn wir wegen diesem blöden Job von meiner blöden Mutter nicht zurück in dieses blöde Land hätten ziehen müssen. Trotzdem, auch wenn ich meiner Mutter die Schuld daran geben möchte, dass Dad nicht mehr da ist, wäre es vielleicht ein bisschen extrem, ihr auch noch die Schuld an dieser ganzen Monstergeschichte zu geben.

Ein dumpfer Laut lässt den Bus erzittern.

Mein Herz macht einen Satz.

Alice keucht auf. »Was war das?«

Pete verdreht die Augen. »Musst du denn bei allem gleich loskreischen? Mach dir mal nicht ins Hemd. Irgendwas ist von einem Sitz gefallen.«

»Spinnst du?«, keift Alice. »Ich hab nicht gekreischt!« Sie dreht sich zu mir um. »Hab ich vielleicht gekreischt?«

Ich schüttele automatisch den Kopf.

Von unten kommt wieder dieses Geräusch.

Pete lässt sich auf die Knie fallen. »Dann ist es der Fahrer.«

»Hat er ja schon mal so gemacht, stimmt's?«, sagt Alice. »Ist anscheinend so seine Art. Kommt zu sich, fällt wieder um, kommt zu sich, fällt wieder um.«

Ich krieche zur Luke.

»Langsam«, warnt Pete.

Ich hebe die Luke an, einen Spalt nur. Wir spähen hindurch. Von da, wo ich liege, kann ich nur den vorderen Teil des Busses sehen und da ist niemand. Es sei denn, er versteckt sich hinter einem Sitz. Ich hebe den Kopf und schaue zur Straße hinüber. Smitty kommt sie gerade wieder hoch. Er ist schon an der Einfahrt zum Parkplatz. Gleich wird er an der Bustür sein.

»Ich mache die Luke jetzt ganz auf«, flüstere ich Pete und Alice zu. »Wir müssen auch hinten richtig reingucken.«

Alice umklammert den Kragen ihrer Jacke. Pete nickt.

Vorsichtig klappe ich den Lukendeckel um, bis er auf dem Dach liegt. Wir rutschen da herum wie drei Eisbären, die an einem Eisloch fischen, und spähen in den hinteren Teil des Buses.

Dort ist es weniger hell – die improvisierte Barrikade vor dem Rückfenster sperrt die Sonne aus – und meine Augen brauchen ein paar Sekunden, um sich umzustellen, aber bei der hinteren Bank kann ich etwas sehen. Eine Gestalt, von uns abgewandt. Sie ist nach vorn gebeugt wie beim Schuhezubinden. Langsam richtet sie sich auf. Ich erkenne die vorschriftsmäßige blaue Jacke, den hellblauen Hemdkragen und die schütteren grauen Haare.

»Das ist der Fahrer!«, ruft Alice erleichtert. »Gott sei Dank.«

Der Fahrer wendet den Kopf in die Richtung, aus der die Stimme kam. Er dreht ihn ganz nach hinten herum. Ohne den Oberkörper mitzunehmen.

Da kreischt Alice wirklich los.

Das Gesicht des Fahrers scheint auf mich zuzuschießen wie in einem Zoom. Es ist lila und braun wie eine matschige Frucht. Ihm hängt der Kiefer herunter, sein Kopf schlackert herum und aus dem Mund läuft ihm irgendein grünlicher Schlabber. Seine Augen sind milchig, starren eine Sekunde lang ins Leere, dann ruckt sein Hals in die Höhe und sein Oberkörper dreht sich doch noch hinterher. Sein einer Arm schnellt in unsere Richtung vor und der beste Kaschmirschal meiner Mutter flattert in einem blutigen Bogen durch die Luft.

Alice kreischt erneut. Ich knalle die Luke zu und setze mich drauf.

»Hallo da drin!«

Ein Rufen vorne an der Schnauze des Busses. Smitty.

»Was ist denn los? Lasst mich rein, ja?«

Ich springe auf. »Setzt euch da drauf!«, befehle ich Pete und Alice und schlittere hinüber zum Rand des Daches. Smitty steht an der Tür und stemmt die Hände in die Hüften. »Der Fahrer!«, rufe ich zu ihm nach unten. »Er ist aufgestanden und er ist jetzt einer von denen!«

Smitty starrt zu mir nach oben, als ob ich eine fremde Sprache spreche. Ein Rumsen lässt ihn am Bus entlanggucken und in seinem Gesicht steht blankes Entsetzen. Keine weiteren Erklärungen nötig.

»Wir sitzen hier fest.«

»Wie schnell bewegt er sich?«

»Keine Ahnung.« Ich zucke wenig hilfreich mit den Achseln.

»Schauen wir mal.«

Smitty läuft die Länge des Busses ab, trottet durch den Schnee wie ein Fuchs. Er klatscht mit der Hand gegen die Scheibe.

»Hallo! Mister! Huhu!«

»Was machst du da?«

Smitty läuft wieder zurück und schlägt gegen die nächste Scheibe.

»So ist richtig, hier lang!«, ruft er. Er geht zum nächsten Fenster und hämmert wieder dagegen. »Hier bin ich!«

»Hör auf damit!« Alice gleitet auf dem Bauch zum Dachrand wie ein Salamander in Bonbonfarben. »Reg ihn nicht auf.«

»Ich kann ihn problemlos abhängen«, ruft Smitty. »Ich locke ihn aus dem Bus raus und komm dann schnell wieder zurück.«

»Ja!«, ruft Alice. »Mach schon!«

Smitty kommt beim letzten Fenster an, dann drückt er den Knopf neben der Tür. Eine Sekunde vorher geht mir auf, was gleich nicht passieren wird. Und richtig. Unsere Snowboardsperre funktioniert besser, als sie soll. Smitty stößt gegen die Tür und versucht das Snowboard lose zu schütteln.

»Das bringt nichts«, ruft er nach oben. »Jemand muss sie von drinnen aufmachen.«

»Hast du dein letztes bisschen Verstand verloren?«, brüllt Alice. »Mach es selbst!«

»Wie denn?«, fragt Smitty. »Ich schaff's doch nicht da rauf.« Er springt hoch und versucht sich an dem Rückspiegel festzuhalten, um sich daran hinaufzuschwingen, aber der ist sogar für seine Affenkünste zu weit oben.

»Dann springen wir lieber runter!«, sagt Alice. »Und lassen ihn da drin eingesperrt. Fang mich auf!« Sie will sich schon umdrehen und ihre Beine über den Rand schieben. Ich halte sie fest.

»Nein! In dem Bus ist alles drin.« Sie windet sich, aber ich lasse nicht locker. »Wir können nicht einfach abhauen und da draußen unser Glück versuchen. Im Café sind vielleicht noch mehr von denen, und wer weiß, wie weit wir weg müssen, bis wir in Sicherheit sind. Du warst es doch, die gesagt hat, dass wir da drin bleiben sollen.«

»Aber *er* ist da drin!«

»Nicht mehr lange.« Ich lasse sie los und stehe auf. Die Entschlossenheit in Person, aber hallo. »Er ist eine langsame Schnecke, ja?«, rufe ich Smitty unten zu. »Wie die anderen?«

Er nickt. »Ich sorge dafür, dass er hier vorne bleibt, bis du drin bist … dann locke ich ihn in deine Richtung und du zischst an ihm vorbei.«

»Kinderleicht.« Ich schlucke.

»Du sagst es.« Er zwinkert mir zu.

Pete liegt auf der Luke wie ein Seestern. Er ist blasser denn je.

»Du gehst da rein?«, fragt er.

»Lass die Luke offen.« Mein Herz schlägt wie wild. »Versprich mir das.«

Er stöhnt und wälzt sich zur Seite. Sehr beruhigend.

Ich hebe die Luke an. »Bin startklar«, rufe ich zu Smitty hinunter.

»Er ist immer noch vorne«, antwortet er. »Kannst loslegen.«

Ich atme noch einmal kräftig die kalte, frische Luft ein, dann lasse ich mich in den Bus hinunter.

Kapitel 8

Ich schlängele mich nach unten hinter einen Sitz. Der Fahrer ist ganz vorne und schlägt schwankend gegen die Windschutzscheibe. Irgendwas regt ihn mächtig auf. Smitty natürlich, der wie ein Besengter auf der anderen Seite der Scheibe herumhüpft. Ich schlüpfe in den Gang hinaus und husche nach hinten zu Reihe 20, wo wir die Skiausrüstung verstaut haben. Vorsichtig ziehe ich einen Skistock hervor. Keine ideale Waffe, aber besser als gar keine. Meine Maschinenpistole habe ich in den Staaten gelassen. Ha ha.

Smitty hört mit dem Gehüpfe auf und ich kann ihn nicht mehr sehen. Der Fahrer anscheinend auch nicht; er drückt sich gegen die Scheibe, dann stolpert er ein, zwei Schritte zurück und überlegt, was er jetzt machen soll. Das ist wohl mein Stichwort.

»Hey!«

Ich schlage mit dem Skistock auf den Boden.

»Komm und hol mich!«

Sein Kopf macht wieder eine 180-Grad-Drehung. Das ist ein toller Trick. Muss so was wie sein Monster-Markenzeichen sein. Auf jeden Fall sehr wirkungsvoll. Ich kann gerade noch verhindern mir in die Hosen zu machen.

»Ja, genau, Mister! Hier bin ich!«

Oje, an meiner Provo-Ansprache zur Verspottung Untoter muss ich wirklich noch arbeiten. Ich habe mich immer gefragt, warum die Horrorfilm-Heldinnen während des Kampfes mit ihren Gegnern ständig herumwitzeln. Jetzt weiß ich es; sie lenken sich damit von dem Gedanken an ihren bevorstehenden Tod ab.

Ich bewege mich langsam in Richtung Luke und bin mir dabei sehr bewusst, dass sie meinen einzigen Fluchtweg darstellt. Der Fahrer schlurft auf mich zu. Seine Bewegungen sind ungelenk und torkelig, aber vielleicht fällt ihm ja gleich wieder ein, wie Rennen geht. Ich halte den Skistock ausgestreckt vor dem Körper und zwinge mich dazu weiterzugehen. Wirklich, das ist bloß ein Test, um zu schauen, wie lange ich die Nerven bewahre, während er auf mich zustolpert. Vielleicht sollte ich Pete sagen, er soll die Luke zumachen, damit ich gar keine andere Wahl habe? Ich blicke kurz nach oben. Alice und Pete starren mit blassen Gesichtern zu mir herunter, ihnen steht der Mund fast genauso weit offen wie dem Fahrer. Ich darf das jetzt nicht vermasseln. Weil ich dann wie der letzte Loser dastehe. Wie ein toter Loser. Oder besser ein untoter.

Vergiss die Luke. Ich zwinge mich dazu, unter ihr hindurchzugehen. Jetzt heißt es ab durch die Tür oder aus die Maus. Ich knalle wieder den Stock auf den Boden, mache einen Schritt nach vorn, die andere Hand auf einer Rückenlehne, bereit außer Reichweite zu springen.

Der Fahrer wankt näher heran und es besteht kein Zweifel mehr, dass er tot ist. Diese Augen sind leer, da ist nichts mehr – kein Mitgefühl, kein Zorn, keine Angst. Jede Ähnlichkeit mit seinem früheren Ich ist verschwunden, da ist bloß noch dieses stolpernde, hungrig wirkende Vieh, das mich kriegen will. Und dann noch dieses *Ächzen*. Ein kehliges Stöhnen, das von so tief unten kommt, dass man denken könnte, er versucht Öl zu fördern. Hat er eine Frau? Kinder? Irgendjemanden, der ihn jetzt noch erkennen würde? Was würden sie empfinden, wenn sie ihn jetzt so sehen könnten?

Reiß dich zusammen. Konzentrier dich. Dad hat immer gesagt, dass ich ein schnelles Reaktionsvermögen habe – darum bin ich so gut beim Skilaufen –, und jetzt muss ich es bis zum Letzten ausreizen. Der Fahrer hat mich fast erreicht. Er ist höchstens noch einen Meter von mir entfernt.

Jetzt!

Ich weiche in den Sitz zu meiner Linken aus, werfe ein Bein über die Rückenlehnen vor mir und mache mich bereit an ihm vorbeizuklettern. Aber der Fahrer ist nicht dicht genug dran, als dass ich ihn umgehen könnte; er tritt einfach eine Reihe weiter vorn zwischen die Sitze wie eine gut geschulte Schachfigur. *Na schick.* Ich sause zurück in den Gang, dann hinüber zur rechten Seite und klettere eine Sitzreihe weiter nach vorn, bevor er reagieren kann. Eine Sekunde lang denke ich schon, dass ich es geschafft habe, da stürzt er sich auf mich.

Ohne nachzudenken, bohre ich ihm den Skistock in die Brust. Es gibt ein dumpfes Geräusch, die Spitze dringt verblüffend leicht in ihn ein und ich spieße ihn auf wie ein zappelndes Insekt. Er fegt den Stock beiseite und seine plötzliche Kraft ist ein Schock. Der Stock wird mir aus der Hand gerissen und fliegt außer Reichweite. Der Fahrer stürzt wieder auf mich zu, Speichel fliegt ihm in trüben, zähflüssigen Tröpfchen aus dem Mund. Ich presse mich mit dem Rücken an die Scheibe und rutsche ab – bloß wegen dieser lächerlichen kleinen Nylonvorhänge, die zu nichts taugen, als Fluchtversuche vor fleischfressenden Monstern zu behindern. Als ich wie ein zerschlagenes Ei an der Scheibe hinuntergleite, fällt mir auf, dass der Skistock quer vor meiner Sitzreihe klemmt und eine wenn auch dürftige Absperrung zwischen dem Busfahrer und mir bildet. Er drückt sich dagegen und greift nach mir, zusehends frustriert, denn seine Finger reichen nicht ganz an mein Gesicht heran. Wenn ich hier und jetzt sterbe, dann werde ich mich in Grund und Boden schämen. Was für eine Versagerin. Von einem Busfahrer zur Strecke gebracht und aufgefressen, in Schottland, auf einer dämlichen Klassenfahrt. Meine Fresse. Gerade als der Skistock nachgibt und sich seine Finger in meine Haare krallen, werfe ich mich über die Rückenlehne vor mir – und rolle auf den Gang hinaus.

Eine Millisekunde lang dränge ich mich gegen den Fußboden, damit der sich bitte öffnet und mich verschluckt. »Mach schnell!«, kreischt Alice von oben.

Ich sehe hoch. Der Fahrer kommt mit mahlenden Kiefern auf mich zu. Alice kreischt wieder. Abgelenkt richtet er sich auf und schlägt mit dem unverletzten Arm nach der Luke.

Zeit zum Aufstehen. Aber als ich mich bewegen will, hält irgendwas meine Jacke fest. Ich taste unter mir herum. Mein Skipass hat sich irgendwo am Boden verfangen. Ich komme hier nicht weg.

Über mir knallt es – jetzt dürfte die Luke zu sein. Ich bin auf mich allein gestellt. Hey, die beiden haben länger durchgehalten, als ich dachte.

Verzweifelt zerre ich an dem Stück Plastik an meiner Brust. Am Boden klappt ein silberner Ring hoch. Ich starre ihn an. Ich weiß, was das ist. Mit aller Kraft ziehe ich an dem Silberding und eine Falltür schwingt nach oben, kracht dem Fahrer, der sich gerade zu mir herunterbückt, ins Gesicht. Ein schwarzes Loch tut sich unter mir auf und ich lasse mich ohne weitere Umschweife kopfüber da hineinrutschen.

Gott sei Dank ein kurzer Fall, der von etwas Weichem gedämpft wird. Ich befinde mich im Gepäckraum, obendrauf auf einem offenen Koffer – der herausgeschnittene Deckel klebt jetzt irgendwo im Rückfenster.

Es ist dunkel hier, aber über mir klafft ein helles Rechteck. Die Falltür war nicht mit Scharnieren befestigt; sie ist komplett abgegangen, bevor der Fahrer sie ins Gesicht gekriegt hat, und es ist nur eine Frage der Zeit, bis sein benebeltes Gehirn begreift, dass ich immer noch in Reichweite bin.

Ich krabbele über die Koffer, deren Inhalt sich auf

den Boden ergießt, zu den Gepäckraumtüren hinüber. Gepäckraumtüren sind nicht dafür vorgesehen, dass jemand durch sie nach draußen ins Freie flieht. Ich trommle mit der Faust dagegen und bete, dass Smitty mitdenkt und mir aufmacht.

Oben an der Öffnung taucht der Fahrer auf und starrt ausdruckslos hindurch. Der Lärm hat ihn angezogen. Wie ich's auch mache, es ist verkehrt.

»Hey!« Ich krieche weiter, mitten durch Souvenirs und Schmutzwäsche, hämmere gegen die Türen. »Ich bin hier drin! Lass mich raus!«

Ein Plumps hinter mir – jetzt bin ich wohl nicht mehr allein hier unten. Panik steigt in mir auf wie kaltes Wasser, droht mich zu überwältigen. Ich stemme mich mit dem Rücken gegen einen Koffer und trete mit beiden Beinen gegen die Tür, immer wieder. Der Fahrer macht sich daran, in der Düsternis durch das Meer von Koffern in meine Richtung zu schwimmen.

Ich trete noch einmal zu.

Gerade als ich überzeugt bin, dass ich nie wieder das Tageslicht erblicken werde, schwingen die Türen auf und Licht flutet in den Gepäckraum. Ich rolle mich blindlings auf die Helligkeit zu und falle in den knirschenden Schnee.

Dort steht Smitty und schaut auf mich herunter. Aber nicht lange. Ein Ächzen dringt aus dem Gepäckraum. Smitty greift nach den Türen, um sie wieder zuzuschlagen.

»Warte!« Ich springe auf. »Wir müssen ihn erst rauslassen.« Ich ziehe ihn ein paar Meter vom Gepäckraum weg und der Fahrer kommt zum Vorschein. »Bleib immer in Bewegung. Er ist nicht besonders flink.«

»He, du Weichei!«, ruft Smitty dem Fahrer zu, der sich gerade im Schnee aufrappelt. »Such dir jemanden in deiner Gewichtsklasse.«

Der Fahrer stolpert auf uns zu.

»Du lenkst ihn ab und ich klettere wieder rein«, sage ich schnell. Smitty macht ein verwirrtes Gesicht. »Die Tür ist immer noch verbarrikadiert. Mach hinter mir den Gepäckraum wieder zu und dann halte dich bereit durch die Vordertür reinzuspringen.«

Unglaublicherweise macht Smitty, was ich ihm sage. Er hüpft durch den Schnee und kreist mit den Armen wie bei einer komplizierten Tanzfigur.

»Hierher! Hierher!«, kräht er, dann bückt er sich, formt einen Schneeball und wirft ihn dem Fahrer ins geschwärzte Gesicht. Für einen kurzen Moment klingt das Ächzen des Fahrers nur noch gedämpft, trotzdem stapft er weiter auf Smitty zu. »Ups!«, schreit Smitty in gespielter Sorge. »Entschuldigen Sie, Mister, ich weiß auch nicht, was mich da geritten hat.«

Was für ein Spinner. Ich habe Mühe, mit ihm mitzuhalten, während der Fahrer näher stolpert. Zwei Verrückte und ein Monster, die gemeinsam durch den Schnee galoppieren. So hat sich meine Mutter unsere Klassenfahrt bestimmt nicht vorgestellt, als sie das Geld dafür überwiesen hat.

Als der Fahrer uns fast erreicht hat, schlage ich einen Haken und renne zum Bus, so schnell ich kann. Mich wieder in diesen dunklen, engen Raum zu werfen widerspricht zwar allen meinen Instinkten, aber ich muss an Bord kommen und die Tür aufmachen. Ich kann nur hoffen, dass Smitty über seinen Spielchen mit dem Fahrer nicht vergisst den Gepäckraum hinter mir zu schließen.

Als ich wieder im Gang stehe, mache ich die Falltür im Boden fest zu – man weiß ja nie. Dann laufe ich zur Tür, nehme rasch das Snowboard beiseite und drücke den Türhebel.

Draußen auf dem Parkplatz wird Smittys Fangspiel mit dem Fahrer immer gefährlicher. Er schießt auf den Fahrer zu und dreht sich dann rasch weg, bevor der ihn zu fassen kriegt.

»Smitty! Mach den Gepäckraum zu!«, rufe ich. Angst und Frust schnüren mir die Brust zu. Smitty ignoriert mich, weil er sich anscheinend zum Brüllen komisch findet.

Dann mache ich es eben selbst. Ich hetze zum Gepäckraum und werfe die Türen zu. Angezogen von dem Lärm macht der Fahrer wieder seine Kopfdrehnummer und fängt an auf den Bus zuzuschwanken.

»Smitty!«, rufe ich. »Hör auf mit dem Quatsch!«

Ich laufe wieder nach vorn zum Einstieg und da oben an den Stufen steht Alice, mit einer Hand am Hebel.

»Ich hab gewartet, bis du zurückkommst«, sagt sie kleinlaut. »Ich hätte sie jetzt noch nicht zugemacht.« Sie sieht an mir vorbei zu Smitty, der immer noch draußen um den Fahrer herumtänzelt. »Das wird böse enden.«

Ich drehe mich um, die Hände in den Hüften, und will gerade noch mal nach Smitty rufen, da rutscht er im Schnee aus und stürzt, knallt voll gegen die Beine des Fahrers, der auf ihn drauffällt.

»Smitty!«, schreie ich und kann mich einen Moment lang weder rühren noch meinen Blick abwenden von dem Gewirr rudernder Gliedmaßen, die Todesengel in den Schnee wedeln. Ohne weiter nachzudenken, habe ich mir auch schon das Snowboard von den Stufen geschnappt und laufe zu der Unfallstelle hinüber.

Smittys Kopf und Körper sind unter dem Fahrer kaum zu sehen, aber seine Beine gucken hervor und er tritt wie wild um sich, während der Untote versucht ihn zu beißen. Ich hole mit dem Snowboard aus und lasse es auf den Hinterkopf des Fahrers krachen. Er hält nicht mal für eine Sekunde inne. Snowboards sind nicht dazu gebaut, jemanden k.o. zu schlagen. Was im Augenblick echt einen Produktmangel darstellt. Ich ramme dem Fahrer die Spitze des Snowboards in die Rippen und versuche ihn von Smitty herunterzuschubsen, der eine Hand freibekommt. Ich stoße noch einmal zu, während Smitty schiebt, und plötzlich haben wir den Fahrer für einen Moment auf die Seite gerollt. Gerade lange genug, dass mir der gefährliche Teil des Snowboards wieder einfällt und wie man ihn benutzen kann. Ich hebe das Snowboard hoch über meinen Kopf, mit rasender Angst und Verzweiflung, und lasse die

Metallkante auf den ungeschützten Hals des Fahrers hinuntersausen.

Das Snowboard bleibt ihm in der Kehle stecken wie eine peinliche Frage.

Der Fahrer hört auf sich zu bewegen, einen verblüfften Ausdruck im Gesicht. Smitty krabbelt unter ihm hervor und der Fahrer rollt auf den Rücken. Das Board steckt tief in seinem Hals.

Ich kauere mich hin, die Hände vor dem Mund.

»Saubere Leistung, Roberta.« Smitty steht auf und klopft sich ab. »Obwohl ich ihn fast schon wieder da hatte, wo ich ihn hinhaben wollte.«

»Ich heiße nicht Roberta«, flüstere ich zwischen meinen Fingern hindurch. Die Kälte des Schnees dringt durch den Hosenboden meiner Leggings bis in mein Innerstes ein.

»Wie du meinst.« Smitty kauert sich neben mich und lächelt. Er zwinkert mir auf eine Weise zu, die mir sonst vermutlich rote Wangen beschert hätte; bloß starre ich immer noch an ihm vorbei auf dieses Vieh – dieses Vieh, das ich getötet habe. »Nicht schlecht für ein Skihäschen.«

Ich spüre die Bewegung fast, bevor ich sie sehe. Der Mund des Fahrers öffnet sich, ein Arm schießt vor und Finger krallen sich um den Saum meiner Jacke. Ich werfe mich nach hinten, ein Schrei entfährt mir, während ich in den Schnee falle und dann rasch auf die Ellbogen gehe, bereit zum Zutreten, Zuschlagen, Kämpfen ...

Blitzschnell steht Smitty auf, hebt ein Bein an und lässt seinen schweren schwarzen Stiefel hart auf das Snowboard niedergehen. Ein Krachen, ein Gurgeln und der Kopf des Fahrers löst sich vom Körper.

»O mein Gott, was hast du getan?« Alice ist hinter uns.

»Das war unglaublich!« Pete ist begeistert. »Die beste Anwendung eines Snowboards, die ich je gesehen hab!«

»Das glaubt mir niemand, wenn ich das poste!« Alice hält ein Handy hoch. Sie hat das Ganze gefilmt.

Ich spüre, wie mir die Galle hochkommt, und reiße meinen Blick von dem abgetrennten Kopf los. Halb rechne ich damit, dass Smitty ihn an den Haaren hochhebt oder ihn durch die Luft kickt und »Tor!« brüllt, aber zu meiner Verblüffung steht er mit ernster Miene da und schaut fast respektvoll auf den Fahrer und seinen Kopf hinunter. Dann ist der Moment vorbei.

Er zieht mich sanft hoch, legt mir seinen starken Arm um die Schultern und wir gehen zusammen zum Bus.

»Wir werden ein neues Board für die Tür brauchen.«

Kapitel 9

Wir lassen die Leiche im Schnee liegen. Was sollen wir sonst damit machen?

Irgendwie schafft Pete es, den Bus mit den letzten paar Tropfen Benzin vom Parkplatz zu lenken, die Straße hinunter und an der Tankstelle vorbei zum Café.

Ich fühle mich leer. Sollte ich nicht weinen oder durchdrehen? Ich habe den Busfahrer getötet – beziehungsweise Smitty war das. Oder keiner von uns beiden, weil er ja schon tot war. Das ist viel schlimmer als bei Mr Taylor. Ich habe einen Menschen getötet, den ich ein paar Stunden zuvor noch zu retten versucht habe. Da gibt es doch dieses posttraumatische Stresssyndrom – habe ich das jetzt vielleicht? Ich sitze still und seltsam angstlos da, während Pete mit dem Bus den Berg hinunterzuckelt, Smitty Richtungsanweisungen gibt und Alice mit dem Fernglas nach Bewegungen Ausschau hält. Dann spüre ich einen Kloß im Hals, so einen merkwürdigen, durchgeknallten Stolz. Wir sind immer noch am Leben.

Der Bus kriecht in respektvollem Abstand an der Tankstelle vorbei. Der schwarze Rauch ist fast weg. Ich gucke kurz, ob irgendwo auf dem Boden geschwärzte Leichen herumliegen. Tun sie aber nicht. Vielleicht hat die Explosion sie in Stücke gerissen?

Außerdem ist die Stelle auf der Straße, wo Mr Taylor gelegen hat, von frischem Schnee bedeckt. Irgendein Klumpen ist zu sehen, glaube ich, aber ich bin mir nicht sicher.

Gut. Nichts zu sehen macht es leichter.

Als wir beim Café ankommen, ist mein Blutkreislauf wieder in Gang gekommen. Jetzt ist nicht die Zeit, in Selbstmitleid zu baden oder zu weinen oder sich Dinge auszumalen oder sich zu fragen, warum. Jetzt ist die Zeit, jedes kleinste bisschen Stärke und Selbstbeherrschung und Hoffnung zusammenzuraffen. Ich ringe dermaßen die Hände, dass die weißen Knöchel durch die Haut schimmern.

Vor dem Cheery Chomper bringt Pete den Bus zum Stehen.

»Endstation, alle aussteigen«, ruft er. Er hat beinahe Spaß an der Sache. »Diese Linie endet hier.«

»Wag es *ja* nicht«, sagt Alice leise, aber wir ignorieren ihn einfach.

Im Café brennt nur wenig Licht – und das flackert auch noch wild, wie ein Stroboskoplicht. Niemand ist zu sehen, weder lebendig noch tot, noch dazwischen.

Carrot Man Gemüsesaft! Hol dir den Extra-Kick!

Das Banner, das über dem Eingang hing, ist an der einen Seite abgegangen. Es flattert leicht im Wind und winkt uns lockend.

»Ich glaube, wir können mit ziemlicher Sicherheit davon ausgehen, dass alle, die da drin waren, jetzt weg sind«, sagt Pete. »Wahrscheinlich hat Smitty sie bei der Tanke vaporisiert.« Aber er bleibt hinterm Steuer sitzen und der Motor läuft immer noch.

»Ach ja?«, sagt Smitty. »Wie wär's, wenn du deine Theorie selbst überprüfst?«

Pete macht den Motor aus, rührt sich aber nicht vom Fleck.

Wir rühren uns alle nicht vom Fleck.

»Wenn wir bloß im Bus rumhängen, kommen wir auch nicht weiter.« Damit will ich nicht nur die anderen überzeugen, sondern auch mich. Ich spähe ins Café hinein. Beim Tresen blinken Weihnachtslichter. Wir haben den 9. Januar, die Teile hätten schon lange weggeräumt sein müssen. Bringt das nicht Unglück? »Wir können davon ausgehen, dass niemand kommt«, fahre ich fort. »Sonst wären sie schon längst hier.«

»Wo ist Gareth?«, fragt Alice plötzlich. »Wenn er mit dem Laptop hierherwollte, warum ist er dann nirgends zu sehen?«

»Der ist wahrscheinlich irgendwo hinten, in einem anderen Raum«, sagt Smitty. »Ich werd' ihm in den Arsch treten, wenn ich ihn sehe.«

Alice dreht sich um und blinzelt. »Und allen anderen auch, die sich hinten verstecken?«

Da sagt sie was Wahres. Bloß weil wir niemanden sehen können, heißt das nicht, dass da drin nicht alle möglichen Untoten darauf warten, munter über uns herzufallen. Trotzdem müssen wir was unternehmen, so viel steht fest.

Schon klar, ich habe die Filme auch alle gesehen. Glaubt mir, ich habe genau wie ihr in meinen Fernseher hineingeschrien. Geht nicht in dieses Spukhaus, ihr Loser! Spaziert nicht auf diesem Friedhof rum! Geht nicht gucken, was das für ein Geräusch im Keller ist! Bleibt in dem netten, sicheren Bus und geht nicht in das gruselige Café! Wir sind hier einigermaßen sicher. Wir sind mobil – bis zu einem gewissen Grad. Ms Fawcett hat mehr zuckerhaltige Getränke mitgenommen, als für eine Gruppe Jugendlicher ratsam wäre. Wir sind noch alle in einem Stück. Es gibt sogar ein Klo an Bord. Wir sollten einfach hierbleiben, richtig?

Was man nicht begreift, solange man nicht selber in so einer Situation steckt, ist, wie sehr es einen juckt, was zu machen. Vielleicht sind es die Hormone oder irgendeine Todessehnsucht oder der fehlende Zugang zu Social-Network-Seiten, aber verdammt ist das schwer, in so einem Bus einfach hockenzubleiben. Neugier kommt noch hinzu. Wie man es auch dreht und wendet, wir können gar nicht anders, als in dieses Café reinzuspazieren und unserem möglichen Tod ins Auge zu sehen. Das ist jetzt angesagt. Die Frage ist bloß, wie lange es dauert, den Mut dafür aufzubringen.

Nicht so lange. Smitty bewegt sich Richtung Tür. »Ich geh da jetzt rein.«

Ich bewaffne uns mit Skiern, Skistöcken, Boards – hey, hat das letzte Mal doch gut funktioniert –, die Tür geht auf und wir strömen alle nach draußen. Pete macht aufmerksamerweise hinter uns wieder zu.

Auf den Eingangsstufen liegt frischer Schnee, aber er ist von den Sohlenabdrücken unserer untoten Mitschüler verklumpt. Wir nähern uns unbeholfen der Tür, bewegen uns wie die ersten Menschen auf dem Mond. Wir spähen durch die Scheibe. Die Luft ist rein. Smitty macht langsam die Tür auf … ein kleines Stück, dann weiter, dann ganz.

Als er eintritt, piept laut die moderne Version einer Ladenklingel los.

»Na toll.« Smitty bleibt stehen, als wäre er auf eine Landmine getreten. »So viel zum Überraschungsmoment.«

Ich gehe an ihm vorbei. *Biep-biep.* Dann folgen rasch hintereinander Alice und Pete. *Biep-biep. Biep-biep.*

»Wird ja immer besser!«, brummt Smitty. »Warum spielt ihr auf dem Ding nicht gleich eine verfluchte Melodie?«

»'tschuldige«, sagt Alice, ohne es zu meinen.

»Ich hab gedacht, es kommt von der Tür«, murmele ich.

Smitty zeigt auf das WILLKOMMEN unter unseren Füßen. »Die Matte reagiert auf Druck.«

»Oh«, forme ich tonlos mit dem Mund, als ob ich plötzlich ganz, ganz leise sein möchte.

Die Tür schwingt zu, Smitty hebt eine Hand und wir lauschen. Ein stotternder Brummton, passend zu den flackernden Lichtern. Außerdem riecht es stark nach verbranntem Öl. In der Küche haben sie wohl vergessen den Herd abzustellen, bevor sie alle tot am Sabbern waren. Links von uns stehen Tische, das Essen auf den Tellern und die Sandwiches in den offenen Plastikverpackungen sind größtenteils kaum angerührt. Über den Stuhllehnen hängen Jacken, deren Besitzer nicht mehr darauf angewiesen sind, sich warm zu halten.

Hinter dem Restaurantbereich liegt eine Küche im Diner-Stil mit Herden und Grill. Von hier kommt das flackernde Licht.

Rechts ist ein kleiner Laden, der Snacks und Zeitschriften verkauft, und vor uns führt ein Gang zu den Toiletten und wer weiß noch wohin. Wir warten darauf, dass irgendwas passiert. Es tut sich aber nichts.

»Auf drei«, sagt Smitty. »Eins, zwei –«

»Auf drei was?«, fragt Alice.

Er verdreht die Augen. »Gehen wir von der Matte runter. Eins, zwei, drei.«

Wir machen alle gleichzeitig einen Storchenschritt von der Matte herunter. *Biep-biep*. Wieder. Wir warten ab, was wir aufgescheucht haben. Nichts anscheinend.

»Wenn Gareth hier wäre ...«, fange ich an.

»Dann würde er seinen feigen Kopf durch die Tür stecken und Hallo sagen?«, beendet Smitty meinen Satz. »Nicht unbedingt.« Mit dem Snowboard im Anschlag nähert er sich dem Speisebereich und der Küche. Ich folge ihm und checke dabei gleich den Laden.

Die gute oder vielleicht auch die schlechte Nachricht ist, dass es hier nicht viele Verstecke gibt. Ich checke meine Ecken. Man muss sich immer zuerst die Ecken vorknöpfen – wie in einem Game. Weil sich da nämlich die Bösen verstecken. Auf dem Tresen im Laden steht ein altmodisches Telefon. Ich probiere es aus, aber die Leitung ist tot. Na ja, nicht richtig tot – ich kann eine Art Knistern hören, so als ob es angeschlossen ist, aber es kommt kein Freizeichen. Ich drücke ein paar Tasten und ich höre auch den Wählton, aber es tut sich nichts. Als ob ich schon eine Verbindung habe und die Person am anderen Ende lauscht, ohne etwas zu sagen. Einfach nur gruselig. Ich gebe auf – enttäuscht und gleichzeitig auch beinahe erleichtert – und sehe mich in dem Raum nach anderen Möglichkeiten um.

Ich lasse Alice und Pete zurück, die hinter mir mitten im Café stehen wie angepflockt, und zwinge mich dazu, zwischen den Tischen hindurchzugehen. Den Skistock fest umklammert spähe ich hinter eine Trennwand in die dahinterliegenden Nischen. Niemand.

Smitty pfeift mir zu, er zeigt auf den Tresen vor der offen angelegten Küche und macht ein paar übertriebene Handzeichen à la Spezialeinsatzkommando. Ich glaube, die hat er sich gerade ausgedacht, aber es ist klar, was er meint. Wir müssen uns die Küche vorknöpfen. Sie scheint zwar leer zu sein, aber es wäre einfach amateurmäßig, sie nicht zu überprüfen. Smitty nähert sich vom Gang her, ich schlängele mich zwischen den Tischen durch. Falls da irgendwas herausspringt, hat er freie Bahn zurück zum Ausgang, während ich einen Hürdenlauf über festgeschraubte Tische machen darf. *Na toll.* Wir erreichen den Tresen. Das Neonlicht geht mit einem metallischen Klicken immer an und aus. Smitty hält eine Hand hoch, drei Finger ausgestreckt. Alles klar, also diesmal ein Countdown. Er steht eindeutig auf Abzählen. *Drei, zwei, eins ...*

Ich springe auf einen der Plastikstühle und steige auf den Tresen, den Skistock hochgereckt, schaue rasch dahinter, dann in die Ecken der Küche, suche nach einem dunklen Winkel, in dem das Böse lauert. Das Licht flackert und verwandelt alles in Monster.

Smitty kichert. Er hat sich nicht vom Fleck gerührt.

»Räumlichkeiten gesichert?« Jetzt lacht er richtig. Mein Ärger macht mich mutig; ich springe vom Tresen in die Küche. Sie ist leer. Ich spaziere zum Tresendurchgang und klappe ihn auf.

»Soll ich die ganze Arbeit alleine machen?« Ich schlendere an ihm vorbei nach draußen und achte auf meine Atmung, damit er nicht merkt, wie angespannt ich bin.

»Hey, ihr Loser«, zischt Alice. »Was ist mit da drüben?« Sie zeigt zu den Räumen am anderen Ende des Gangs.

Bevor ich groß darüber nachdenken kann, gehe ich schon den fleckigen blauen Teppichboden hinunter. »Du nimmst das Männerklo, ich das Frauen-«, rufe ich Smitty zu.

»Nein, diesmal gehen wir zusammen.« Er ist neben mir. Ich hasse es, dass ich froh darüber bin.

In den Toiletten ist niemand. Nachdem wir sie überprüft haben, warten wir, während Alice tut, was ein Mädchen tun muss. Sie hat sich absolut geweigert im Bus zu gehen. Ich weiß, was sie für eine ist, aber Mann, das nenne ich mal Blasenkontrolle.

Ein Lagerraum hinter den Klos ist leer. Also leer von Leuten, Laptops und Monstern. Die Tür ist angelehnt und das Licht an – was ich irgendwie seltsam finde –, aber da drin ist nichts außer kistenweise Putzzeug und Klopapier.

Dann ist nur noch ein Raum übrig und an dem steht NUR FÜR PERSONAL. Smitty versucht die Tür, aber sie geht nicht auf.

»Mistding.« Er tritt halbherzig dagegen. An der Wand ist ein Tastenfeld mit einem kleinen roten Lämpchen. Anscheinend hat das Cheery Chomper doch etwas Wertvolleres zu bieten als die Belohnungslutscher für einen leer gegessenen Teller. »Du!« Smitty zeigt mit dem Finger auf Pete. »Tu was.«

»Ich?« Pete starrt ihn an. »Bin ich R2-D2 oder was? Bloß weil ich von dieser Truppe hier der Schlauste bin, denkst du, ich kann eine Türcodeanlage umgehen?« Er streckt einen Finger aus und geht auf die Zifferntastatur zu. »Entschuldigt mich, ich lese mal eben die Security-Dateien durch meine Drähte ein.« Er legt den Finger an die Tastatur und zuckt ein bisschen herum, mit blitzenden Augen. Ziemlich gute Show.

»Du verdienst echt einen Preis, so uncool, wie du bist.« Alice schiebt sich an ihm vorbei. »In solchen Läden nehmen sie immer was ganz Einfaches. Alles, was ein bisschen komplizierter ist, können sich die niederen Lebensformen, die hier arbeiten, nicht merken.« Sie tippt 1234. Eine Sekunde lang denke ich, sie liegt richtig. Aber das Lämpchen bleibt rot und die Tür rührt sich nicht. Sie versucht 0123. Auch nichts.

»Da hilft nur rohe Gewalt«, sagt Smitty.

»Nein!«, sage ich. »Was, wenn das Ding zwar kaputtgeht, aber die Tür immer noch zubleibt?«

Er verzieht das Gesicht. »Ich meinte natürlich die Tür.«

»Und was dann?«, halte ich dagegen. »Das wäre doch ein ziemlich gutes Versteck. Es ist wärmer als im Bus, wir hätten zu essen und fließend Wasser, und wer weiß, was es hinter dieser Tür vielleicht noch so gibt. Aber wenn wir sie aufbrechen, kriegen wir sie nicht mehr richtig zu. Dann wären wir nicht sicher.«

»Der Raum muss doch ein Fenster haben«, sagt Alice. »Oder vielleicht noch eine zweite Tür.« Sie dreht sich zu mir um. »Geh mal raus nachgucken. Falls du's reinschaffst, mach uns auf.«

»Ja, Ma'am.« Ich salutiere spöttisch. »Weil ich verzichtbar bin oder was? Möchte vielleicht jemand abstimmen, wessen Leben wir hier riskieren wollen?«

»Ach hör schon auf.« Sie tut gelangweilt. »Dann nimm halt ihn mit.« Sie zeigt mit dem Daumen auf Smitty. »Ist doch eh klar, dass ihr geht – wozu Zeit verschwenden?« Sie macht einen Schmollmund. Sie hat Lipgloss drauf. Wann zum Teufel hat sie daran gedacht, ihr Make-up aufzufrischen? Der Lidschatten schimmert auch wieder neu und die Wimpern sind lang und so schwarz wie ihre Seele. Die hat vielleicht Nerven.

Ich zwinge meine Hand mit dem Skistock unten zu bleiben. Es ist dermaßen verlockend, jetzt einen Alice-Kebab herzustellen, aber damit würde ich nur kostbare Zeit verschwenden. Smitty ist, so kennt man ihn, schon fast draußen. Ich mache mitleidig ts-ts zu Alice und wünsche mir wieder mal einen besseren Konter auf Lager zu haben, dann folge ich Smitty hinaus in den Schnee, ganz die kleine Doofe, die ich anscheinend bin.

Nach der Wärme des Cafés trifft mich die Kälte wie ein Eimer Eiswasser; es ist tierisch windig und im Eingangsbereich wirbelt Schnee. Smitty bleibt kaum stehen, um zu schauen, ob sich irgendwas rührt; geduckt huscht er um die Gebäudeecke und folgt einem Weg hinten auf die Rückseite. Ich will schon hinterher, da fällt mir im Augenwinkel etwas auf und ich drehe mich um. Ich schaue zu unserem Bus hinüber.

Die Tür steht offen.

Kapitel 10

Ich weiche an die Wand zurück. Pete hat die Tür zugemacht; das weiß ich genau, ich habe dabei zugesehen. Weil ich nämlich selber hatte zumachen wollen und er schneller war.

Ich starre zu dem Bus hinüber und warte, ob sich irgendwas tut. Alles *scheint* still. Ich gucke mir den Schnee vor der Bustür an – sind Fußabdrücke zu sehen? Alles ist zu zertrampelt, um irgendwas daraus schließen zu können. Trotzdem, die Tür ist offen, also hat sie jemand aufgemacht. Gareth? Nein – kann nicht sein, der hätte doch hinter sich zugemacht, oder? Jemand, der zu unserer Rettung gekommen ist? Warum ist dann niemand zu sehen? Die würden sich doch zeigen. Ich werfe einen Blick ins Café zurück; Alice ist im Laden und isst einen Schokoriegel, Pete ist nirgends zu sehen. Wahrscheinlich versucht er trotz seiner Sprüche gerade den Türcode zu knacken. Jedenfalls nützen mir die beiden jetzt nichts. Ich drehe mich wieder um und springe fast aus meinen Stiefeln.

»Hallo!« Smitty wedelt mit einer Hand vor meinem Gesicht hin und her. »Was machst du denn hier? Hinten ist eine Tür und ich glaube, die kriege ich auf ...« Er bricht ab, als er mein Gesicht sieht. »Was ist los?«

Ich zeige zum Bus und er fährt herum. Ihm entgleiten die Gesichtszüge.

»Wir haben die Tür doch zugemacht, oder?«

»Pete, ja«, sage ich.

Smitty lehnt sich neben mir an die Wand. »Irgendwer da drin?«

Ich schüttele den Kopf. »Hab niemanden gesehen. Aber vielleicht wollen sie ja nicht gesehen werden.«

»Mist.« Er seufzt. »Wir müssen nachsehen, oder?«

»Vielleicht können wir Alice reinschicken?«

Er gluckst leise. »Ja, das wäre mal was.«

»Tja«, sage ich. »Bei allem, was die Tür in den letzten vierundzwanzig Stunden durchgemacht hat ... vielleicht hat sie eine Fehlfunktion oder so? Vielleicht hat Pete den Knopf nicht fest genug gedrückt oder vielleicht war etwas im Weg und sie ist wieder aufgegangen und wir haben es einfach nicht mitbekommen ...«

Wir gucken uns noch kurz weiter den Bus an.

»Na, dann los.« Smitty geht vor. Er steigt die Stufen am Einstieg hinauf und ich folge ihm mit Beinen aus Granit und einem schrecklichen Angstgefühl im Bauch. Die Sitze grüßen uns schweigend, unser Heim fern der Heimat, vertraut und unerträglich zugleich. Bei der ersten Reihe bleiben wir stehen; es lässt sich unmöglich sagen, ob wir allein sind, aber jedenfalls schwingen sich keine Monster oben aus den Gepäckfächern. Was wir uns allerdings schon denken konnten. Smitty dreht sich zu mir um, zuckt mit den Schultern, und bevor ich es noch richtig mitkriege, rennt er mit vollem Karacho den Gang entlang und brüllt dabei so laut, dass ich richtig zusammenschrumpfe in meiner Jacke. Er kommt bei der Rückbank an, knallt dagegen, stößt sich ab und rast wieder auf mich zu, immer noch laut schreiend. *Was zum Teufel?* Als er bei mir ankommt, fuchtelt er mit ausgestreckten Händen herum wie ein durchgeknallter Zauberer, der den leeren Hut herzeigt.

»Ta-da!«

»Was machst du denn?«, keuche ich und schaue an ihm vorbei, ob er nicht doch irgendwelche Monster hervorgelockt hat.

»Findest du nicht, dieses Rumschleichen wird langsam langweilig?« Seine Augen blitzen, als ob er total unter Strom steht. »Aufscheuchen und umhauen ist angesagt!«

Da schwingt die Klotür auf und Smitty setzt sich auf den Hosenboden wie ein Sechsjähriger, der Plumpstanz spielt. Ich lache dermaßen, dass ich mich hinhocken muss. Smitty guckt entgeistert, aber dann lacht er auch und wir wälzen uns beide fast auf dem Boden, total krank.

Es fühlt sich dermaßen gut an. Aber ich reiße mich zusammen, bevor der Lachanfall in Heulen übergeht; das könnte nämlich leicht passieren.

»Keiner da.« Ich stehe auf und hüpfe an ihm vorbei. »Muss ein Problem mit der Tür gewesen sein. Wir sollten dafür sorgen, dass sie zubleibt.«

Wir verbarrikadieren die Bustür mit zwei Skiern, die wir am Rinnstein verkeilen, und machen uns wieder an unsere ursprüngliche Aufgabe – die Hintertür des Cheery Chomper.

»Sehr beruhigend, dass wir so lange weg waren und Lizzie und Pete nicht gucken gekommen sind«, sagt Smitty.

Ich ziehe meine Kapuze zu und wir stapfen durch den Schnee auf die Rückseite des Gebäudes. Dort entdecken wir ein Einzelfenster mit heruntergelassener Jalousie und eine einfache Tür mit einem normalen Schloss. Ohne Tastenfeld. Smitty beugt sich zu dem Schloss hinunter.

»Gib mal dein Plastik«, sagt er.

»Mein was, bitte?«

Er sieht hoch und schnippt mit den Fingern. »Deine AmEx passt schon, aber du solltest wissen, dass die hier in England nicht überall akzeptiert wird.«

Ich werde rot. Woher weiß er, dass ich eine Kreditkarte habe?

»Okay, es ist kalt und zum Rumdrucksen fehlt uns die Zeit – weißt du noch, als wir am ersten Tag unsere Stiefel anprobiert haben?« Er macht einen schiefen Mund. »Ich bin deine Sachen durchgegangen. Entschuldige. Ich hab nichts genommen.«

Jetzt werde ich vor Wut rot. »Du hast *was* gemacht?«

»War nichts Persönliches.« Smitty zieht die Schultern hoch. »Wir haben da alle in dieser blöden Skihütte rumgehangen und Däumchen gedreht, ohne Geld, was soll ein Junge da machen?« Er hält sich wohl für sterbensniedlich. »Ich wollte mir einen Zehner für Bier leihen, aber leider hattest du kein Bargeld. Hey, das ist doch jetzt alles unwichtig.«

»Von wegen.« Ich starre ihn finster an.

»Da hab ich dich ja noch nicht mal gekannt.« Er seufzt. »Gib mir jedenfalls mal die Karte.«

Kommt gar nicht in Frage. Dieser Übergriff macht mich dermaßen sauer, ich bin wie gelähmt. Smitty richtet sich auf und kommt auf mich zu, das Gesicht weich, die blaugrauen Augen fast traurig.

»Ich bin ein Blödmann.« Er legt mir eine Hand auf den Arm. Mein erster Impuls ist es, sie abzuschütteln, aber ich suche seinen Blick und unglaublicherweise meint er es ernst. »Ich hätte nie in deinen Taschen rumwühlen dürfen.« In seiner Stimme liegt keine Spur von Sarkasmus, und glaubt mir, ich suche förmlich danach. Smitty gestattet sich ein verstohlenes Lächeln. »Ich dachte einfach bloß, so ein Amimädel wie du hat doch bestimmt jede Menge Kohle einstecken.«

Mein erster Impuls war richtig. Ich entreiße ihm meinen Arm. »Ich bin kein Amimädel!«, rufe ich – als ob es darum gehen würde. Ich stapfe zur Tür, ziehe den Reißverschluss meiner Jacke auf und hole meine rote Geldbörse aus Chinaseide heraus. Mein Dad hat sie mir von einer seiner Geschäftsreisen nach Übersee mitgebracht. Da drin bewahre ich eine Kreditkarte, Heftpflaster, Lippenbalsam, einen Tampon und eine kleine Rolle Vierteldollar-Münzen für Notfälle auf. Nicht dass mir ein Vierteldollar hier in diesem blöden Land viel nützen würde. Mit knallheißem

Gesicht und schäumend vor Wut schiebe ich die Karte vorsichtig zwischen Tür und Rahmen und ruckele sie hin und her.

»Du musst sie –«

»Bleib bloß weg!«, fauche ich. Glaubt er, ich wäre irgend so eine hohle Nuss? Glaubt er, bloß weil er treudoof gucken und mit diesen langen Wimpern klimpern kann, schmelze ich gleich dahin und verzeihe ihm? Ich quetsche die Ecke der Karte an der Stelle rein, wo der Riegel einschnappt, und wackele am Türknauf.

»Warum sprichst du dann wie eines?«, fragt Smitty.

Ich ignoriere ihn und konzentriere mich auf meine Aufgabe.

»Wie ein Amimädel«, sagt er hilfsbereit. »Du klingst wie eines, oder jedenfalls fast. Nicht dass ich was gegen Amis habe, versteht sich.«

»Ach ja?« Ich blicke auf. »Gut, das zu wissen, herzlichen Dank.« Ich wende mich wieder dem Schloss zu. »Wenn du es unbedingt wissen musst, ich bin Engländerin. Ich bin hier geboren und hier aufgewachsen. Als ich neun war, sind wir in die Staaten gezogen, wegen diesem blöden Job von meiner Mutter. Letzten Monat sind wir wieder zurückgezogen. In der Heimat ist es doch am schönsten.«

Smitty kickt im Schnee rum. »Hat sich einiges verändert, seit du letztes Mal hier warst, hm?«

»Überhaupt nicht.« Ich kippe die Karte ein bisschen. »Ist alles noch genauso, wie ich es in Erinnerung habe. Mieses Wetter und Jungs, die klugscheißern.« Ich spüre, wie sich im Schloss etwas bewegt. *Ich knacke das Ding!* Noch einmal mit der Karte wackeln und der Riegel rutscht beiseite, dann den Türknauf drehen und Houston, wir heben ab ...

»Du hast es geschafft!« Smitty kann's nicht fassen und ehrlich gesagt geht's mir genauso.

»So was lernt man eben drüben im Getto«, murre ich und ziehe die Tür auf.

Wenn man bedenkt, dass wir gar nicht wissen, was uns erwartet, haben wir's viel zu eilig, da hineinzukommen, aber draußen ist es einfach zu kalt.

Der kleine Raum ist graugrün gestrichen, wie im Krankenhaus. Ein schmuddeliges Sofa mit Paisleymuster ist zu sehen und ein total chaotischer Schreibtisch. Der Raum riecht muffig, als ob hier seit Tagen niemand mehr drin war, und überall liegt Staub. An beiden Seitenwänden sind Kartons mit großen blauen Flaschen Desinfektionsmittel aufgestapelt. Es ist auf einen Blick klar, dass wir hier alleine sind. Hinter dem Sofa können sich höchstens Magersüchtige verstecken. Ich sehe trotzdem nach, dann schließe ich die Außentür. Der Riegel schnappt ein, wir sind in Sicherheit. Außer natürlich, irgendwelche sabbernden Bösen können das Schloss mit einer Kreditkarte knacken.

Wir sehen uns nach etwas Brauchbarem um: ein funktionierendes Telefon, ein Computer, ein Waffenlager – aber denkste. Das ist total entmutigend; als ob man Heiligabend unter den Baum guckt und da liegen dieselben Geschenke wie letztes Jahr. Und kaputt obendrein.

»Irgendjemand dafür, Lizzie und Petey da drin schmorenzulassen?« Smitty steht an der Tür zum Café.

Ich verkneife mir ein Grinsen. So schnell lasse ich ihn nicht davonkommen. Noch lange nicht.

»Leider gibt's da auch was zu essen.« Smitty macht die Tür auf und klemmt einen Stuhl dazwischen, damit sie nicht automatisch wieder zugeht. Pete schaut vom Tastenfeld auf. Jede Wette, dass er sich die ganze Zeit damit beschäftigt hat.

»Gareth?«, fragt er. »Laptop?«

»Weder noch«, sage ich. »Auch kein PC. Ich schätze, wir sind in eine Zeit zurückgereist, in der es noch keine anständigen Büros gab.«

»Hmm«, macht Pete. »Der Laptop wäre nett gewesen, aber WLAN hat sich eh erledigt. Ich hab vorhin versucht mit Smittys Smartphone reinzukommen. Jetzt klettert Alice auf den Tischen rum und probiert ein Signal zu kriegen.« Er macht eine Handbewegung Richtung Speisebereich. »Nichts. Gibt's da drin Festnetz?«

»Auch tot, wie alles andere hier.« Smitty hält einen weißen Plastikhörer hoch. »Könnte man uns nicht wenigstens mal eine kleine Ausnahme gönnen?«

Pete setzt sich auf das schmuddelige Sofa; er ist käseweiß. »Ich gehe davon aus, dass *man* es uns so schwer wie möglich machen wollte.«

»Was meinst du damit?«, frage ich.

Er kratzt sich am Kopf, und als ihm ein bisschen frischer Schorf unterm Fingernagel hängen bleibt, zieht sich mir alles zusammen. »Die Leute, die das hier angeleiert haben. Sie haben alle üblichen Fluchtmöglichkeiten ausgeschaltet und es praktisch unmöglich gemacht, mit der Außenwelt in Kontakt zu treten.«

»Häh?« Smitty lehnt sich gegen den Schreibtisch. »Welche Leute denn?«

Pete zieht die Schultern hoch. »Der Staat. Das Militär. Die Neue Weltordnung. Wer immer das hier arrangiert hat und uns benutzt wie Laborratten.«

Ich starre ihn mit offenem Mund an. Als Smitty nichts antwortet, sehe ich ihn an, aber er guckt genauso fassungslos wie ich. Ich wende mich wieder zu Pete um. »Machst du Witze? Du denkst, das ist alles Absicht? Was mit den ganzen Leuten passiert ist? Dass sie krank geworden sind?«

»Dass sie alle gestorben und wieder zum Leben erwacht sind, meinst du«, korrigiert mich Smitty.

»Gut, dann reden wir da jetzt mal drüber, ja?« Mir fällt auf, dass ich immer noch den Skistock in der Hand halte, und werfe ihn zu Boden. »Wir wissen nicht, ob sie wirklich gestorben sind. Das könnte genauso gut irgendein abgefahrener mutierter Grippevirus sein.« Das sage ich zwar, aber glauben tue ich es nicht gerade.

»Klar. Oder Tollwut.« Smitty trieft vor Sarkasmus. »Oder sie sind voll auf Angel Dust oder Speed gewesen.«

»Blickt den Tatsachen ins Auge!«, ruft Pete. »Wir haben gesehen, was mit dem Fahrer passiert ist. Er hat sich infiziert, er ist gestorben, er ist wieder zum Leben erwacht. Genau wie die anderen.«

»Das wissen wir nicht mit Sicherheit ...«

»Doch.« Er unterbricht mich. »Aber egal was du glauben willst, du kannst nicht leugnen, dass wir hier gefangen sind und dass die Leute, die hinter alldem stecken, uns beobachten und darauf warten, was wir als Nächstes tun.«

Smitty lächelt mich an. »Albino-Boy hat sich den Schädel angeknackst. Das dürfen wir nicht vergessen.« Er sieht Pete an. »Sie *beobachten* uns?«

Pete nickt. »Seht jetzt nicht hin, aber da hinter uns an der Wand ist eine Überwachungskamera.«

Smitty und ich kämpfen gegen den Drang an, uns umzudrehen.

Pete sieht das und grinst. »Im Café auch. Und im Laden. Ich hab's überprüft. Keine Mikrofone, also ist es wahrscheinlich nur Bildübertragung, ohne Ton. Ich hatte natürlich keine Zeit, alles richtig zu durchsuchen, aber es versteht sich von selbst, dass wir den ganzen Tag suchen könnten und keine Wanze finden würden, wenn die das nicht möchten ...«

»Das ist Wahnsinn!« Jetzt bin ich mal mit Unterbrechen dran. »Natürlich gibt es hier Kameras, die sind heutzutage überall! Aber das bedeutet doch nicht, dass die hier alle angebracht wurden, um uns auszuspionieren, während hier eine Zombie-Apokalypse abläuft!«

Zack, horchen sie auf. »Na schön, ich hab's ausgesprochen.« Ich lasse mich erschöpft auf das Sofa fallen. »Ich hab das Wort gesagt. Sind jetzt alle zufrieden?«

»Ha!«, macht Pete. »Dann bist du bereit zu akzeptieren,

dass wir es mit Zombies zu tun haben, aber die Vorstellung, dass wir überwacht werden, findest du dermaßen daneben, dass du nicht mal darüber nachdenken willst?«

Smitty schüttelt den Kopf und lacht. »Du bist echt nicht zu fassen, Albino. Als ob sich irgendjemand dafür interessieren könnte, uns zu beobachten.«

Alice kommt ins Zimmer gerannt, das Gesicht knallrot. »Da draußen geht irgendwas *très* Merkwürdiges vor!«

Smitty zieht eine Augenbraue hoch. »Hast du schon wieder Sirup getrunken, Lizzie Borden?« Er schiebt sich an ihr vorbei aus dem Raum. »Du bildest dir Sachen ein.«

»Die Bustür, du Idiot!«, brüllt sie ihm hinterher. »Jemand hat sie verbarrikadiert!«

»Das waren wir«, erkläre ich. »Wir dachten ...« Irgendwas hält mich davon ab, ihr die ganze Wahrheit zu sagen. »Wir fanden, dass es vielleicht besser wäre, die Tür zu verkeilen. Weil sie sonst der Wind aufbläst oder so.«

»Ach ja?« Ihre Augenbrauen verschwinden praktisch schon im Haaransatz. »Und ihr haltet da drin nicht zufällig eines dieser Viecher als Haustier?«

»Zufällig nicht«, sage ich. »Smitty reicht schon.«

»Das hab ich gehört«, kommt seine Stimme von irgendwo draußen.

»Solltest du ja auch«, antworte ich.

Alice verdreht die Augen. »Ihr zwei seid echt wie füreinander geschaffen.« Sie rauscht aus dem Raum. »Einer durchgeknallter als der andere.«

»Selber durchgeknallt«, sage ich nervös und beschäftige

mich mit meinem Rucksack auf dem Fußboden. Meine Wangen prickeln. Pete wühlt in dem Chaos auf dem Schreibtisch herum. Er lässt neben mir einen Stapel Papiere auf den Boden fallen.

»Wonach suchst du?«

»Nach Hinweisen.« Er durchsucht eine Schublade. »Schau mal in den Schrank da drüben.«

Ich drehe mich um. Hinter einem besonders hohen Stapel Kartons steht ein Aktenschrank. »Was glaubst du, was da drin ist?«

»Tja, also vorläufig verfüge ich noch nicht über die Fähigkeit, durch feste Materie hindurchzusehen, darum weiß ich es nicht. Aber da in diesem Zimmer keinerlei Hardware rumsteht, gehe ich mal davon aus, dass sie vielleicht da drinsteckt.«

Hardware? »Wie jetzt? Ein Laptop, meinst du?«

»Jepp.« Er leert einen Stiftebecher. »Oder ein WLAN-Router oder ein Telefon oder vielleicht ein Faxgerät. Sie müssen alles weggeräumt haben, was uns nützlich sein könnte.«

Ich stehe auf und fange an nach Schlüsseln zu suchen. Wenn's sein muss, finden wir bestimmt auch irgendwas, mit dem sich das Schloss aufbrechen lässt, aber aufschließen wäre viel ... *hoppla* ... Ich setze mich abrupt auf den Boden. Der Raum dreht sich um mich herum. Ich habe das Gefühl, jeden Moment ohnmächtig zu werden. Ich tue so, als ob ich den Teppich absuche, damit Pete nicht merkt, dass irgendetwas nicht stimmt.

»Also …« Alice kommt über den Stuhl ins Zimmer geklettert. »Smitty hat vor, alles Essen aufzufuttern, falls es euch interessiert.«

Durchaus. Mein Magen fühlt sich an, als ob er sich in sich selbst zurückfaltet. Nichts zügelt den Appetit besser als Adrenalin und Nahtoderfahrungen, aber selbst das funktioniert nur eine Weile. Mir ist schon ganz schwummrig von der Frage, was wir alles zu erledigen haben und in welcher Reihenfolge am besten. Ehrlich gesagt brauch ich dringend was im Magen, um meine Gehirnzellen zu versorgen.

»Wir müssen uns diesen Aktenschrank ansehen«, sagt Pete.

»Aber erst mal essen wir was.« Ich stehe wackelig auf und gehe zur Tür. »Wir müssen die Vordertür verbarrikadieren und uns bewaffnen, wir müssen Vorräte anlegen, dann sollten wir entscheiden, was wir …«

In meinen Augenwinkeln blitzen Funken auf, dann rast Schwärze auf mich zu und ich kippe um …

Kapitel 11

Irgendwas umflattert mein Gesicht. Ich öffne die Augen, einen Spalt nur. Es ist eine Taube, eine weiße Taube, die mit ihren schönen Flügeln schlägt und mir Luft ins Gesicht fächelt. Ich schließe die Augen wieder. Ist das schön.

Jedenfalls bis zu dem Punkt, als die Welt auf mich zurast und mir wieder einfällt, wo zum Teufel ich bin und was ich hier mache. Zack, sind meine Augen offen.

Das ist keine Taube. Sondern Smitty, der mit ein paar Papierservietten vor mir herumwedelt. Ich liege auf dem schmuddeligen Sofa und er kniet vor mir und grinst, als ob er mich nicht wiederbeleben, sondern nerven möchte. Ich hätte es nicht für möglich gehalten, dass man sich auf spöttische Weise um jemanden kümmern kann, aber Smitty kriegt das hin.

»Besser?«, fragt er und ist sichtlich enttäuscht, dass ich nicht auf seine Fächelaktion eingehe.

»Mir geht's gut.« Meine Stimme klingt sogar für meine Ohren zitterig. Ich sehe mich um. Alice sitzt in Denkerpose auf dem Schreibtisch und linst mit einem misstrauischen Auge zu mir herüber. Pete fuhrwerkt am Schloss des Aktenschranks herum, wirft mir aber komische Blicke zu.

Was haben sie denn bloß? Ich verlagere mein Gewicht und setze mich auf. Ein bisschen zu schnell; schwarze Schatten drängen in mein Gesichtsfeld und drohen mich wieder zu verschlucken. *Nein*, sage ich zu den Schatten. Einmal ohnmächtig werden ist peinlich; zweimal, da würde ich sterben vor Scham.

»Und es geht dir wirklich gut?«, fragt Alice.

»Du siehst total blass aus«, fügt Pete hinzu. *Klar doch. Musst du gerade sagen, Albino-Boy.*

»Mir geht's bestens.« Ich schwinge meine Beine auf den Boden. Peinlich hin oder her, ich bin gerührt, dass sie sich überhaupt dafür interessieren. Wer hätte das gedacht?

»Dann hast du nicht das Gefühl, demnächst zu sterben und wieder zum Leben zu erwachen?«, hakt Alice nach.

Aha. Darum geht es also.

Ich springe auf. »Natürlich nicht!« Der Raum dreht sich leicht, aber das ignoriere ich lieber. »Ich bin bloß vor Hunger aus den Latschen gekippt. Weiter nichts.«

»Und der Fahrer hat dich wirklich nicht gebissen da im Bus?«, bohrt Alice weiter.

Heilige Scheiße. In der Hand, die sie beiläufig hinter sich auf dem Schreibtisch liegen hat, hält sie ein Messer. Ein riesiges, blankes Tranchiermesser mit schwarzem Griff.

»Mich gebissen? Nein, er hat mich nicht gebissen!«, schimpfe ich. »Was zum Teufel hast du damit vor?« Ich zeige auf das Messer.

Sie holt es nach vorn.

»Au wacka.« Smitty steht hastig auf. »Lizzie hat ein Messer.«

»Ja und?«, sagt Alice. »Du hast doch gesagt, wir sollen uns bewaffnen.«

»Aber doch nicht, um uns gegenseitig damit umzubringen!«, rufe ich.

»Oh-oh«, macht Pete in der Ecke. Sehr hilfreich.

»Leg das Messer weg«, sagt Smitty.

»Nein!« Alice zieht sich Richtung Tür zurück. »Ich kann machen, was ich will!«

»Nicht wenn du vorhast deine Freunde in kleine Würfel zu schneiden«, sagt Smitty.

Alice wirft den Kopf zurück. »Sie ist nicht meine Freundin. Und ihr seid auch nicht meine Freunde. Bloß weil wir zusammen in diesem Albtraum festhängen, sollen wir plötzlich dicke Kumpel sein? Wenn das so ist, dann sterbe ich lieber.«

»Das lässt sich machen, keine Sorge.« Ich bewege mich einen Schritt auf sie zu. Smitty ist neben mir.

»Wer hat hier das Messer, ihr Loser?« Alice lacht und klettert auf den Stuhl in der Tür.

Das ist doch total bescheuert. Ich winde mich aus meiner Jacke und werfe meinen Fleecepulli ab. »Guck hier!« Ich halte ihr meine Arme hin. »Sieh dir alles genau an!« Ich ziehe die Ärmel meines langen T-Shirts hoch. »Wo sind meine Bisswunden, Alice? Häh?« Ich ziehe an meinem unverletzten Bein die Leggings hoch und zeige ihr meine Gänsehaut-Wade. »Siehst du? Nix.«

Alice verzieht das Gesicht. »Du könntest ja woanders einen Biss haben.«

»Wo?« Ich lüpfe mein Shirt, um ihr meinen Bauch zu zeigen, dann meinen Rücken. Pete gibt in der Ecke einen erstickten Laut von sich. »Da«, sage ich mit dem neu entdeckten Mut einer Exhibitionistin. »Was noch? Womit kann ich dir sonst noch dienen?«

»Also eigentlich solltest du alles ausziehen, nur um sicherzugehen«, sagt Smitty.

Ich tue so, als ob ich ihn hauen will, und er weicht lachend aus.

»Na schön.« Alice steigt von ihrem Stuhl herunter, das Messer zum Stoß bereit. »Aber wenn du lila anläufst und zu sabbern anfängt«, sie kneift die Augen zusammen und sieht mich finster an, »dann mach ich dich *alle*.« Sie sticht mit dem Messer in meine Richtung und es entgleitet ihr und erwischt sie beim Runterfallen an der Hand. »Autsch!«

Das gibt Smitty natürlich den Rest. Er wälzt sich lachend auf dem Boden. Ich hebe das Messer auf und knalle es auf den Schreibtisch.

»Ich hab viel zu viel Hunger für dieses Theater«, verkünde ich und steige über den Stuhl hinweg aus dem Raum. Bloß weg hier! Sonst könnten sie mein Zittern sehen.

Wir sitzen im Café an einem der Tische dicht beim Büro. Nur für den Fall, dass wir uns da hineinflüchten müssen. Das Büro ist sicher oder kommt uns jedenfalls so vor; ein kleiner Schlupfwinkel. Smitty hat das Sofa vor die Hintertür geschoben und außerdem hat er es geschafft, den Haupteingang vom Café behelfsmäßig zu verbarrikadieren. Davor habe ich Respekt, weil das nämlich gar nicht so einfach ist, wenn die meisten Möbel am Boden verschraubt sind. Der Schnee draußen vor den Fenstern spielt Tornado, es sieht echt so aus, als ob die Flocken nach *oben* fallen. Wer weiß, ob wir die Barrikaden überhaupt brauchen werden; wenn es weiter so schneit, ist das Cheery Chomper bei Einbruch der Dunkelheit zum Iglu geworden. Was gar keine schlechte Aussicht ist.

Ich habe einen Tisch mit der Desinfektionslösung aus den Kartons im Büro abgewischt und mich zur Oberkellnerin ernannt. Dank meiner Mühen sitzen wir jetzt um einen Tisch voller abgepackter Sandwiches herum. Es gibt Ei mit Kresse, Roastbeef mit Zwiebeln, Käse mit Pickles und Thunfisch mit Mais. Warum die Sandwich-Macher in diesem Land dermaßen auf jeweils zwei Sorten Belag fixiert sind – nicht mehr, nicht weniger –, ist mir zu hoch, aber was will man machen. Ich spiele mit der Plastikkante von meiner Packung mit dem vollen Käsegenuss.

Alice sieht mich an. »Du zuerst.« Ihr Messer ist sie zwar los, aber ihren Schneid hat sie sich nicht abkaufen lassen.

»Wir sollten lieber ein paar Burger aufwärmen, ich sag's euch.« Smitty wirft sein abgepacktes Sandwich wieder auf den Tisch.

Es ist wie russisches Roulette zwischen zwei Brotscheiben. Niemand will essen. Wir sind am Verhungern oder in

Alices Fall total aufgekratzt von der ganzen Schokolade, die sie in sich hineingestopft hat, während wir draußen geschuftet haben – aber niemand will das Risiko eingehen. Das ist Petes Schuld. Er hat es gewagt, das auszusprechen, was wir alle gedacht haben. Smitty hat fleißig Barrikaden gebaut, ich war jagen und sammeln, Alice hat gemacht, was sie eben so macht – und dann ist Pete gekommen und hat es ausgesprochen:

»Was, wenn das Essen infiziert ist?«

»Diese Sandwiches aus dem Laden sind eingeschweißt.« Ich habe auf meinen Vorrat auf dem Tisch gezeigt. »Ich dachte, das Zeug aus der Küche lassen wir lieber weg. Wir wissen nicht, in welchem Zustand es ist.«

»Und wenn nun aber die Sandwiches das Problem sind?«, hat Smitty gefragt. »Wenn wir ein paar Burger brutzeln, töten wir wenigstens ab, was da drinsteckt.«

Und damit ging die Debatte los. Eine rasche Untersuchung der Tische unserer Ex-Mitschüler ergibt, dass sie einen kompletten Querschnitt sowohl der Speisekarte des Cheery Chomper als auch der Kühlschränke im Laden verspeist haben. Daraus lässt sich keine Regel ableiten. Wenn wir sichergehen wollen, dürfen wir nichts anrühren.

Ich brauche aber was zu essen. Dringend.

»Denken wir doch mal logisch«, sage ich. »Soweit wir wissen, wurden alle, die ins Café gegangen sind, befallen – Anwesende ausgeschlossen.« Ich zeige auf Pete und Alice. »Mr Taylor hat sich zuerst verwandelt, eine ganze

Weile später dann die anderen. Was hat Mr Taylor gegessen?«

Alice sieht mich stirnrunzelnd an. »Gar nichts. Er ist reingekommen und direkt in den Laden gegangen. Das weiß ich noch, weil nur an unserem Tisch noch ein Platz frei war, der neben Shanika, und sie voll die Krise bekommen hat, dass er vielleicht kommt und sich neben sie setzt.«

»Das stimmt«, sagt Pete. »Im Laden hat er auch nichts gegessen.«

»Na also.« Ich zucke mit den Schultern. »Mr T wurde als Erster zombifiziert, also kann es nichts im Essen gewesen sein.« Ich knibbele an der Plastikverpackung von meinem Sandwich herum. »Er war schon krank. Er hatte die Grippe. Vielleicht hat er sich dadurch im Café leichter irgendwas eingefangen? Vielleicht hat er sich deshalb so schnell verwandelt?«

Smitty, der oben auf der Rückenlehne eines Stuhls sitzt, jongliert mit drei Sandwichpackungen. Die Beläge zermatschen an dem durchsichtigen Plastik und mir wird von dem Anblick übel. »Der Fahrer ist nicht mal in die Nähe vom Café gekommen. Wie hat es ihn erwischt?«

Ich fange ein Sandwich auf. Truthahn mit Salat auf Vollkorn. »Die eigentliche Frage ist, *wer* hat ihn erwischt? Ich glaube, er ist gebissen worden – am Handgelenk, wo wir ihn verbunden haben. Vielleicht ist er von demjenigen gebissen worden, der in den Bus reingefahren ist. So verbreitet sich das doch schließlich.«

Pete zieht eine Augenbraue hoch. »Ach ja?«

»Ja.« Ich mache einen auf cool. »Traditionellerweise schon.«

Smitty lässt sich auf den Stuhl fallen und fixiert mich mit seinen grauen Augen. »Aber das ist ja noch nicht der Ausgangspunkt. Was hat die ganzen Verwandlungen überhaupt ausgelöst?« Er sieht sich um. »Es muss irgendwas hier drin sein. Und Mr T ist da als Erster dran gekommen.«

»Ooh!« Alices Gesicht verzerrt sich von der Anstrengung, ihr Gehirn zu benutzen. »Mr Taylor hat nichts gegessen, aber er hat etwas getrunken. Den Saft, den dieses blöde Gemüse ausgeteilt hat.«

Ich sehe sie an, als ob sie jetzt endgültig einen an der Waffel hat. Dann trifft es mich wie ein Schlag. »Der Karottenmann.«

Pete bekommt große Augen. »Er hat am Eingang Gratiskostproben verteilt!«

»Na prächtig!« Smitty gibt ein Geräusch von sich, das halb Lachen und halb Stöhnen ist. »Das ist ja wohl voll pervers!«

Ich habe das Gefühl, dass sich die Wände des Cheery Chomper um mich herum schließen. Kann das denn wahr sein? Dass irgendwas in dem Saft alle verwandelt hat?

»Mr Taylor hat eine ganze Packung von dem Zeug getrunken!« Alice schlägt auf den Tisch. »Er hat noch laut gesagt, er braucht das Vitamin C!«

Pete schluckt. »Sie hat Recht. Er hatte die Packung in der

Hand, als er in den Laden gekommen ist. Er hat das Ding komplett leer gegluckert und die Frau hinter dem Tresen gefragt, wo der Mülleimer steht.«

»Wenn also der Saft infiziert war«, ich beiße mir auf die Knöchel, »wer hat dann noch davon getrunken?«

»Alle!« Alice setzt sich kerzengerade auf. »Wir sind reingegangen und dieser Karottentyp hat seine Probierbecher verteilt. Gott, der war so uncool. Ich hab mich *weggeschmissen*. Shanika hat einen Becher getrunken, Em zwei – sie hatte mir einen geben wollen, aber nee danke –, ich meine, *très* peinlich, *Carrot Man*? So was trinke ich doch nicht. Aber ich war die Einzige.«

»Wie jetzt, alle anderen haben davon getrunken?«, fragt Smitty. »Die Bedienungen und die anderen Gäste auch?«

Alice funkelt ihn an und legt sich bereits eine scharfe Erwiderung zurecht, aber Pete kommt ihr zuvor.

»Sie sagt die Wahrheit. Ich weiß noch, wie der Karottenmann nach den anderen reingekommen ist und den Saft an die Mitarbeiter ausgeteilt hat. Sogar der Koch ist rausgekommen und hat sich einen Becher genommen. Sie fanden ihn alle total lecker.«

»Aber du nicht, Pete?«, frage ich.

Er zuckt die Schultern. »Wegen meiner Allergien.«

Ich springe von meinem Stuhl herunter und marschiere zum Eingang. »Und wo steckt der Karottenmann jetzt?« Ich suche nach dem Gegenstand, den ich nicht finden werde – dem Wägelchen. »Wo ist sein ganzes Zeug? Wo ist der Saft?«

»Wenn du Zombiesaft ausgeteilt hättest, würdest du dann hierbleiben und gucken, was passiert?«, fragt Smitty.

Ich kehre zum Tisch zurück. Pete packt sein Sandwich aus und mampft drauflos.

»Dann beweist das meine Theorie«, sagt er, den Mund voll Ei und Kresse. »Das war Absicht. Meine Mutter hat schon immer gesagt, ich soll von Fremden nichts annehmen.«

Ich setze mich langsam und hole mein Sandwich aus der Verpackung. Ich beiße vorsichtig hinein. Smitty zeigt keine Angst und stürzt sich auf seines. Alice reißt ihres in kleine Streifen und isst sie einzeln, als ob das helfen würde. Plötzlich packt Smitty sich an die Kehle und fällt ächzend und würgend um. Wir ignorieren ihn, als hätten wir alle damit gerechnet, dass er das tut. Er steht auf und setzt sich wieder zu uns an den Tisch und wir essen alle, ohne was zu sagen.

Ich esse ein Käsesandwich mit Pickles, eines mit Truthahn und Salat, zwei Packungen Salz-und-Essig-Chips und einen Aprikosen-Müsliriegel; das alles spüle ich mit Diätcola hinunter. Falls wir mit dem Saft falschliegen und ich mich jetzt infiziert habe, dann verwandle ich mich wenigstens mit vollem Bauch.

Nach dem Essen verziehen wir uns ins Büro. In der Tür klemmt noch der Stuhl, damit sie nicht automatisch zugeht und uns aussperrt. Alle ächzen ein bisschen vor sich hin, aber nicht weil wir untot, sondern pappsatt von Sachen sind, die meine Mutter gern ›Fertigfraß‹ nennt. Alice hat nur ein halbes Sandwich gegessen, ist dann aber drüben im Laden verschwunden und hat einen Schokoriegel nach dem anderen verdrückt. Ich habe sieben Einwickelpapiere gezählt. Dann ist sie Richtung Klos abgedampft. Ich hoffe, sie hat nicht alles wieder herausgewürgt. Das fehlte uns gerade noch im Team, eine Kotzkönigin. Vielleicht wollte sie einfach nicht das Risiko eingehen, sich anzustecken, aber ich glaube, sie macht sich mehr Sorgen um ihren Hintern.

»Um die Zukunft vorherzusagen, müssen wir die Vergangenheit kennen.«

Pete steht neben dem abgeschlossenen Aktenschrank. Ich ahne, dass wir uns jetzt einen Vortrag anhören dürfen, und mache es mir bequem. Ich glaube, Pete hat mir besser gefallen, als er da in der Klokabine ausgerastet ist.

»Was sabbelst du da, Petey-Poo?«, fragt Smitty.

»Wie ich schon sagte, wir werden beobachtet.« Pete zeigt zum Aktenschrank. »Helft mir den aufzubrechen. Fünfzig Pence, dass wir da drin Überwachungstechnik finden. Und Aufnahmen, auf denen zu sehen ist, was hier passiert ist.«

»Fünfzig Pence?« Smitty nähert sich dem Schrank und schnappt sich ein Snowboard. »Wir sind doch nicht im Kindergarten. Mach fünfzig Pfund draus und ich bin interessiert.«

Pete verzieht den Mund. »Abgemacht. Wenn das hier wirklich der Zusammenbruch der Gesellschaft ist, wie wir sie kennen, dann kann man mit Geld sowieso nichts mehr anfangen. Also meinetwegen.«

Smitty hämmert auf das Schrankschloss ein, als wäre es Petes Schädel. Das Schloss bricht ohne großen Widerstand ab und fällt herunter und die Metalltür schwingt auf.

Es gibt drei Fächer. Das untere ist voller Aktenordner. Das obere enthält eine Geldkassette und eine große Kugel aus Gummibändern. Aber wir starren das mittlere Fach an.

Außer einem großen, schwarzen Kasten, der wie ein digitaler Videorekorder aussieht, stehen da drin sechs kleine Bildschirme. Sie sind alle eingeschaltet. Man kann das Café sehen, den Laden, den Eingang, den Parkplatz und das Büro. Und auf dem letzten sehen wir uns selbst von oben, wie wir uns um den Schrank drängen.

Pete dreht sich zu der Kamera in der Zimmerecke um. Er lächelt und winkt uns über den Bildschirm zu.

»Dann schieb mal die fünfzig Pfund rüber, Smitty«, sagt er.

Kapitel 12 Mein Leben durch eine Linse.

Auf dem Bildschirm sehen meine Haare voll peinlich aus. Als hätte ich die Krätze. Ich widerstehe dem Drang, mich vor der Kamera zurechtzumachen. Solche Zurückhaltung zeigt Alice nicht, dabei hat sie es nicht mal nötig.

»Das beweist gar nichts.« Smitty ist voll auf Konter. »Bloß weil hier Überwachungskameras alles aufzeichnen, heißt das noch lange nicht, dass uns jemand beobachtet. Die Aufnahmen sind für Überfälle und so. Dieser Schwachmat Gareth hat doch gesagt, dass hier ständig was passiert.«

Er hat natürlich Recht. Es beweist überhaupt nichts – und außerdem, wenn uns wirklich irgendwelche Leute ausspionieren, warum in aller Welt sollten sie dann die Fernseher hierlassen, wo wir sie finden können? Trotzdem ist das eine Menge Hightech für eine kleine Raststätte an der Landstraße. Schon irgendwie unheimlich.

»Für eine bestimmte Sache ist es trotzdem gut.« Smitty grinst Pete und Alice an. »Wir können überprüfen, was ihr erzählt habt.«

»Was soll das heißen?« Alice zieht eine Flunsch.

Smitty zeigt auf den DVR. »Petey hat Recht. Der hier hat alles aufgezeichnet. Was passiert ist, wann und wie.«

Mir wird ganz anders. Davon zu hören ist das eine; das alles zu sehen, aus der Nähe und aus mehreren Blickwinkeln, ist etwas ganz anderes.

Pete drückt an den Tasten herum und schafft es, an den Anfang der Aufzeichnungen zu kommen. Auf jedem Bildschirm steht unten Zeit und Datum. Anscheinend werden immer die letzten vierundzwanzig Stunden gespeichert; ein paar Stunden später und es gäbe nichts mehr zu sehen. Aber wir Glückspilze sind gerade noch rechtzeitig gekommen.

Ich lasse die Jalousie herunter, damit die Bildschirme nicht so spiegeln, und dann setzen wir uns dicht an dicht im Halbkreis auf einige Kartons Desinfektionsmittel. Meine rechte Schulter drückt gegen Smittys linke Schulter, und als wir uns zu den Bildschirmen vorbeugen, streift er mit den Fingern meine Hand. Er strahlt Wärme aus. Ich muss zugeben, ich bin heilfroh, dass er da ist. Bestimmt leide ich an so einer psychischen Belastungsstörung. Ich wüsste nicht, warum ich sonst so empfinden sollte.

»Dann legen wir mal los.«

Pete hat irgendwo ein Lineal aufgetrieben und deutet damit auf die verschiedenen Bildschirme, um uns auf bestimmte Geschehnisse aufmerksam zu machen. Das nervt zwar ziemlich, andererseits ist das irgendwie seine Belohnung dafür, dass er Recht gehabt hat.

Das Bildmaterial ist schwarz-weiß und ohne Ton.

»Nicht gerade viel Kundschaft, hm?« Smitty knabbert an seinem Daumennagel.

»Hier kommt niemand her, der nicht unbedingt muss«, sagt Alice.

Der Zeitstempel auf dem Bildschirm besagt 13:43 Uhr. Ungefähr zehn Minuten bevor wir mit dem Bus angekommen sind, würde ich sagen. An einem Tisch neben der Tür bezahlt ein junges Pärchen die Rechnung, eine Mutter und ein Kleinkind sitzen mit einem älteren Mädchen zusammen und essen Pommes, und dann sind da noch zwei Männer in karierten Hemden und Jeans – Bauarbeiter oder Straßenarbeiter vielleicht. Hinter dem Küchentresen sind ein paar Köche zu sehen, dann noch ein Kellner und eine Kellnerin und im Laden eine Kassiererin.

Ein Mann mit einem Wägelchen kommt ins Bild, er hat mit der Eingangstür zu kämpfen.

»Das ist der Karottenmann, jede Wette«, sage ich. »Bloß noch ohne Kostüm.«

Wir lehnen uns vor und sehen ihn uns genauer an. Ein Durchschnittstyp. Er schiebt das Wägelchen durchs Café und zieht einen großen Müllsack hinter sich her.

»Was ist in dem Sack?«, fragt Smitty.

Der künftige Karottenmann verschwindet auf dem Klo.

»Zieht sich wahrscheinlich um«, sage ich leise.

»Gott sei Dank gibt's da drin keine Kameras«, sagt Alice.

»Nun mach mal bloß keinen auf schamhaft, Lizzie.« Smitty beugt sich halb über mich zu ihr hinunter. »Das würde dir doch gefallen. Du stehst auf Riesengemüse-Kostüme, gib's zu.« Er lacht und zwinkert ihr zu und sie lässt einen Protestkreischer los – aufrichtige Entrüstung in genau richtiger Dosierung, aber man merkt, dass sie es nicht total hasst. Ich spüre einen Stich ... ja, was denn? *Eifersucht?* Also echt mal. Wie erbärmlich ist das denn? Ich bin eifersüchtig wegen Smittys kläglichem Versuch, mit Alice zu flirten? Nicht. Zu. Fassen.

Der Karottenmann kommt vom Klo, jetzt voll aufgemöhrt, und seine dünnen Beine gucken unten aus dem orangen Plüschkostüm vor.

»Jetzt schmilzt du dahin, Lizzie, gib's zu.« Smitty beugt sich wieder halb über mich zu Alice. Sie schubst ihn weg, bevor ich es tun kann.

Der Karottenmann schiebt seinen Wagen den Gang entlang durchs Café. Als er an der Kassiererin in dem kleinen Laden vorbeikommt, bietet er ihr eine Kostprobe an. Sie lacht ihn an und nimmt einen Becher.

»Wer ist das?« Alice zeigt auf einen dicklichen Mann mittleren Alters in Hemd und Krawatte, der das Café betritt, als der Karottenmann gerade hinausgeht. Er hält ihm die Tür auf und macht eine bibbernde Bewegung, die dem Karottenmann wohl sagen soll, dass es draußen kalt ist – als ob er das nicht längst wüsste.

Der Karottenmann gibt ihm einen Gratisbecher. Er trinkt.

»Irgendein Todeskandidat eben«, sagt Smitty.

»Wird wohl Gareth' Chef sein«, sage ich. »Er hat ein Namensschild am Hemd.«

Er geht in den Laden und spricht mit der Frau am Tresen. Als er sich vorbeugt, rutscht ihm hinten das Hemd aus der Hose. Die Frau hat ihre Kostprobe noch nicht getrunken, der Becher steht neben der Kasse. Der Mann deutet auf das Telefon. Sie nimmt den Hörer ab und lauscht, dann schüttelt sie den Kopf.

»Da sind die Leitungen schon tot!« Pete klopft mit seinem Lineal an den Bildschirm.

In der Zwischenzeit hat das junge Pärchen bezahlt und verlässt das Café. Der Karottenmann hält ihnen beim Hinausgehen zwei Becher hin. Die Frau kippt ihren sofort hinunter; der Mann nippt an seinem und verzieht das Gesicht, dann geht er die Stufen hinunter und wirft den Rest in den Schnee. Hat ihm anscheinend nicht geschmeckt; kann man ihm kaum vorwerfen. Vorsichtig tapsen sie über die vereiste Straße zum Parkplatz hinüber und steigen in einen tollen Minicooper, auf dessen Dach der Union Jack gemalt ist. *Tata* ... da haben wir das Auto, das hinten in unseren Bus reingerumst ist!

Ich sehe zu, wie sie losfahren, und schüttele den Kopf. »Sie wären fast davongekommen. Zwei Minuten eher und sie hätten noch gar keinen Saft gekriegt.«

Im Cheery Chomper geht Gareth' Chef auf den Ausgang zu. Er fasst an seine Potasche und zieht ein Handy heraus.

»Funktioniert nicht«, sagt Smitty voraus.

Eindeutig nicht. Aber das scheint den Mann nicht zu überraschen. Er holt ein Päckchen Zigaretten heraus, steckt sich eine an und eilt zurück Richtung Tankstelle. Er muss aufpassen, dass er im Schnee nicht ausrutscht. Am Vorplatz biegt er ab und verschwindet hinter den Bäumen.

»Wo will er denn hin?« Smitty verrenkt sich den Hals, als könnte man im Fernsehen um die Ecke schauen. »Ach Menno, zeigt uns doch wenigstens, wie er sich verwandelt!«

Wir starren gebannt auf den Bildschirm, aber Gareth' Chef bleibt verschwunden.

Beim Cheery Chomper hüpft der Karottenmann in der Kälte auf und ab. Der kleine Junge spaziert im Café herum; er kann den Karottenmann im Eingang sehen. Er ist zu misstrauisch, um sofort zu ihm zu gehen, aber auch zu neugierig, um bei seiner Mutter und seiner Schwester sitzen zu bleiben. Er traut sich ein, zwei Meter dichter heran. Der Karottenmann bemerkt ihn, bückt sich und winkt durch die Glastür. Der kleine Junge winkt zurück. Der Karottenmann hält einen Gratisbecher mit dem Gift hoch. *Bitte nicht!*, denke ich. *Hau ab, solange du noch kannst, und nimm deine Familie mit.* Der Karottenmann öffnet die Tür und macht einen Schritt auf ihn zu. Der Junge flitzt zurück zu Mutter und Schwester am Tisch. Ich bekomme wieder Luft.

»Jetzt geht's los!«, ruft Pete. »Da kommen wir!«

Auf dem ersten Bildschirm taucht ganz rechts unser Bus auf und fährt an dem Pärchen in dem Minicooper mit dem bemalten Dach vorbei, der gerade zur Ausfahrt rollt. Unser Bus fährt am unteren Ende des Parkplatzes an den

Straßenrand. Die Türen gehen auf und die Jahrgangsstufe 11 steigt fröhlich und erleichtert aus und bibbert in der kalten Luft.

»O mein Gott, das bin ich!« Alice kann ihre Freude nicht verhehlen. Aber die Freude hat rasch ein Ende. »Örks, sehe ich fett aus! Dieser Bildschirm verzerrt die Proportionen.«

»Nein, so siehst du wirklich aus, Lizzie«, sagt Smitty.

Alice beschimpft ihn, er lacht glucksend.

Inzwischen wollen Mutter, Tochter und der kleine Junge gehen. Mutter und Tochter sind irgendwie betreten, als ob sie gerade eine Meinungsverschiedenheit hatten. *Ja, das kenne ich.* Hoffentlich sind sie zu sauer und mit sich selbst beschäftigt, um draußen von dem Saft zu kosten.

Beim Eingang stürzen sich unsere Mitschüler auf den Karottenmann, und obwohl der kleine Junge noch stehen bleiben und gucken will, seufze ich vor Erleichterung, denn Mutter und Schwester ignorieren die angebotenen Becher und schieben ihn energisch durch die Menge, um ihn dann weiter hinten auf dem Parkplatz in ein altes Auto zu verfrachten. Bloß steigt die Mutter einen Moment später wieder aus und geht zum Cheery Chomper zurück, und zwar eindeutig noch genervter als davor. Hat sie vielleicht was vergessen? *Mach schnell*, denke ich, *hol es und dann seht zu, dass ihr wegkommt*, aber dann verliere ich sie im Gewühl meiner Mitschüler.

Die meisten unserer Jahrgangsstufe sind jetzt im Café und alle haben einen Becher vom Karottenmann. Manche stehen im Laden an, manche sitzen im Restaurant. Wir sehen Pete, der sich hinter die Ladenregale verkrümelt hat, und Mr Taylor, der als Letzter aus dem Bus kommt und den Karottenmann dazu überredet, ihm gleich eine ganze Packung von dem Saft zu geben. Als unser Lehrer das Café betritt, folgt ihm der Karottenmann nach drinnen – er hat jetzt eindeutig genug von der Kälte. Er bahnt sich einen Weg zwischen den Tischen hindurch und verteilt Kostproben an alle, die eben noch davongekommen sind. Genau wie Pete gesagt hat. Und Alice geht zu den Klos, genau wie sie gesagt hat. Bis jetzt stimmt, was sie erzählt haben.

Draußen kommt auf der Straße hinten ein Auto in Sicht. Es ist wieder der Minicooper.

»Schaut mal!« Ich zeige dorthin. »Warum kommen die denn noch mal zurück?«

Wir sehen zu, wie der Mini dichter und dichter an unseren Bus heranfährt. Und dann bleibt er rätselhafterweise ein, zwei Meter dahinter stehen. Die Fahrertür geht auf, eine Gestalt steigt aus. Es ist der Mann. Man kann von so weit weg sein Gesicht nicht richtig sehen, aber er hat eindeutig Panik; er guckt verzweifelt zwischen dem Bus und dem Cheery Chomper hin und her und versucht zu einer Entscheidung zu kommen. Seine Freundin nimmt sie ihm ab; sie steigt auf der Beifahrerseite aus und sie sieht wirklich finster aus. Also finster im Sinne von schlurfend, sabbernd. Der Mann stolpert durch den Schnee zum Bus, er zieht ein Bein nach, als ob er verletzt ist, und sie zombiet ihm hinterher. Er kommt gerade bei der Tür an, da stürzt sie sich auf ihn und zwingt ihn zu Boden. Sie beißt zu. Smitty und ich sehen uns an, wir denken beide an die rote Pfütze draußen vor der Tür im Schnee. Dann springt der Mann auf, läuft vorn um den Bus herum, verfolgt von seiner Liebsten.

»Die Hand auf der Windschutzscheibe«, flüstere ich. Smitty nickt stumm. Wir sehen, wie der Bus wackelt, als einer der beiden gegen die Karosserie geworfen wird. Das waren keine Schüler beim Quatschmachen, wie wir da gedacht haben, das war ein Angriff. Ein Angriff, den wir hätten verhindern können, wenn wir gewusst hätten, was los war?

Der Mann hat es jetzt wieder zurück zum Auto geschafft. Er springt hinters Steuer und im selben Moment kommt seine Freundin an der Kühlerhaube an ... und gleichzeitig steigt unser Fahrer aus dem Bus.

»Ende Gelände«, sagt Smitty. »Ich glaube, da holt unser Fahrer es sich.«

Plötzlich gehen die Bildschirme aus und das Licht über uns flackert.

Alice kreischt.

»Was zum ...?« Smitty beendet seinen Satz nicht. Der Strom ist weg und wir hocken im Dunklen. Alice schreit auf, es rumst und dann schreit Pete auf. Ich greife nach Smitty und er nach mir und für einen schrecklichen, unendlich peinlichen Moment umklammern wir einander wie zwei schreckerstarrte Zeichentrickfiguren. Ich weiche prompt zurück, falle über den Karton, auf dem ich gesessen habe, und lande auf irgendwas Weichem, das gut riecht und laut kreischt.

Das Licht geht wieder an. Ich liege auf Alice drauf. Smitty ragt über uns auf und macht ein Gesicht, als ob er überhaupt nichts mehr rafft. Pete hat es geschafft, die Seitenwand des Aktenschranks hochzuklettern, und jetzt sitzt er da oben und zittert wie ein Windhund. Wir sind alle total still und warten, was passiert. Es passiert aber nichts.

»Keine Panik.« Smitty atmet hörbar aus. »Auf dem Land fällt ständig mal der Strom aus. Hat nichts zu bedeuten.«

»Weißt du das genau?«, frage ich.

»Ja.« Smitty lächelt auf uns hinunter. »Miau. Wenn ich euch zwei so sehe, fällt mir mein Traum von gestern Nacht wieder ein.« Er zwinkert mir zu.

»Runter von mir, verdammt noch mal!« Alice stößt mich mit einer Kraft weg, die ihre dünnen Ärmchen Lügen straft.

»Aber gerne doch!«, rufe ich nicht gerade schlagfertig, stehe rasch auf und weiche Smittys Blick aus. Ich sehe mit heißen Wangen zu Pete hinauf. »Ein Stromausfall, ja?«

»Eindeutig.« Er kommt wieder heruntergeklettert und grinst mich an. Als ob er das Recht hat, sich über meine Verlegenheit zu freuen; dabei ist er es doch, der auf einen Schrank geklettert ist, weil das Licht ausging. Ich schätze, wenn man es gewöhnt ist, dass die anderen auf einem herumhacken, dann ist es nichts Besonderes, schlotternd auf einem Schrank ertappt zu werden – oder in einer Klokabine. Er schaut auf die Bildschirme.

»Sie laufen wieder, aber das ist nicht mehr das, was wir eben gesehen haben. Sie stehen wieder auf Aufnahme.«

Wir gucken alle auf die Bildschirme und sehen uns da alle auf die Bildschirme gucken. Alles läuft wieder in Echtzeit.

»Stell mal zurück«, sagt Smitty zu Pete. »Wir waren doch gerade da, wo's spannend wird.«

»Bäh, soll ich dir vielleicht auch noch ein bisschen Popcorn holen?« Alice klopft sich verächtlich ab, bereit jedem die Augen auszukratzen, der ihr in die Quere kommt.

»Meint ihr vielleicht, das lag am Wetter?«, frage ich in die Runde. Ich möchte unbedingt, dass es am Wetter gelegen hat. Warum sonst sollte der Strom kurz ausfallen? »Sollen wir uns mal umsehen?«

»Klar.« Smitty ist aus der Tür heraus, bevor ich ein zweites Mal fragen kann, und ich bin heilfroh, dass ich jetzt nicht mehr seinem Blick ausweichen muss. Ich denke an seine Arme, die mich umschlingen. *Scham-Anfall.* Ich glaube, ich habe ihm mit der einen Hand sogar an den Hintern gefasst. Ich halte die böse Hand von mir weg, als ob da Säure dran klebt, und versuche die Erinnerung zu verdrängen. Hoffentlich denkt er nicht, dass es Absicht war. Auf einem der Bildschirme ist zu sehen, wie er ganz normal aus der Tür geht und sich dann, sobald er außer Sicht ist, zusammenkrümmt, den Kopf in den Händen. Bloß dass er natürlich gar nicht außer Sicht ist. Das scheint er nach einem Moment auch zu begreifen – und krümmt sich erneut zusammen. Was mich zwangsläufig sauer macht. *Wie jetzt, Smitty? War es etwa dermaßen eklig, dass ich dich angefasst habe?*

»Vielleicht war es ja eins von diesen Monstern?«

Alice redet wieder mit mir. Ich sehe sie verständnislos an, dann begreife ich, worauf sie hinauswill. »Du glaubst doch nicht ernsthaft, dass irgend so ein Vieh hinter dem Stromausfall steckt?«

Pete schüttelt den Kopf. »Nach dem, was wir bis jetzt von ihnen gesehen haben, ist das unwahrscheinlich. Sie haben sehr eingeschränkte motorische Fähigkeiten und werden anscheinend von Dingen angezogen, die sie aus ihrem früheren Leben kennen. Aber dass sie über die nötige Kompetenz verfügen, den Gebäudestrom abzustellen, halte ich für eine gewagte Vermutung.«

»Ja. Wie er schon sagt.« Mir pocht der Schädel und ich setze mich vorsichtig auf einen Karton. Ich bin irgendwie nicht richtig auf der Höhe. Aber das erwähne ich unter diesen Umständen lieber nicht, zumal ich vorhin schon einen Ohnmachtsanfall hatte. Hier soll ja keiner vorschnelle Schlüsse ziehen. Ich reibe mir das Gesicht. Ich sehe bestimmt aus wie ein Wrack. Ja, klar tue ich das – habe ich ja auf dem Bildschirm schon gesehen. »Außerdem wissen wir nicht mal, ob da draußen überhaupt noch welche sind.«

Pete saugt Luft durch die Zähne ein. »Ähm, doch, tun wir schon, oder nicht? Dieses Pärchen zum Beispiel. Als ihr den Fahrer geborgen habt, war es nicht mehr zu sehen, richtig? Wohin sind die beiden verschwunden? Wo stecken sie jetzt?«

Ich seufze. »Wir müssen uns einfach die restliche Aufnahme ansehen.«

Pete nickt. »Und von den beiden mal ganz abgesehen, wissen wir auch gar nicht, ob wirklich alle aus dem Café dem Bus runter zur Tankstelle gefolgt und von Smitty vaporisiert worden sind.« Er guckt auf die Bildschirme. »Und wo wir schon mal bei dem Thema sind: Wo ist Gareth abgeblieben? Ich würde sagen, dass hier höchstwahrscheinlich noch einige von denen rumlaufen.«

Der Wind rüttelt am Fenster. Ich schaue auf die Bildschirme, die den Parkplatz zeigen. Es wirbelt immer noch Schnee in der Luft, dicht und schnell.

Alice schüttelt sich. »Hoffentlich fallen sie in der Kälte einfach tot um.« Sie dreht sich zu uns um. »Oder untot. Oder sonst wie.« Sie lächelt. Es ist kein richtiges Lächeln, aber für den Anfang nicht schlecht. Ich will es gerade erwidern, da lenkt mich eine Bewegung auf einem der Bildschirme hinter ihr ab. Der Eingang zum Café. Ein großer Umriss schiebt sich an der Tür vorbei. Das haut mich fast wieder vom Karton.

»Was ist denn?«, fragt Alice.

Der Umriss ist verschwunden. Ich beuge mich dicht an den Bildschirm heran, der den Eingang vom Cheery Chomper zeigt. Nichts zu sehen. Außerdem ist Smitty im Café, gleich auf der anderen Seite der Scheibe – er müsste doch gemerkt haben, wenn da draußen was ist, oder?

»Was los ist, hab ich gefragt«, sagt Alice.

»Ich dachte, ich hätte da was gesehen.«

Pete starrt mich an. »Mir ist nichts aufgefallen. Welcher Bildschirm?«

Ich schüttele den Kopf. »Muss die Angst sein. Ich bilde mir Sachen ein.« Es kann alles Mögliche gewesen sein. Eine Plastiktüte oder ein Ast. Das Banner! Ja, das wird's wohl sein – das flatternde Carrot-Man-Banner über dem Eingang muss sich gelöst haben und ist an der Tür vorbeigeweht worden.

»Keine Gruselviecher zu sehen.« Smitty kommt hereingeschlendert und macht wieder einen auf cool. »Alles bombenfest verbarrikadiert, Gelände gesichert. Lasst uns den Rest der Aufnahme abspielen, bevor wieder der Strom ausfällt.«

Ich sehe ihn an, ohne – *ihr wisst schon* – ihn richtig anzusehen. »Du meinst, der fällt noch mal aus?«

»Könnte sein, wenn das Unwetter nicht nachlässt.«

Ich stehe auf. »Dann sollten wir uns vorbereiten. Ein paar Taschenlampen auftreiben oder so.« Ich blicke auf meine Uhr. Es ist schon drei; in weniger als einer Stunde geht die Sonne unter. Die Zeit vergeht wie im Flug, wenn man Spaß hat. Ich hebe meinen Rucksack auf. »Wir laden besser unsere Handys auf, damit wir telefonieren können, sobald wir irgendwo Empfang haben. Vielleicht sollten wir auch ein bisschen Notproviant einpacken, falls wir von hier verschwinden müssen. Wir müssen anfangen vorauszudenken.«

»Von hier verschwinden?«, fragt Alice. »Und da rausgehen?« Sie zeigt zum Schneesturm auf dem Bildschirm. »Ähm, das lassen wir besser.«

»Vielleicht ist es hier irgendwann nicht mehr sicher«, sagt Pete. »Das hier ist Ground Zero. Und wer weiß, was sie als Nächstes mit uns vorhaben.«

»Nun hör schon auf mit deinem *sie*!«, schreit Smitty ihn an. »Das bildest du dir alles bloß ein, Albino!«

»Egal was wir denken«, versuche ich die Lage zu beruhigen, »wir müssen vorbereitet sein. Etwas zu essen zusammenpacken, unsere wärmsten Sachen, eine Karte. Nur für den Fall.«

Smitty fletscht die Zähne. »Meinetwegen. Aber zuerst gucken wir den Rest von dieser Aufnahme an.«

Ich weiß nicht, wie viel ich davon wirklich noch sehen *möchte*, aber wir sind halb durch, und wenn ich eines hasse, dann aus dem Kino zu gehen, bevor der Film zu Ende ist. Ich schleudere meinen Rucksack unter den Schreibtisch und setze mich wieder neben Smitty, wobei ich ultravorsichtig bin, dass ich ihn ja kein bisschen berühre. Pete nimmt seine Position an der Play-Taste wieder ein. Alice verdreht die Augen und macht eine Riesenshow daraus, sich von dem Sofa loszureißen.

»Na schön«, sagt sie. »Dann schauen wir es uns an. Aber lassen wir wenigstens ein bisschen Tageslicht rein, solange es noch welches gibt, damit ich beim nächsten

Stromausfall nicht zerquetscht werde, wenn Mademoiselle XXL hier in Ohnmacht fällt.« Sie funkelt mich an. Ich funkele zurück. Sie steht mit dem Rücken zum Fenster, streckt eine Hand nach der Jalousieschnur aus und zieht daran. Die Jalousie geht hoch. Tageslicht flutet ins Zimmer.

Ich sehe einen dunklen Umriss hinter ihr und mein Gesicht verzerrt sich zu einem Schrei.

»Was ist denn jetzt wieder?« Alice starrt mich voll genervt an.

Draußen vorm Fenster steht der Karottenmann.

Kapitel 13

Ich springe auf. Irgendwo kreischt jemand. Ich höre es nicht einfach bloß, ich spüre es; es schneidet mir durch die Ohren ins Hirn. Dermaßen schrill, unvorstellbar! Zuerst denke ich, dass ich es bin, die kreischt – mein Mund ist offen und meine Kehle verkrampft, also könnte ich das sein. Dann begreife ich, dass es Pete ist. Er hat es auch gesehen. Und Smitty ebenfalls. Bloß Alice hat es als Einzige nicht gesehen.

Sie steht da und guckt uns schmollend an und hält immer noch die Jalousieschnur in der Hand. Dann blinzelt sie verwirrt und begreift mit Schrecken, dass wir nicht *sie* anschreien.

Hinter dir.

Sie dreht nicht den Kopf herum, um zu gucken, sondern wirft sich einfach instinktiv nach vorn. Dabei lässt sie die Schnur für die Jalousie los, die prompt das Fenster wieder herunterrasselt. Alice kracht gegen mich und ich gegen Smitty, der hinter mir steht, und wir gehen alle wie bei einem dämlichen Rugby-Angriff zu Boden.

Pete kreischt immer noch. Ich weiß zwar nicht, wie, aber plötzlich bin ich wieder auf den Beinen und wir drängen uns alle vier an die hintere Wand – so weit weg wie möglich vom Fenster und dem Karottenmann. Wir starren alle die geschlossene Jalousie an.

»Was ... ist ... da?«, krächzt Alice neben mir.

Niemand antwortet. Wir glotzen auf die Jalousie, die hin- und herschaukelt. Die Scheibe könnte jeden Moment zerklirren und dann wäre ES bei uns im Zimmer.

»Was ...«, versucht sie erneut, nur lauter.

»Der Karottenmann«, flüstert Smitty scharf auf meiner anderen Seite. »Total leise sein jetzt.«

»Ja klar, weil wir ja eben auch so leise waren«, platzt es aus mir heraus. Smitty gibt ein leises Kichern von sich und ich spüre, wie die dünne Wand leicht zittert.

Die Jalousie hört auf zu schwingen. Ich starre auf die weißen Plastikstreifen mit den allerwinzigsten hellen Lichtspalten dazwischen und hätte gern Röntgenaugen.

»Meint ihr, er ist weg?«, fragt Pete mit pfeifendem Atem.

»Willst du gucken gehen?« Smitty sieht ihn an und zieht herausfordernd die Augenbrauen hoch. Als Pete nichts sagt, zwinkert Smitty mir zu. Ich spüre, wie sein Körper sich von der Wand zu lösen beginnt.

»Nicht!« Ich lasse einen Arm vorschnellen, um ihn zu stoppen, die Faust geballt, damit ich ihn nicht aus Versehen irgendwo anfasse. »Lass das bloß bleiben!«

»Einer muss nachsehen.« Er bleibt trotzdem an seinem Platz an der Wand. Ich merke, dass er mich provokant anlächelt, aber ich weigere mich ihm in die Augen zu sehen.

»Wartet mal«, sagt Alice neben mir. »Wir wissen doch gar nicht, ob der Karottenmann böse ist, oder?«

»Ich glaube, die Tatsache, dass er diesen tödlichen Fruchtsaft ausgeschenkt hat, lässt diesen Schluss durchaus zu«, nuschelt Pete.

»Gemüsesaft, nicht Fruchtsaft«, sage ich, als ob das einen Unterschied macht. »Vielleicht wusste er ja nicht, was drin ist? Vielleicht friert er da draußen zu Tode und braucht unsere Hilfe?«

»Wenn er nicht gewusst hat, was da drin war, dann hat er ihn wahrscheinlich getrunken«, schlussfolgert Smitty ganz logisch.

»Wie man's auch betrachtet, er kann kaum einer von den Guten sein«, setzt Pete seine noch logischere Schlussfolgerung drauf.

»Leute!«, zischt Alice. »Ich kann's nicht fassen, dass wir hier überhaupt stehen und das bequatschen! Wir müssen hier raus.«

Pete löst sich von der Wand. »Ich glaube, er ist weg.«

»Wieso?« Smitty macht auch einen Schritt nach vorne.

Pete kneift die Augen zusammen. »Das Licht hinter den Lamellen. Irgendwas ist anders.«

Ich runzele die Stirn. »Hab ich nichts von gemerkt.«

Er nickt. »Siehst du das Licht da unten am Fenstersims? Da hat sich ein Schatten langbewegt.« Er macht noch einen Schritt auf das Fenster zu.

»Nein.« Ich löse mich von der Wand, bleibe aber stehen, wo ich bin. »Ich hab da auch hingeguckt. Ich hab nichts gesehen.«

»Fass bloß nicht diese Jalousie an!«, bettelt Alice, und

während sie das tut, flackert das Licht aufs Neue, geht aus und wir stehen wieder mal im Dunkeln.

Bevor wir reagieren können, klirrt Glas und die Jalousie wölbt sich ins Zimmer hinein und überall bricht Licht durch. Aus dem Augenwinkel sehe ich kurz Smitty – voll im Tageslicht –, wie er nach Alices Messer auf dem Tisch hechtet, als etwas Großes vor dem Fenster zu Boden kracht.

»Kommt!«, schreie ich, sehe den Umriss meines Rucksacks unter dem Schreibtisch, schnappe ihn mir und richte mich schnell wieder auf. In dem trüben Halblicht kann ich sehen, dass Alice und Pete schon durch die Bürotür ins Café gerannt sind, und der messerschwingende Smitty steht in geduckter Ninja-Haltung ein paar Schritte entfernt vor dem am Boden herumzuckenden Bündel.

»Smitty!«, rufe ich, weil ich ihn nicht allein zurücklassen will. Dann ist er plötzlich vor mir, springt auf den Stuhl, der die Bürotür offen hält, packt meine Hand und zerrt mich aus dem Raum. Wir rennen blindlings durch das Café Richtung Eingang. Alice kreischt und Pete versucht die verbarrikadierte Tür wieder freizukriegen. Wir stürzen uns da drauf, Smitty und ich, schnappen uns hektisch die Möbel und Kisten, die er so sorgfältig ineinander verkeilt hat, um eine unüberwindbare Barriere zu errichten. Wir sind gar nicht auf die Idee gekommen, dass wir uns da vielleicht selbst mal durchkämpfen müssen. Wir hätten es besser wissen sollen.

»Schnell!« Alice kreischt immer noch, was nicht gerade

hilfreich ist, abgesehen davon, dass sich an der steigenden Lautstärke abschätzen lässt, wie viel Zeit wir noch haben, bevor der Karottenmann hier ist. Ihre Schreie zerfetzen mir jetzt fast das Trommelfell und ich weiß, dass das Plüschmonster an der Bürotür aufgetaucht ist.

»Nur die hier noch!«, ruft Smitty und Pete und ich helfen ihm einen großen Kasten Wasserflaschen von der Eingangstür wegzuziehen. Dabei kippt der Kasten um und die Flaschen rollen heraus über den Boden. Alice macht einen Schritt rückwärts und ich kann nur zusehen, wie eine Flasche mit perfektem Timing unter ihren Fuß rollt. Ihre Beine fliegen hoch in die Luft und sie fällt mit einem brutalen Schlag auf den Hinterkopf und bleibt liegen. Als ich den eisigen Wind spüre, der mir sagt, dass Smitty die Tür endlich aufgekriegt hat, laufe ich zu Alice und ziehe sie an den Armen zum Ausgang.

Der Karottenmann ist da und wir müssen hier weg.

Smitty reißt Alice hoch und wirft sie sich mit einer Leichtigkeit über die Schulter, die mich schockt, und dann sind wir draußen. Ich werfe einen Blick nach hinten. Der Karottenmann streckt die Arme nach uns aus. Die Augenhöhlen seines Kostüms liegen im Schatten. Seine grünen Karottenblätter-Handschuhe sind verschwunden und seine Hände tropfen von Blut. Er ächzt und macht einen schwerfälligen Schritt nach vorn.

Er ist einer von denen.

Pete hat die Bustür aufgekriegt und wir klettern hinein. Wieder einmal unser Zufluchtsort.

»Lass den Motor an!«, brüllt Smitty, während ich ihm helfe Alice die Stufen hinaufzuziehen.

»Was glaubst du denn, was ich hier mache?«, gibt Pete zurück. Er sitzt auf dem Fahrersitz und hantiert mit den Schlüsseln herum und ich danke allen Engeln, dass er daran gedacht hat sie einzustecken, als wir unseren Abgang gemacht haben. Wer weiß, was wir alles im Cheery Chomper liegengelassen haben – Wasser, Essen? Jetzt ist nicht die Zeit, darüber nachzudenken.

Der Motor springt stotternd an. Smitty zerrt Alice kurzerhand den Gang hinauf und wirft sie auf einen Sitz, dabei ruft er mir zu: »Sicher die Tür!«

Na klasse. Wieder mal darf ich menschlicher Schutzschild spielen. Ich renne an Pete vorbei, der mit dem nicht reagierenden Lenkrad kämpft, und zwinge meine Beine die Stufen hinunter. Ich werfe mich seitlich gegen die verfluchte Tür und spreize Arme und Beine, als würde ich Tango mit ihr tanzen. Punktgenau ist der Karottenmann da und die ganze Wucht von zwei Meter orangem Plüschgemüse wirft sich mit einer solchen Heftigkeit gegen die Tür, dass ich weinen möchte. Der brutale Aufprall wirft mich aus dem Gleichgewicht. Die Tür bebt.

»Mach schnell!«, rufe ich. *Bitte mach schnell, Pete, bitte mach schnell, Smitty, bitte, lieber Gott, lass das Militär mit Massenvernichtungswaffen angreifen und uns retten …*

Der Karottenmann rammt die Tür erneut. Ich presse meine Schultern und meinen Hintern und meine Arme und Beine gegen die Tür, wappne mich für den nächsten

Angriff und bete, dass das Glas und das Metall und mein Rückgrat und meine Nerven halten werden.

»Warum fahren wir denn nicht?«, schreie ich zu Pete hinauf. Er sieht aus wie ein kleiner Junge, der auf einem dieser Münzautos draußen vor dem Supermarkt sitzt, wie er da wie ein Besengter das Lenkrad dreht und im Sitz auf und ab springt und dabei keinen Zentimeter vorwärtskommt.

»Der Schnee ist zu tief, die Reifen greifen nicht!«

Ich spüre, wie die Räder unter uns durchdrehen, als Pete aufs Gas tritt. »Smitty!«, rufe ich, als der Karottenmann mir wieder ins Kreuz springt. »Ich brauch deine Hilfe!«

»Bin schon da.« Smitty erscheint oben auf den Stufen, mit einem Snowboard. Er wirft es zu mir herunter und ich fange es auf, wirbele herum und klemme es vor die Türen. »Und noch eins.« Smitty wirft mir ein zweites Board zu und ich verkeile es ein Stück weiter unten. Es funktioniert. Der Karottenmann merkt, dass die Tür nicht aufgehen will, und bewegt sich stattdessen zur Windschutzscheibe und schlägt jetzt darauf ein. *Blöder oranger Mistkerl.* Ich stemme mich mit dem Po gegen eine Stufe und stütze das untere Board mit den Füßen ab.

Pete wirft die Gangschaltung hektisch in eine andere Richtung und der Bus dröhnt. Aber wir bewegen uns nicht von der Stelle.

»Au Kacke.« Smitty steht immer noch auf der obersten Stufe, aber er starrt aus einem der Seitenfenster. »Der Karottenmann kriegt Gesellschaft.«

»Was?«

Smitty verzerrt das Gesicht zu einem grausigen Grinsen. »Hiiiiier kommt Gareth!«

»Nein!« Ich springe die Stufen hinauf und sehe selbst nach. Und tatsächlich, da kommt Gareth um die Ecke vom Cheery Chomper gebogen. Schwarze Hose, weißes Hemd, Krawatte und Namensschild und ein groteskes, sabberndes Gesicht. Und wisst ihr was? Er hält immer noch den Laptop in der Hand ... aber ich brauche einen Moment, um zu begreifen, dass er nur noch einen richtigen Arm hat. Aus dem anderen Hemdsärmel ragt ein Stumpf, ein Stumpf mit einem langen, weißen Knochenstück, als ob jemand das Fleisch abgenagt hat wie die Körner von einem Maiskolben. Ich spüre, wie mir ein Schluchzen die Kehle verengt.

»Er hat es gar nicht geschafft«, bringe ich heraus.

»Nein«, sagt Smitty leise. »Aber er hat geschafft neue Freunde zu finden.«

Ich spähe durch das Schneetreiben da draußen. Schlurfende Gestalten kommen auf uns zu – vier oder fünf, vielleicht auch mehr.

»Pete!« Ich drehe mich zu ihm um. »Schaff uns hier raus!«

Irgendwas greift endlich und der Bus rollt langsam vorwärts, schiebt den Karottenmann sanft zur Seite.

»Festhalten!«, ruft Pete. »Ich werde nicht bremsen können!«

Es riecht scharf nach brennendem Gummi und ich klammere mich an meinem Sitz fest, während Pete den

Bus durch den Schnee lenkt. Es lässt sich nicht mal sagen, ob wir überhaupt auf der Straße sind, aber solange wir rollen, ist das zweitrangig.

»Fahr zum Ausgang!«, ruft Smitty und zeigt zu der Straße, die vom Cheery Chomper weg wieder zurück in die schottische Pampa führt. »Das ist unsere einzige Chance!« Seine Worte hängen merkwürdig pathetisch in der Luft – andererseits, wenn es je einen Moment gegeben hat, wo man so etwas ruft, dann wohl jetzt. Er geht den Gang bis ganz nach hinten durch und schaut durchs Heckfenster, um zu sehen, wie schnell unsere Verfolger sind. Ich gehe ihm hinterher.

Ich presse mein Gesicht an die Scheibe und starre nach draußen, während der Karottenmann die Jagd über den Parkplatz anführt. Na ja, mehr ein Getorkel als eine Jagd. Der Bus kriecht langsam durch den Schnee, aber solange wir in Bewegung bleiben, werden sie uns nicht einholen.

Scheiße. Der Tank ist leer.

Ich schüttele den Gedanken ab. Der Bus ist doch schließlich angesprungen, oder nicht? Selbst wenn wir nur ein paar Meilen weit kommen, haben wir sie immer noch abgehängt. Ich werfe einen Blick zu Pete nach vorn, der sichtlich gestresst ist; er hat die Schultern bis zu den Ohren hochgezogen. Aber er hyperventiliert nicht und er hantiert mit dem Lenkrad, als ob er weiß, was er tut. Wenn er so weitermacht, sind wir gut dran.

Ich starre zu Gareth und seinen neuen Kumpels hinaus. »Wer sind die anderen?«

Smitty hat das Fernglas aufgetrieben. »Weißt du noch das Pärchen in dem Mini? Und drei Typen. Jedenfalls glaube ich, dass das eine auch ein Typ ist ... Ach, nein. Da hängt eine Brust raus.«

»Wo sind die hergekommen? Und wo hat Gareth die ganze Zeit gesteckt? Glaubst du, die haben ihn gekriegt, als er zum Cheery Chomper rübergegangen ist?« Ich fluche. »Warum haben wir sie vorher nicht gesehen?«

»Das werden wir nie erfahren«, sagt Smitty. »Vielleicht hätten uns die restlichen Aufnahmen noch ein paar Antworten gegeben, aber so ...«

Der Bus bleibt quietschend stehen; ich knalle mit dem Gesicht gegen die Scheibe. Schmerz und der Ärger über eine angeschlagene Nase durchströmen mich. Mir schießen Tränen in die Augen, so sehr tut meine Nase weh. Ich fühle, ob sie noch da ist, und habe Blut an den Fingern.

»Was ist denn los?«

Smitty rennt den Gang hinunter zu Pete. Ich reiße mich zusammen. *Nicht weinen, du bist noch in einem Stück.* Vorn im Bus schreien sie sich an. Etwas klappert, dann kommt das unmissverständliche Zischen der sich öffnenden Tür. Ich springe auf und sause nach vorn, die zerdetschte Nase ist vergessen. Heißes Blut tropft mir vom Gesicht auf die Jacke. Pete steht alleine an den Stufen. Sein Gesichtsausdruck sagt deutlich, was passiert ist.

»Smitty ist rausgegangen?«

Er nickt.

»Warum hast du angehalten?«

»Darum.« Er zeigt auf die Windschutzscheibe.

Quer über der Straße liegt ein fetter weißer Klumpen. Zuerst kann ich nicht sagen, was es ist, dann erkenne ich Äste und Wurzeln. Der Klumpen ist ein quer über der Straße liegender Baum, der uns den Weg versperrt. Smitty flitzt hektisch um ihn herum wie eine Ameise, schaufelt mit seinem Snowboard Schnee weg, lehnt sich mit der Schulter gegen den Stamm, versucht ihn zu schieben, anzuheben, zu rollen. Das kann gar nicht klappen; einen Baum von dieser Größe kriegt man mit ein paar Leuten nicht bewegt. Dazu braucht man Ketten und einen Traktor und mindestens dreißig Minuten Zeit, bevor die Monster kommen. Was wir alles nicht haben.

Ich werfe einen Blick zu unseren Verfolgern zurück. Wir haben ein paar Minuten, höchstens.

Ich springe die Stufen hinunter, Pete folgt mir. »Das bringt nichts!«, rufe ich Smitty zu. »Können wir außenrum fahren?«

Pete bahnt sich durch den Schnee einen Weg zum wurzeligen Ende des Stammes, das ihn fast überragt. Ich weiß die Antwort, bevor Pete den Mund aufmacht. Auf beiden Seiten der Straße sind Gräben und die Bäume reichen bis auf ein, zwei Meter an die Straße ran.

»Kannst du vergessen.« Pete bückt sich. »Übrigens haben die den hier extra hingelegt.«

»Was?« Smittys Gesicht ist knallrot und verschwitzt.

»Schaut, hier gibt's nirgends ein Loch, in das die Wurzeln gepasst hätten.« Er kickt Schnee mit dem Stiefel. »Dieser Baum ist nicht umgestürzt, der ist nicht mal hier gewachsen. Den hat man hierhergeschafft, wahrscheinlich Sekunden nachdem unser Bus hier durchgekommen ist. Damit wir nicht wieder wegkönnen. Das Pärchen in dem Mini? *Darum* sind sie zurückgekommen; weil sie nicht wegkonnten.«

Einen Moment lang denke ich, dass Smitty seine Snowboard-Enthauptungsnummer jetzt gleich an Pete ausprobieren wird. Dann wirft er das Board hin und stapft zurück in den Bus.

»Wir müssen zu Fuß gehen«, dränge ich sie. »Und es mit der Hauptstraße probieren.«

»Vielleicht auch nicht«, ruft Smitty von drinnen.

»Wir gehen zurück in den Bus!«, ruft Pete. »Da sind wir sicher genug!«

Ich gehe ein paar Schritte vom Bus weg, um zu sehen, was weiter hinten los ist. Der Karottenmann, Gareth und die anderen sind schon fast an der Ausfahrt. Eine Minute noch und sie sind hier. »Garantiert nicht!« Ich hebe das Board neben Pete auf. »Die sind zu siebt. Alles Erwachsene. Die brechen die Tür auf und dann sind wir erledigt.«

»Und wenn wir uns im Gepäckraum verstecken?« Petes Gesicht ist schmerzerfüllt. Er fleht mich an; ich habe keine Ahnung, ob ich ihn trösten oder schlagen möchte.

»Für wie lange?« Ich schüttele den Kopf. »Wir gehen zur Landstraße und laufen einfach weiter. Sie können uns nicht einholen.«

»Was ist mit Alice?«

Verdammt. Daran, dass Alice bewusstlos ist, habe ich überhaupt nicht mehr gedacht.

»Uns fällt schon irgendwas ein.« Ich ziehe ihn zu den Türen hin. »Komm! Wir müssen unser Zeug zusammenraffen, wir haben keine Zeit mehr.« Als ich an der Tür ankomme, heult der Motor des Busses auf. Smitty ist am Steuer. Wir springen aus dem Weg, zurück in den Schnee, und der Bus fährt rückwärts, mit brutal aufheulendem Motor.

»Nein!«, rufen wir. Wir wissen beide, was jetzt kommt.

Smitty reagiert kein bisschen. Er schaltet in den Vorwärtsgang und lässt den Bus so hart gegen den Baum krachen, wie er kann. Der Baum bewegt sich nicht einmal. Smitty setzt den Bus, dessen Stoßstange jetzt total verbeult ist, wieder zurück und versucht es ein zweites Mal. Diesmal verschiebt er den Baum ein Stück. Also denkt er, dass das Ganze etwas bringt, und setzt den Bus noch weiter zurück und rast zum dritten Mal los, trifft den Baum diesmal mit voller Wucht. Das Hinterteil des Busses bricht aus, etwas scheppert und die Windschutzscheibe zerspringt und fliegt heraus. An der Schnauze des Busses steigt Rauch auf. Unsere Zuflucht auf Rädern hat am Ende ihren Meister gefunden.

Ich springe in den Bus. »Wir müssen weg!«, brülle ich Smitty an, der immer noch das Lenkrad gepackt hält. »Ich hole deine Sachen, du holst Alice!«

Ich werfe unsere Rucksäcke in den Schnee hinaus und gehe zu Reihe 21, um noch ein bisschen Ausrüstung zu holen. Wenn wir es irgendwie schaffen, Alice auf einem Board hinter uns herzuziehen oder auf Skiern mitzuschleppen …

Ich werfe einen Blick nach draußen; die sind fast da. Uns bleiben noch Sekunden. Ich schnappe mir die Sachen und laufe den Gang wieder hinunter. Smitty hat Alice hochgehoben, wir können es schaffen.

Vor mir hebt sich der Boden. Jemand im Gepäckraum öffnet die Luke. Ich bleibe schlitternd stehen.

Ein kleiner Blondschopf taucht auf. Ein Junge, höchstens drei Jahre alt, schätze ich. Dann ein zweiter blonder Schopf. Ein Mädchen, ein paar Jahre älter als ich. Eine Sekunde lang frage ich mich, woher ich sie kenne. Dann dämmert es mir. Das schlecht gelaunte Mädchen im Café und ihr kleiner Bruder. Ich hebe einen Skistock und mache mich zum Angriff bereit.

»Hi! Haben wir einen Unfall gebaut?« Sie spricht im singenden Tonfall der Schotten. »Sind sie hier?«

»Hab mir den Kopf gestoßt«, sagt der Junge.

Ich lasse meinen Skistock sinken.

Das Mädchen mustert mich jetzt und seine Miene ändert sich. »Du … du bist doch keine von denen, oder?«

Ich wische mir mit dem Ärmel übers Gesicht. »Ist nur Nasenbluten. Und ja, sie sind hier. Wir müssen weg. Sofort.«

Kapitel 14

Als ich mit den beiden blinden Passagieren aus dem Bus steige, sind die Gesichter von Smitty und Pete zum Wegschmeißen. Ein klassischer Moment; ich hätte gern die Zeit, ihn zu genießen. Pete muss tatsächlich zweimal hingucken, dann gerät er irgendwie ins Stolpern und fällt in den Graben. Der kleine Junge lacht und seine Schwester macht pst.

»Wer zum Teufel ...«, fängt Smitty an.

»Ist okay«, sage ich. »Sie sind nicht infiziert.«

»Bist du sicher?« Smitty hat sich schon wieder erholt und schnallt Alices schlaffe Füße auf ein Snowboard.

Pete steht wieder auf; er macht immer noch Stielaugen. »Ihr habt euch im Bus versteckt? Wo seid ihr denn hergekommen?«

»Ich bin Lily«, sagt das Mädchen. »Das ist mein Bruder Cam. Wir waren im Café, aber dann sind wir rausgegangen ...«

Vom Ende des Busses her kommt ein bedrohliches Ächzen. Sie sind da.

»Schön euch kennenzulernen. Die Geschichten heben wir uns für später auf.« Smitty verzieht das Gesicht und macht die Bindungen an Alices Füßen fest. »Wir müssen los. Lizzie ist gerade offline, aber wir können sie mitschleifen.« Er hievt sie auf die Beine und schwingt sich einen ihrer Arme über die Schulter. »Mach mal einen auf Muskelmann und schnapp dir ihren anderen Arm, Petey; sie ist schwerer, als sie aussieht.«

»O mein Gott!«, kreischt Lily. Gareth ist hinter dem Bus vorgekommen.

Ich bücke mich und schnappe mir Cam; dem armen kleinen Kerl tropft Blut aus meiner Nase ins Gesicht. Als er zu weinen anfängt, entreißt Lily ihn mir und sie rennen zusammen durch den Schnee zur anderen Seite des Baumstamms. Gareth sieht richtig, richtig sauer aus. Vielleicht der Nikotinentzug. Das muss echt nerven: Wenn man ein Zombie ist und nichts mehr zu rauchen hat.

Hinter ihm kommen zwei Männer sabbernd und ächzend angewackelt. Der eine trägt ein zerfetztes, blutbesudeltes weißes Hemd und karierte Hosen und als Accessoire so einen kleinen Papierhut für den Tresendienst. Der andere sieht wie ein Bauarbeiter aus; er trägt die Überreste eines Jeans-Overalls und einen Werkzeuggürtel. Beide zusammen lassen mich an Legofiguren denken. Das hier ist Lego-Zombiechef! Das hier ist Lego-Bauarbeiterzombie! Mit Greifhänden! Arme und Beine verstellbar!

»Roberta, kommst du?«

Smitty holt mich zurück ins Hier und Jetzt. Ich schwinge mir meinen Rucksack auf den Rücken und noch ein paar andere Taschen über die Schulter, schnappe mir ein Snowboard und klettere in den Graben hinunter und an dem

Baum vorbei. Smitty und Pete kommen mit Snowboard-Alice prima klar, aber es bleibt an mir, unsere ganzen Taschen zu schleppen. Ich werfe das Board hin, stecke einen Fuß in die Bindung und stoße mich ab; ich bin keine Snowboarderin, aber zum Anlegen von Stiefeln und Skiern fehlt uns die Zeit.

Es ist eine Verfolgungsjagd in Zeitlupe, wie einer dieser Träume, wo man zu rennen versucht, aber nicht kann. Der Schnee ist nicht tief, bloß liegt darunter dickes Eis. Wir bewegen uns vorwärts, so schnell wir können – also ziemlich langsam. Es reicht gerade, um den wilden Haufen hinter uns auf Distanz zu halten. Lily führt uns an, zu Fuß, mit ihrem Bruder Cam auf dem Rücken. Das Ächzen hinter uns wird lauter – denen gefällt es eindeutig auch nicht, auf ein Hindernis zu stoßen –, aber ich sehe mich nicht um. *Mach voran und sie können dich nicht kriegen.*

Es wird langsam dunkel und es ist elendig kalt. Ganz hinten in meinem Kopf meldet sich der Gedanke, dass wir ein Versteck ausfindig machen müssen, weil uns sonst die Kälte noch vor den Monstern erwischt. Jetzt kommt die Kreuzung in Sicht, wo es zur Landstraße geht. Ich stoße mich ab und gleite an Lily und ihrem Bruder vorbei. Bitte, Gott, lass mich nicht hinfliegen, sonst reibt Smitty mir das noch ewig unter die Nase. Ich komme in nicht gerade überragendem Stil bei der Kreuzung an und versuche mich zu erinnern, aus welcher Richtung wir eingebogen sind – und gab's auf dem Weg irgendwelche Dörfer? Links haben wir eine leere Straße mit Bäumen, rechts genauso, aber die führt einen steilen Hang hinauf. Nicht zu fassen, wie mies meine Beobachtungsgabe ist. Ich habe absolut keine Erinnerung daran, was vor dem Cheery Chomper kam. Zum Glück brauche ich mich auch nicht zu erinnern.

»Nach rechts!«, ruft Lily. »Wir wohnen da oben.«

»Da ist eine Stadt?«, frage ich, als sie bei mir ankommt.

Sie schüttelt den Kopf. »Nur ein paar Häuser. Aber in unserem Haus sind wir sicher und es gibt dort Telefon.«

»Wie weit?« Smitty und Pete haben uns eingeholt.

Lily zuckt mit den Achseln. »Mit Auto ein paar Minuten.«

Smitty verzieht das Gesicht. »Zum Glück habe ich meinen Ferrari dabei.«

Sie starrt ihn an. »Vielleicht eine Meile oder so?«

Ich kann sehen, wie Pete der Mut verlässt.

»Das ist doch gar nichts.« Ich ringe mir ein Lächeln ab. »Zu Fuß zwanzig Minuten, oder? Das können wir schaffen, bevor es richtig dunkel wird.«

»Und dabei Alice mitschleppen?« Pete beginnt zu zittern. »Diesen Hang rauf? Mit denen auf den Fersen?«

Ich sehe nach hinten. Sie hängen immer noch an uns dran: die Legomänner, die Frau mit der heraushängenden Brust, das Pärchen und Gareth. Fehlt bloß noch der Karottenmann. Irgendetwas sagt mir, dass er wahrscheinlich in einem Graben herumkullert.

»Schau mal, wie langsam die sind, Mann!«, sagt Smitty. »Solange wir weitergehen, holen die uns nie ein.«

Also gehen wir die Straße hinauf. Ich konzentriere mich auf die Hügelkuppe. Der Horizont vor uns ist sanft gewellt, die Bäume neigen sich zu beiden Seiten über die Straße, die sich zu bewegen scheint, als befände ich mich in einem endlosen weißen Hamsterrad. Ich fixiere meinen Blick auf die Kuppe und versuche sie mit reiner Willenskraft heranzuholen. Und da bewegt sie sich.

Ich bleibe stehen. Die anderen auch.

Smitty sieht den Hang hinauf und runzelt die Stirn.

»Was ist los?«, fragt Pete und sieht nervös nach hinten.

Unsere Verfolger haben es noch nicht auf die Landstraße geschafft.

Smitty hebt eine Hand. »Hört mal.«

Wir spitzen die Ohren. Da *ist* irgendwas. Eine Veränderung. Es ist fast so, als ob sich der Luftdruck geändert hat – wie wenn man im Flugzeug sitzt und die Ohren knacken und man hört alles plötzlich in einer anderen Tonlage. Da ist ein Summen, so tief und gleichmäßig, dass wir gar nicht gemerkt haben, wie es näher kommt.

»Ein Auto!«, sagt Pete heilfroh.

Ein Lastwagen vielleicht. Oder ein Traktor. Irgendwas Dröhnenderes als ein Auto. Und es kommt aus der Richtung der Hügelkuppe auf uns zu. Bilder von Lastwagen voller Soldaten schießen mir durch den Kopf. Ich stehe eigentlich überhaupt nicht auf Jungs in Uniform, aber für diesmal könnte ich glatt eine Ausnahme machen.

»Freut euch nicht zu früh, Leute«, sagt Smitty, aber ich kann die Hoffnung in seiner Stimme hören.

»Sie kommen«, ächzt Alice und ihr Kopf rollt auf Smittys Schulter.

»Hey, Lizzie!«, sagt er beinahe liebevoll zu ihr. »Genau der richtige Moment, um wach zu werden! Voll auf den Punkt, altes Mädchen!« Er küsst sie auf den Kopf und irgendwo tief in mir drin stirbt etwas – peinlich. »Lehn dich mal einen Moment gegen Onkel Petey, ja?« Er wirft sie praktisch auf Pete drauf und stapft dann den Hang hoch. »Huhu! Hier sind wir!«

Dann bleibt er stehen. Und im selben Moment begreife ich, warum.

Zugleich mit dem Geräusch wird auch der graue Fleck am Horizont deutlicher. Keine Lastwagen, keine Traktoren, keine Soldaten, die uns in Sicherheit bringen, sondern Hunderte stolpernder Gestalten, die knurren und ächzen und grollen.

Eine Armee von Monstern.

Lily schnappt erstickt nach Luft.

»Hat Lily Angst?«, murmelt Cam in ihre Schulter.

»Was machen wir jetzt?«, flüstert Pete. Er reißt den Kopf herum und sieht nach hinten, wo Gareth und seine goldige Gefolgsschar jetzt langsam, aber beharrlich den Hang hinaufzockeln.

»Keine Panik«, sage ich, was als der lahmste Spruch aller Zeiten in die Geschichte eingehen dürfte. Wir weichen instinktiv zum Waldrand zurück und schleifen Alice mit uns: Smitty ist immer noch von den Horden gebannt.

»Wir müssen umkehren«, sage ich. Und kaum habe ich diese Entscheidung getroffen, da brettert Pete volle Kanne den Hang hinunter und überlässt es mir, die halb bewusstlose Alice aufrecht zu halten. Lily folgt mit Cam. »Smitty!«, rufe ich. Er starrt immer noch den Hügel zu den heranwalzenden Massen hinauf. »Ich brauch deine Hilfe!«

Er guckt total geknickt zu mir nach hinten. Mir bricht ein bisschen das Herz; ich kenne das Gefühl.

Die Gareth-Bande bewegt sich jetzt Schulter an Schulter voran, nimmt die ganze Straße ein. Muss eine Art Jagdinstinkt sein. Lily bleibt stehen und dreht sich zu mir um und ruft: »Wir können durch den Wald abkürzen!« Sie zeigt die Richtung. »Und einen Weg den Berg rauf suchen, der zum Dorf führt!«

Ich schüttele den Kopf. »Auf der Straße sind wir schneller. Und noch 'ne Neuigkeit: Euer Dorf ist infiziert«, füge ich gnadenlos hinzu. »Bringt nichts, dorthin zu gehen.«

»Aber was ist mit denen?« Sie deutet hektisch auf die sechs, die uns den Weg abschneiden. Ihr Gesicht ist verzerrt vor Verzweiflung.

»An denen kommen wir vorbei!« Ich kämpfe mich mit Alice den Hang hinunter, halte sie auf dem Board, und ja, sie ist schwerer, als sie aussieht. Am Hinterkopf sind ihre blonden Haare dunkelrot verklebt. Im Grunde ist es ein Wunder, dass sie noch steht. Dann ist Smitty da, nimmt ihren anderen Arm. Sein Blick ist wild und er atmet schwer. Ich sehe ihn an und muss schlucken. »Nimm mein Board. Zisch die Straße runter und zeig, was du draufhast. Du musst sie ablenken, während wir Alice und den Kleinen an ihnen vorbeischaffen.«

Das brauche ich ihm nicht zweimal zu sagen. In Wirklichkeit ist er fast schon zu schnell. Im Nu ist er fast unten am Fuß des Hangs. Er streift Gareth, der zu Boden stürzt, dann macht er eine Kurve und fährt der Frau mit der heraushängenden Brust die Beine weg.

»Beeilt euch!«, sage ich zu den anderen. »Macht, dass ihr so schnell wie möglich den Hügel runterkommt.«

Alice schüttelt mich ab. Es ist, als ob sie betrunken wäre. Sie macht ihre Füße los, setzt sich auf das Snowboard wie auf einen Schlitten, und bevor ich sie aufhalten kann, lehnt sie sich zurück und stößt sich ab. Das Board schießt den Hang hinunter. Aber sie kann es nicht gut lenken, und als sie sich seitwärtslehnt und scharf nach links kachelt, fährt sie Lego-Chefzombie über den Haufen.

»Los, Lizzie!«, ruft Smitty, als er gerade wieder an Gareth vorbeispringt. »Zombie-Schlittenbowling!«

Aber ihrer Gehirnerschütterung hat sie damit keinen Gefallen getan. Sie fällt vom Board in den weichen Schnee am Waldrand. Auf der anderen Seite hasten Pete, Lily, Cam und ich den Hang hinunter – während Lego-Bauarbeiterzombie auf Alice zustolpert.

Aber Smitty ist schon da. Er nimmt Schwung mit seinem Board und erreicht sie, bevor Lego-Bauarbeiter es schafft. Er zerrt sie vor sich aufs Board und sie fahren im Tandem den Hügel hinunter wie in einer schrägen Art von Ballett.

Wir sind an ihnen vorbei. Ich schaue nach hinten den Hang hinauf. Die grollenden Legionen kommen zwar immer noch, aber sie haben weder Snowboards noch Verstand oder auch nur funktionierende Beine. Als sie aus den Schatten drängen, kann ich kleine Kinder sehen und Omas und allem Anschein nach den Postboten und den Mann, der gekommen ist, um den Frostschaden in der Wasserleitung zu reparieren. Wieso haben die sich alle verwandelt? Haben sie was von dem vergifteten Gemüsesaft bekommen oder sind sie gebissen worden? Und wieso sind es so viele? Passiert das gerade überall? Wo werden wir dann sicher sein?

Ich laufe den anderen unbeholfen hinterher. Alice geht jetzt und hält sich ab und zu an Petes Arm fest, um nicht umzufallen. Damit ist klar, dass sie eine Gehirnerschütterung hat – in vollem Bewusstsein würde sie ihn niemals anfassen. Smitty fährt schon mal vor, keine Ahnung, wohin. Die Straße vor uns lässt nichts erahnen.

Inzwischen ist es stockdunkel. Ohne den Schnee und die Mondsichel wären wir aufgeschmissen. Nach allem, was wir wissen, spazieren wir gerade vielleicht direkt vom Regen in die Traufe ... aber hey, mir ist alles recht. Hauptsache, erst mal weg von hier, und wenn wir uns an die Straße halten, besteht immer noch die Chance, dass wir auf lebende Menschen stoßen, auf Nicht-Monster – am besten auf welche mit Fahrzeugen und großen Wummen.

Bald dürften wir für die Zombies außer Sicht sein. Kurz frage ich mich, ob sie unserer Spur folgen können oder ob sie uns nur dann jagen, wenn sie uns sehen oder hören können.

Ich hole die anderen ein. Sie diskutieren, wohin wir jetzt gehen.

»Das ist hier in der Nähe?« Smitty hat die Führung übernommen – typisch. Sein Board trägt er unterm Arm.

»Ich sagte doch schon, ich weiß es nicht.« Lily ist sauer.

»Also eigentlich weißt du überhaupt nichts«, schimpft Smitty. »Da kennt *er* sich ja hier noch besser aus.« Er zeigt auf ihren kleinen Bruder.

»Das bezweifle ich«, sage ich. »Worum geht's denn?«

Lily sieht mich an. Sie atmet schwer, weil sie ganz schön ackern muss, um mit Cam auf dem Rücken nicht zurückzufallen. »Ein paar Meilen von hier gibt es ein Dorf – oder eine kleine Stadt, glaube ich. Wie weit weg genau, weiß ich nicht, weil wir erst vor ein paar Wochen hierhergezogen sind.«

»Na toll!«, tönt Smitty. »Die einzigen Überlebenden, auf die wir stoßen, haben auch keine Ahnung, wo sie sind!«

»Hier!«, ruft uns Pete vom Straßenrand zu. »Hier lang!«

Wir flitzen zu ihm hin. Er wischt gerade den Schnee von einem braunen Wegweiser, der nach links zeigt. Ein kleines Bild, das aussieht wie eine Schachfigur, kommt zum Vorschein. Daneben steht *1 Meile*.

»Das ist eine Burg!«, sagt er triumphierend.

»Ja und?«, fragt Smitty.

»Festungsanlagen.« Petes Augen glänzen.

Smitty starrt ihn stirnrunzelnd an. »Und wozu sind die gut?«

»Dicke Steinmauern. Große Holztore mit massiven Schlössern. Kleine Fenster. Und Waffen, Smitty, Waffen.«

Damit steht Smittys Entschluss fest: »Wo ist sie?«

»Wartet!«, sage ich. »Warum halten wir uns nicht an die Straße, falls jemand nach uns sucht? Und was ist mit diesem Dorf oder dieser Stadt, die vielleicht nur ein paar Meilen weg ist?«

»Vielleicht«, sagt Pete. »Bobby, es ist kalt, es ist dunkel, wir hatten einen ziemlich anstrengenden Tag ...«

»Die müssen dort Telefon haben!«, fängt jetzt auch Lily an. »Und was zu essen.«

Ein, zwei Meter hinter uns gibt es einen dumpfen Aufprall.

Alice ist der Länge nach in den Schnee gefallen; sie kann nicht mehr.

»Also die Burg«, sage ich.

Smitty und Pete heben sie hoch. Die Abzweigung besteht aus einer Autobreite jungfräulichem Schnee.

Ich zögere. »Und wenn sie unsere Fußabdrücke sehen können?«

»Viel wahrscheinlicher ist, dass sie die Blutspur riechen, die du hinterlässt«, sagt Smitty.

Ich fasse mir an die Nase. Sie hat wieder angefangen zu bluten. »Das sind keine Haie, Smitty«, sage ich scharf. »Nach allem, was wir wissen, werden sie ebenso gut von deinen Stinkefüßen angezogen.«

Wir trotten schweigend die kleine Straße hinunter. Smitty und Pete ziehen Alice diesmal auf Smittys Board mit und ich bin mit unseren ganzen Taschen beladen wie ein Packesel. Die Bäume verdecken an manchen Stellen den Himmel. Das Ganze kommt mir sehr wie unbefugtes Eindringen vor und ich sehe ständig schon irgendwas aus dem Unterholz springen.

Passiert aber nicht.

Wir alle werfen immer wieder Blicke nach hinten in der Hoffnung, dass uns niemand folgt. Nach ein paar Malen machen wir uns einen Scherz draus – mal schauen, wer am längsten aushält, ohne hinzugucken. Aber das Schicksal meint es gut mit uns und anscheinend haben wir sie abgehängt. Das Adrenalin von der Verfolgungsjagd hat sich inzwischen verbraucht. Mir ist kalt und ich bin erschöpft.

Schließlich macht die Straße eine scharfe Kurve und vor einem glitzernden Hintergrund kommt ein schwarzer Klotz in Sicht. Eine Burg und ein zugefrorener See.

Und Licht ist auch an.

Kapitel 15

»There's a light«, singt Smitty, *»over at the Frankenstein place ...«*

Wir stehen vorm Burgtor. Oder jedenfalls stehen die meisten. Alice ist in die Knie gesackt und wir sind zu fertig, um ihr wieder hochzuhelfen. Smitty ist der Einzige, der noch Energie hat: Er gibt sich abartig heiter, mit plötzlichen Musical-Anwandlungen. Er hat schon den ganzen Weg die Straße hinunter gesungen, seit wir die Burg das erste Mal gesehen haben; am Anfang war es noch irgendwie lustig und gruselig, aber jetzt nervt es nur noch. Es stürmt jetzt wieder und ohne Handschuhe drohen mir die Finger abzufallen. Die Riemen der Rucksäcke schneiden in meine Schultern wie total dünne Schnüre. Ich klemme mir die Hände unter die Achseln und blicke zu dem Hindernis hinauf, das uns vom Weitergehen abhält.

Das Tor ist hoch und die Flügel sind mit einer schweren verschlungenen Kette und einem großen alten Vorhängeschloss gesichert. Wer immer in dieser Burg wohnt, ist für Besucher nicht zu sprechen. Das Licht, das uns hierhergelockt hat, kommt aus einem Fenster im Erdgeschoss neben einer riesigen, dunklen Tür, die man kaum sehen kann. Mehr Licht gibt es nicht, nirgends.

Ich sehe mich am Tor nach einer Gegensprechanlage um, aber das hier ist Schottland und nicht Beverly Hills. Auf die Gefahr hin, mit der Haut daran festzufrieren, rüttele ich an dem vereisten Tor, aber es rührt sich kaum. Es besteht aus kunstvoll verschlungenem Schmiedeeisen ohne gute Griff- oder Trittmöglichkeiten und die Backsteinmauer links und rechts ist auch zu hoch. Smitty hat sie schon nach Tigger-Art zu überspringen versucht.

»Meint ihr, wir kommen auf der Rückseite rein?«, frage ich.

»Würde das nicht dem Sinn einer Schutzmauer fundamental widersprechen?«, hält Pete dagegen.

»Warum rufen wir nicht?«, fragt Lily. »Dann kommt schon einer und lässt uns rein.«

»Nicht rufen!« Pete bricht seine Regel fast selbst und sieht sich nervös um. »Nach allem, was wir wissen, sind die Horden dicht hinter uns.«

»Warum ... gehen wir nicht durch das Tor?«, sagt Alice schleppend. Sie hat sich wieder aufgerappelt und lehnt an dem einen Torflügel. Sie fummelt an dem Vorhängeschloss herum und wickelt langsam die dicke Kette ab, die mit einem gedämpften Klirren in den Schnee rutscht.

»Wie zum Teufel ...?«, stottert Pete.

»Lizzie?«, fragt Smitty. »Hast du das Schloss mit einer Haarnadel geknackt?«

Alice schneidet eine spöttische Fratze. »Das Schloss war überhaupt nicht zu, du Schnarchnase.« Sie hält es hoch.

Wir starren sprachlos drauf. So weit ist es gekommen.

Dass es jemand mit Gehirnerschütterung braucht, damit wir überhaupt richtig hingucken.

»Ich weiß nicht«, murmelt sie. »Manchmal macht ihr Loser euch das Leben einfach zu schwer.«

Smitty lacht schallend und klopft Alice auf den Rücken, dann zieht er das Tor auf.

Dieser Erfolg gibt uns Auftrieb, und sobald wir hinter uns wieder die Kette um die Torflügel geschlungen haben, eilen wir mit frischer Kraft in den Beinen über die verschneite Freifläche, die uns von der Eingangstür trennt.

Der dunkle Koloss der Burg kauert über uns, mit einem Rapunzelturm und Ecktürmen, die zum Nachthimmel aufragen. Wir steigen ein paar flache Stufen zur Tür hinauf. Das Licht hinter dem Fenster wirft einen orangen Schimmer vor unsere Füße. Das Fenster ist zu hoch zum Hineinsehen; es gibt keinen Vorhang, aber das Glas ist von Bleilinien durchkreuzt. Nicht unbedingt Gitterstäbe zwar aber deutlich besser, als wir erwarten durften. Wenn wir da reinkommen, dann müssen die Untoten auf jeden Fall draußen bleiben, außer sie haben Granatwerfer, und davon war bis jetzt nichts zu sehen.

Smitty probiert den riesigen, runden Türknauf. Er ist offensichtlich nur Deko.

»Vielleicht sollten wir erst mal klingeln?« Ich zeige auf einen unauffälligen Metallknopf neben der Tür. »Wir wollen ja niemanden erschrecken.«

Alice drückt ihn schon. Wir warten, lauschen angestrengt auf näher kommende Schritte. Smitty presst sein Ohr an die Tür.

»Und genau jetzt spaltet mir der verrückte Axtmörder durch das Holz hindurch den Schädel.« Er grinst mich an.

»Sag das bloß nicht.« Echt mal, heute ist alles möglich.

Smitty versucht es stattdessen mit lautem Anklopfen. Alice sinkt wieder zu Boden, der kleine Cam fängt in den Armen seiner Schwester an zu weinen und Pete wirft wieder gehetzte Blicke Richtung Straße. Aber niemand kommt an die Tür.

»Dann gehen wir eben hintenrum rein.« Smitty stapft schon los.

»Nein!«, ruft Lily. Sie setzt Cam auf dem Boden ab und holt eine Plastiktüte aus der Tasche, legt sie auf die schneebedeckte Stufe und die beiden hocken sich hin. »Wir sind weit genug gelatscht. Geh du nach hinten. Wenn du einen Weg findest, dann komm und lass uns rein, ja?«

Damit ist Smitty einverstanden. Alice und Pete sind mehr als einverstanden. Ich schwanke zwischen den beiden Lagern; einerseits möchte ich gern hierbleiben, andererseits will ich nicht, dass Smitty alleine geht. Aber mein Zögern reicht aus, dass er ohne mich in der Dunkelheit verschwunden ist. Ich werde fünf Minuten warten, beschließe ich, dann gehe ich ihm hinterher.

Der Wind hat nachgelassen. Als ich mich zwischen Alice und Lily auf die Stufe setze, kitzelt mich etwas an der Nase. Ich schaue hoch; es schneit wieder. Nur ein paar Flocken.

»Ach nein«, seufzt Alice. »Als ob wir davon noch mehr bräuchten.«

Cam fängt auf Lilys Schoß an zu weinen und herumzurutschen. »Hey, ist ja gut«, sagt sie leise zu ihm. »Gleich sind wir im Warmen und können neben einem gemütlich prasselnden Feuer sitzen.« Er klammert sich an sie und sie atmet in seine Haare. »Wir können Toast machen«, fährt sie fort. »Das wäre doch was, oder? Toast am Feuer machen wie letzte Weihnachten?« Der Junge nickt. »Wer weiß? Vielleicht haben die da drin ja sogar Marshmallows oder so was.«

Ich bin ziemlich skeptisch, was ihre vollmundigen Versprechungen betrifft, aber vorläufig scheint es zu funktionieren. Cam ist ganz angetan von der Marshmallows-Idee. Er windet sich aus den Armen seiner Schwester und steht grinsend am Fuß der Treppe.

»Dann zeig mir mal, wie ein großer Junge seine Marshmallows röstet, ja?«, sagt Lily.

Er streckt seine Hand aus, als hielte er eine Gabel, beugt die Knie und lehnt sich uns entgegen, als wären wir das Feuer. Das ist so süß, das kann man gar nicht beschreiben. Alle lachen, sogar Pete.

»Aufpassen!«, sagt Lily und wackelt mit den Fingern, als wären es Flammen. »Das Feuer wird heißer und heißer!« Ihre Hände bewegen sich auf ihn zu. »Verbrenn dich nicht!«

Er reißt die imaginäre Gabel weg, bevor ihre Finger zu nahe herankommen können, und kreischt begeistert. Ich hebe auch die Hände; das Feuer ist noch mal gewachsen.

Er macht das Spiel jetzt mit mir und ich warte ein bisschen länger, bevor die Flammen wachsen, damit es noch lustiger wird. Er geht ein paar Schritte rückwärts in den Schnee, der ihm fast bis zur Hüfte geht. Dann ist Alice dran, und als sie nach ihm greift, zieht er sich noch weiter zurück, steigt in unseren Fußstapfen durch den höher werdenden Schnee und seine kleinen Beine haben richtig zu ackern.

»Vorsicht!«, warnt Lily, aber ernsthaft besorgt klingt sie nicht. Es ist ja bloß weicher Schnee. Cam kann nicht weit weg, und wenn er hinfällt, wird er sich nicht wehtun.

Als wollte er den Beweis dafür antreten, plumpst er wirklich hin, als er versucht zur Treppe zurückzukommen. Er liegt auf dem Rücken, schwimmt in einem Meer aus weißer Watte und kichert wie bekloppt. Wir lachen auch und ich frage mich, wie Cam in dem einen Moment um sein Leben laufen und im nächsten dermaßen sorglos spielen kann.

»Er ist total süß.« Ich sehe Lily an. »Hast du noch mehr Geschwister?«

»Nur ihn.« Sie lächelt mich an. »Er kann manchmal echt nerven. Du hast wohl keinen kleinen Bruder, sonst wüsstest du das.«

»Nein, außer mir gibt's niemanden.«

Ihr Gesicht wird hart. »Tja, außer uns beiden jetzt auch keinen mehr. Mum war in dem Café ...«

»Ich weiß. Echt ein Mist.«

»Seit wir hierhergezogen sind, ist sie da jeden Samstag

mit ihm hingefahren, weil ihm die Milchshakes so schmecken«, sagt sie leise. »Deshalb sind wir dort gewesen.« Sie schüttelt den Kopf. »Sie hat gesagt, dass das ja unsere neue Familientradition werden könnte.«

»Und wo habt ihr euch die ganze Zeit versteckt?«, frage ich sanft. »Du warst mit Cam im Auto, stimmt's? Und eure Mutter ist wieder reingegangen. Was ist passiert?«

Lily atmet laut aus, starrt in die Dunkelheit und ich sehe, wie ihre Augen feucht werden.

»Wir haben uns gestritten. Das Letzte, was ich zu ihr gesagt habe, war, dass es blöd von ihr war, mit uns hierherzuziehen.«

»Und was ist passiert?«

»Sie hatte ihren Schal im Café vergessen. Dad hat ihn ihr letztes Weihnachten geschenkt. Ich hab gesagt, sie soll ihn halt einfach dalassen – so wie Dad uns zurückgelassen hat –, aber sie ist noch mal reingegangen.«

»Echt ein Mist«, sage ich erneut. »Und dann?«

Lily guckt erst, ob ihr Bruder zuhört. Aber er spielt immer noch im Schnee und baut um sich herum ein kleines Nest.

»Cam hat geweint. Ich hab das Radio voll aufgedreht und die Augen zugemacht und gewartet. Als sie nicht zurückkam, hab ich gedacht, das wäre mit Absicht. Damit wir ihr ins Café hinterherkommen oder so. Die Standheizung war an, da muss ich eingeschlafen sein. Als Nächstes habe ich mitbekommen, wie die Tankstelle explodiert und euer Bus den Berg rauf verschwindet.«

»Ihr seid die ganze Nacht im Auto geblieben?« Alice kann es kaum glauben.

»Nein«, sagt Lily. »Wir sind ins Café gegangen und haben nach Mum gesucht. Dann sind wir einem dieser ... Viecher begegnet und haben uns die Nacht über im Schrank versteckt. Es hat stundenlang an der Tür gekratzt, dann hat es einfach aufgegeben und ist abgehauen. Am Morgen sind wir zum Auto zurückgekehrt und haben versucht den Motor anzulassen, aber das klappte nicht. Ich hab gesehen, wie ihr mit dem Bus zurückgekommen seid. Ich dachte, wenn wir uns da drin verstecken, dann fahrt ihr uns hier raus.«

»Also habt ihr die Bustür offen gelassen«, sage ich. »Smitty und ich haben gedacht, das wären die Zombies gewesen.«

»Wir sind die ganze Zeit im Gepäckraum gewesen.« Lily lächelt fast. »Wir wollten nicht rauskommen, weil ihr uns dann vielleicht wieder rausgeschmissen hättet.«

»Das war mutig von dir.« Ich versuche aufmunternd zu klingen. »Du hast gut auf Cam aufgepasst.«

Lily schüttelt den Kopf. »Wir hätten überhaupt nie in diesem Café sein sollen. Miese Milchshakes in einem miesen Café.«

»Euer Dorf hat es komplett erwischt, wie es aussieht«, mischt Pete sich ein. »Falls es dich beruhigt, wenn ihr zu Hause geblieben wärt, hättet ihr euch wahrscheinlich auch infiziert.«

»Pete!«, keuche ich.

»Halt bloß die Klappe!« Lily steht wütend auf. »Cam!«, ruft sie. »Komm jetzt her!« Sie dreht sich zu Pete um. »Pass lieber auf, was du sagst, sonst verpass ich dir eine!«, faucht sie. »Sag so was nie wieder zu mir oder meinem Bruder, hörst du?« Sie guckt wieder zu Cam. »Hast du gehört, komm her! Sofort!«

»Hundi«, sagt Cam drüben im Schnee.

»Tut mir leid.« Pete ist jetzt auch aufgestanden. »Ich wollte nur realistisch sein. Ich dachte, das würde helfen.«

»Tja, tut es aber nicht«, sagt Lily. »Cam! Komm jetzt her!«

»Hundi«, ruft Cam wieder. »Komm, Hundi!«

Wir drehen uns alle um.

Cam sitzt in seinem Nest aus Schnee. Und ein, zwei Meter von ihm entfernt steht ein großer, schwarzer, knurrender Hund.

Kapitel 16

Halb keucht sie, halb schreit Lily und ich greife instinktiv nach ihrem Arm, damit sie nicht zu Cam läuft. Er hält seine pummelige Hand hoch und wackelt mit den Fingern, als ob er Hundi anbietet, killekille unter seinem Kinn zu machen.

»Cam!«, ruft Lily. »Nicht bewegen!«

Dem Hund läuft Sabber von den Lefzen.

»Ach du Scheiße«, sagt Pete. »Ist er infiziert?«

»Selbst wenn nicht – er ist aggressiv.« Ich sehe mich nach unseren Sachen um. Unten vor den Stufen liegen zwei Boards, aber wenn ich mich nach einem davon bücke, greift der Hund vielleicht an.

»Tu doch was!« Alice versteckt sich hinter mir.

Sieht so aus, als ob Cam in seinem kleinen Schneenest langsam kalt und klamm wird, und vielleicht spürt er auch, dass der Hund nicht sonderlich scharf darauf ist, sich mit ihm anzufreunden. Er beginnt zu quengeln und dreht sich um, schaut zu uns nach hinten und streckt seine Arme nach Lily aus, damit sie ihn hochnimmt. Das gefällt dem Hund nicht und er fängt an zu bellen. Als Cam auf alle viere fällt, springt der Hund auf ihn zu und bleibt ganz kurz vor Cams Nest stehen.

»Hey, Streuner!«

Bevor ich es richtig schnalle, bin ich schon die Stufen hinunter in den Schnee gesprungen und marschiere, so schnell ich kann, von der Burg weg. Ich klatsche in die Hände. »Hierher!«

Der Hund bewegt sich von Cam weg und springt im Kreis herum, als ob er seinen eigenen Schwanz jagt. Er benimmt sich wirklich komisch. Und wie schön für mich, ich habe jetzt seine volle Aufmerksamkeit. Er legt die Ohren an und läuft in einem größeren Kreis um mich herum; aus dem Augenwinkel sehe ich, wie Lily Cam aufhebt und Pete und Alice sich die Boards schnappen. Sie drängen sich an die Tür und schlagen dagegen und rufen nach Smitty. Der Hund läuft immer weiter um mich herum, als ob er eine Schafherde zusammentreibt. Er knurrt jetzt nicht mehr, verhält sich aber immer noch seltsam. Irgendwie glaube ich nicht, dass sich die anderen irgendein Ablenkungsmanöver einfallen lassen, damit ich von hier wegkann. Mit dem Hund von Baskerville muss ich wohl allein fertigwerden.

Von der Burg her kommt ein Quietschen. Das Tor geht auf und Pete, Alice, Lily und Cam fallen praktisch hindurch. Smitty taucht in der Türöffnung auf und guckt total verdutzt.

»Was machst du denn da?« Er starrt mich an, dann bemerkt er den Hund. »Ach, da bist du ja wieder, alter Bursche! Ich hab mich schon gefragt, wo du steckst.« Er beugt sich vor und klatscht in die Hände. Der Hund hört auf zu rennen, stellt die Ohren auf und wedelt mit dem Schwanz. Ohne mich anzusehen, trottet er nach drinnen und bleibt nur kurz stehen, um sich von Smitty den Kopf tätscheln zu lassen.

»Irgendwelche Probleme?« Smitty lächelt mich an.

»Überhaupt nicht.« Ich gehe schnell zu ihm. »Bloß dass dieser Hund gern auf Cam rumkauen möchte.« Ich schiebe mich an ihm vorbei ins Innere. Alice, Lily und Cam halten sich hinter der Tür versteckt. Pete steht mitten in der großen, dunklen Halle.

»Der Hund ist da reingegangen.« Pete zeigt auf die Tür, hinter der das Licht brennen müsste, das wir von draußen gesehen haben. Er grinst mich schief und stolz an. »Ich hab dann zugemacht.«

»Gott sei Dank.« Lily überläuft ein Schauder. »Der war drauf und dran anzugreifen.«

»Dieser harmlose alte Kläffer? Niemals ...«, sagt Smitty. »Wahrscheinlich kann er bloß keine kleinen Kinder leiden. Das geht vielen Hunden so, wer kann's ihnen verdenken? Jedenfalls steht da drin sein Korb und er will vermutlich bloß ein bisschen pennen.« Er tastet an der Wand herum. »Hier muss doch irgendwo ein Lichtschalter sein.«

»Du hast dir ganz schön Zeit gelassen«, schimpfe ich. »Musstest du dir unbedingt die ganze Burg anschauen, bevor du mal nachsiehst, ob wir da draußen schon erfroren sind – oder Schlimmeres?«

Smitty guckt mich schmollend an, aber seine Augen blitzen. »Nur das Erdgeschoss. Sicherheitshalber.«

Wenn hier Leute wären, hätten sie sich inzwischen schon blickenlassen, denke ich mal. Laut genug waren wir ja.

»Wie bist du reingekommen?«, fragt Pete.

»Durch Findigkeit und Einfallsreichtum«, sagt Smitty. »Und durch die Hintertür. Sie war nicht abgeschlossen. Auf dem Land sind die Leute echt seltsam drauf.«

»Hab ihn.« Alice schlägt auf den Lichtschalter und wir keuchen alle auf.

Wir stehen auf einem polierten Fußboden aus dunklem Holz und das Licht kommt von drei Kristallleuchtern her, die unter der hohen Decke hängen. Vor uns führt eine geschwungene Treppe nach oben und die Wände sind bedeckt mit verblichenen Gobelins, auf denen Vögel, Hunde und Pferde drauf sind. Überall stehen Regale und Garderoben und Anrichten. Kleine Statuen und große Statuen. So ein antikes Fahrrad mit einem ganz großen und einem ganz kleinen Rad. Und ein riesiger Globus mit Ländern in Gelb und Grün und Meeren in einem dunklen Gewitterlila. Cam flitzt dorthin und dreht ihn kichernd an. Die Farben wirbeln, verschmelzen ineinander.

»Nicht so prickelnd«, sagt Lily ruhig.

Es ist wie eine Filmkulisse. Man könnte hier die coolsten Partys feiern.

»O Gott, voll gothmäßig«, sagt Alice und zeigt in eine Ecke. »Da ist ein Sarg.«

Wir gehen hin. Er ist groß und schwarz und steht hochkant an der Wand unter der Treppe. Im Deckel ist eine Glasscheibe eingelassen.

»Ein Fenster!«, sagt Alice. »Voll abartig.« Sie dreht sich um und sieht uns ungläubig an. »Wohnen hier Vampire?«, flüstert sie.

Smitty kichert. »Das fändest du toll, was? Wenn dir irgendein hübscher Kerl mit blassem Gesicht und Rehaugen am Hals rumknabbern würde?« Er linst durch die Sichtscheibe. »Edward ist nicht zu Hause. Tut mir leid, Lizzie.«

Sie schneidet ihm eine Fratze. Er lächelt sie an.

»Außerdem ist das kein Sarg, sondern eine Eiserne Jungfrau«, sagt er.

»Ja klar«, sagt Alice.

»Das stimmt tatsächlich«, sagt Pete. »Ganz schön cool, mal eine in echt zu sehen.«

»Hast du in Geschichte nicht aufgepasst, Lizzie?«, fragt Smitty. »Sie ist innen voller Stacheln. Da haben sie einen reingesteckt und den Deckel zugemacht, wenn man ein ungezogenes Mädchen war.«

»Und ob ich das noch weiß«, sagt Alice. »Aber warum haben sie dem Ding denn so einen komischen Namen gegeben? Klingt ja voll nach Mittelalter.«

Smitty schmeißt sich fast weg vor Lachen. Ich unterbreche ihn, bevor er sie noch weiter aufzieht. Sie hat schließlich eine Gehirnerschütterung.

»So, dann führ uns mal rum«, sage ich zu ihm. »Wir müssen hier alles absichern, bevor wir uns ausruhen und schlafen können.«

Smitty ist voll in seinem Element. Er schnappt sich ein Florett, probiert es aus und wirft es Pete zu. »Das ist mehr dein Stil.« Er findet etwas, das wie eine dekorative Axt aussieht. »Hmm. Die ist genau richtig.«

»Ja klar«, höhnt Alice. »Wenn du aussehen willst wie so ein Zwerg in *Herr der Ringe*.«

Ich glaube, es beeindruckt ihn ziemlich, dass Alice *Herr der Ringe* überhaupt kennt. Jedenfalls ist seine Freude über die Axt ungetrübt. »Folgt mir!«, ruft er und nimmt die Tür auf der linken Seite der Halle. Wir folgen ihm.

»Also, das Haus ist symmetrisch angelegt«, sagt er mit Bühnenflüstern zu Alice. »Das bedeutet, auf jeder Seite der Treppe genau gleich.« Sie verdreht die Augen. »Bis auf den Turm hinten bei der Küche. Den hab ich nicht gecheckt, aber er ist abgeschlossen und der Schlüssel abgezogen.« Er macht das Licht an und tut so, als wäre er ein adeliger Schotte. »Wenn Sie mir nun in den Salon folgen würden.«

Überall der totale McSchick: blau-grün karierte Tapete, die sich anfühlt wie Samt, ein dicker Teppich und eine Reihe unbequem aussehender antiker Möbel. Als Nächstes kommt ein Speisezimmer mit einem langen polierten Tisch und Vitrinen voller silberner Krüge und Kelche. Dann führt uns Smitty durch eine Küche mit einem dieser großen Bauernhaus-Küchenöfen, die aussehen wie von anno dazumal.

»Er ist noch warm!«, sagt Alice und hält ihre Hände über den Herd.

»Solche Öfen sind immer warm«, sagt Lily. Sie hat wieder Cam auf dem Arm. Nach seinem Aktivitätsausbruch vorhin ist er eingeschlafen und schnarcht leise. »Das hat nichts zu bedeuten.«

»Was ist das?« Alice schiebt neben dem Ofen die Tür einer Art Durchreiche hoch und steckt ihren Kopf in die Öffnung. »Igitt!« Sie lässt die Schiebetür wieder herunterkrachen und wischt sich eingebildeten Staub von den Händen. »Das ist ein Geheimgang!«

Sofort ist Smitty da, reißt die Tür hoch, steckt den Kopf hindurch und sieht sich um.

»Nee«, sagt er. »Das ist so ein altmodischer kleiner Fahrstuhl, mit dem man früher Essen nach oben geschickt hat.«

»Ein Speiseaufzug«, erkläre ich.

»Wenn du es sagst, Roberta.« Er zieht den Kopf wieder heraus. »Mit so was kenne ich mich nicht aus, dazu bin ich nicht vornehm genug.«

Pete ruft uns von der anderen Seite des Raumes. »Hier ist eine Speisekammer. Mit zwei Kühlschränken voller Essen.« Er hält eine halb leere Flasche Milch hoch. »Sie ist immer noch gut.«

»Essen! Her damit!« Gestern noch hätte sich Alice im Leben nicht dabei erwischen lassen, wie sie sich gierig auf etwas Essbares stürzt, aber das war gestern. Und wir flitzen alle hinterher.

Die Speisekammer ist ein überraschend großer, kühler Raum mit Regal über Regal voll guter Sachen. Na ja, mit ein paar guten Sachen und dann noch schrecklich viel komischem Zeug in Einmachgläsern und Dosen, das die Menschen vielleicht zu Kriegszeiten mal gegessen haben. Eingelegte Schweinsfüße, Gänsefett und Sachen, die in Aspik schwimmen. Aber es gibt auch Kekse und Chips und ziemlich frisches Brot und im Kühlschrank Käse und Bratenscheiben und Mousse au Chocolat mit Sahne obendrauf! Wir drängen uns aufgeregt darum und futtern drauflos, ohne erst nach Tellern oder Besteck oder einem Platz zum Sitzen zu suchen.

In dem einen Kühlschrank sind auch lauter Getränke und ich schnappe mir eine Dose.

»Gib mir mal den Saft«, sagt Alice und zeigt auf einen Karton. Ich hole ihn heraus und halte ihn ihr hin. Sie will ihn gerade nehmen, da sehen wir beide, wie er heißt.

Carrot Man Gemüsesaft! Hol dir den Extra-Kick!

Alice entfährt ein Schrei, mir auch. Ich lasse den Karton fallen, als hätte ich mich verbrannt.

»Was ist los?«, fragt Smitty. »Waah ...« Er hat gesehen, was los ist.

Wir weichen vor dem Karton zurück wie vor einer tickenden Zeitbombe ... oder vor einer Giftschlange ... oder vor einem Karton Zombifizierungssaft.

»Ist er offen?«

»Läuft was raus?«

»Wie kommt der denn hierhin?«

»Schaff ihn weg!«

»Was ist denn los?« Lily starrt uns an, als wären wir verrückt. Na klar, sie weiß es ja nicht.

»Wenn man den Saft trinkt, wird man einer von denen«, gebe ich ihr die Kurzfassung.

Wir starren auf den Karton. Er liegt da. Von der Packung winkt uns ein kleiner Comic-Karottenmann zu.

»Böser Saft.« Cam macht du-du-du mit dem Zeigefinger.

»Ja genau, Cam«, sagt Lily und zieht ihn dichter an sich heran. »Wir fassen den bösen Saft nicht an.«

»Irgendjemand muss ihn aber anfassen!«, ruft Alice.

Es ist Pete, der Gummihandschuhe auftreibt. Er sieht so aus, als ob er öfters welche anhat. Wir verschwinden in die Küche, während er ein Handtuch anfeuchtet und sich über Mund und Nase bindet, drei Plastikbeutel sucht und den Karton damit dreifach sichert und jeden Beutel mit einem Doppelknoten verschließt. Er trägt das tödliche Päckchen auf Armeslänge durch die Küche, steigt auf einen Stuhl und öffnet ein Bleiglasfenster. Ein kalter Windstoß faucht herein. Pete wirft den Karton in hohem Bogen raus in den Schnee. Dann entknotet er das Handtuch, streift die Handschuhe ab und wirft alles hinterher.

»Das war aber nicht gerade umweltfreundlich, oder?«, sagt Smitty.

»Und wenn nun ein Tier den Saft findet?«, frage ich. »Wir wissen nicht, ob er bei ihnen nicht auch wirkt.«

»Ooh, Killer-Kaninchen und Zombie-Igel«, lästert Smitty. »Ich kann's kaum erwarten!«

»Killa-Kaniiinchen!«, sagt Cam und klatscht in die Hände.

»Möchtet ihr, dass ich rausgehe und ihn wieder reinhole?«, fragt Pete trocken. »Weil ich das nämlich tun kann, wenn ihr wollt. Es ist übrigens nichts rausgetropft. Und ich glaube, er war noch nicht einmal geöffnet. Derjenige, der ihn in den Kühlschrank gestellt hat, hat nicht davon getrunken.«

»Dann wollen wir bloß hoffen, dass es nur einen Karton gibt.« Lily hebt Cam hoch und geht zur Tür. »Wir müssen uns für die Nacht fertig machen. Das war ein langer Tag.«

Wir erkunden den Rest der Burg. Na ja, *erkunden* ist irgendwie nicht das richtige Wort. *Erkunden* klingt nach Spaß. Und außerdem nach gründlichem Vorgehen, aber so ist es nicht. Wir lassen den abgeschlossenen Turm neben der Küche links liegen. In dem großen Schlüsselloch steckt kein Schlüssel. Wir können da nicht hinein, und falls da irgendwas drin ist, kann es nicht heraus. Jedenfalls nicht heute Nacht. Wir schieben den Küchentisch davor, einfach um auf Nummer sicher zu gehen.

Im Keller ist es das Gleiche, nur dass hier der Schlüssel noch steckt. Smitty schließt auf und wirft einen Blick die Treppe hinunter. Alles ist still. Er schließt wieder ab und wir schieben zu unserer Beruhigung noch eine große Holztruhe davor.

Im Erdgeschoss gibt es außer den Räumen, die wir schon gecheckt haben, noch eine Stiefelkammer neben der Küche, eine Bibliothek, ein Badezimmer und einen Raum mit einem Snookertisch. Und dann noch das Zimmer mit dem Hund. Das gleichzeitig auch das gemütlichste Zimmer ist. Mit drei weichen Sofas und einem so großen Steinkamin, dass wir da alle zusammen drin stehen könnten. Glasklar, dass wir am besten hier übernachten sollten, alle zusammen in einem Raum. Smitty lockt den Hund mit ein paar Scheiben Schinken in die Küche und stellt seinen Korb neben den Ofen, wo er es warm haben wird. Solange Smitty unser Essen holt, ist alles in Butter.

Lily bleibt mit Cam und Alice, die sich gleich das schickste Sofa unter den Nagel gerissen hat, im Wohnzimmer. Smitty, Pete und ich überprüfen noch den ersten Stock.

Oben ist es dunkel und gruselig, aber eigentlich sind da bloß Schlafzimmer. Ich zähle zwölf. Und zwei Badezimmer. Also können wir haufenweise Freunde einladen, bloß dass wir uns immer streiten müssten, wer zuerst unter die Dusche darf. Wir schauen unter die Betten und in die Kleiderschränke. In die dunklen Ecken und hinter die Vorhänge. Was man halt als Kind so macht, wenn man nach Monstern sucht. In ein paar Zimmern sind die Betten nicht gemacht, hängt Kleidung über den Stühlen, liegen persönliche Sachen auf den Kommoden. Es reizt uns schon, Detektiv zu spielen und rauszukriegen, wer hier wohnt (oder gewohnt hat), aber nicht so sehr wie unsere Schlafplätze unten.

Nachdem wir alles überprüft haben, klauben wir Bettzeug zusammen und werfen es über das Treppengeländer, dann rennen wir nach unten und tun so, als wären wir nicht heilfroh wieder im Erdgeschoss zu sein.

Im Wohnzimmer sind Cam und Alice schon eingeschlafen und Lily ist mit dem Kaminbesteck zugange. Sie hilft uns mit dem Bettzeug und deckt erst ihren Bruder zu und dann Alice. Sie ist echt nett. Ein paar Jahre älter, aber irgendwie macht es keinen Unterschied. Wahrscheinlich lässt einen nur das altern, was man durchmacht. Der Himmel weiß, dass die letzten 36 Stunden ausgereicht haben, uns alle in Hutzelmännchen zu verwandeln.

Wir schieben eine Kommode vor die eine Tür, eine Anrichte vor die andere und schauen nach, ob alle Fenster richtig zu sind. Hoffentlich muss ich nicht mitten in der Nacht aufs Klo. Draußen ist es still; der Schnee fällt jetzt schneller, unaufhörlich. Nachdem alles getan ist, machen wir es uns gemütlich, während Lily ein Feuer aufschichtet und anzündet.

»Die Scheite ...«, sagt sie, »als ich sie zurechtgeschoben habe, waren sie noch warm.«

»Dann war vor kurzem jemand hier?«, frage ich.

»Auf jeden Fall. Zu Hause gehen wir schlafen und am Morgen ist die Asche noch warm.« Sie überlegt. »Also vielleicht so zehn, zwölf Stunden später?«

»Was bedeutet, dass jemand heute früh Feuer gemacht und es dann sich selbst überlassen hat«, sagt Smitty.

»Sie haben unseren Rauch gesehen«, sage ich. »Den schwarzen Rauch von der Tankstelle. Und da sind sie wahrscheinlich los, um zu schauen, was passiert ist.«

»Wie denn? Zu Fuß?«, fragt Pete. »Wir haben niemanden gesehen. Sie haben es eindeutig nicht geschafft.«

»Wo wart ihr, Lily?« Smitty lehnt sich in einen verschlissenen Ledersessel zurück. »Als das alles losgegangen ist. Du warst mit Cam im Café, das haben wir auf den Aufnahmen der Überwachungskameras gesehen. Wir waren draußen im Bus, aber euch haben wir nicht nach draußen laufen sehen. Als Nächstes kriegen wir mit, dass ihr bei uns im Bus blinder Passagier spielt.«

»Das hab ich den anderen schon erzählt.« Sie nickt in meine Richtung. »Wir waren zuerst im Auto, haben uns dann im Café versteckt und dann wieder im Auto.« Lily zieht sich eine Decke um die Schultern und erschaudert. »Aber darüber möchte ich gerade nicht reden.«

»Warum nicht?« Smitty wirkt ganz entspannt, aber ich spüre, dass er nicht ohne Streit davon ablassen wird.

»Weil ich nicht will.« Sie neigt sich ihm entgegen, ihre Augen groß und blau, und eine blonde Strähne hängt ihr kunstvoll vorm Gesicht. Mir fällt zum ersten Mal auf, wie attraktiv sie ist. Nicht so püppchenmäßig hübsch wie Alice, sondern auf eine erwachsene Art gut aussehend, mit vollen Lippen und schweren Lidern. Irgendwie glutvoll. Smitty scheint das auch aufzufallen. Er zuckt mit den Schultern.

»Ich glaube, du bist schon verpflichtet uns alles genau zu erzählen«, fängt Pete an und ich bin froh, dass er das sagt, weil ich es nämlich gern wissen möchte. Aber Smitty unterbricht ihn.

»Wir können uns morgen unsere Kriegserlebnisse erzählen. Wer weiß, wie lange wir noch hier sind? Wir müssen uns ja irgendwie die Zeit vertreiben.«

Alice macht leise Schnieflaute auf dem Sofa nebenan. Jemand hätte vorhin wirklich noch ihren Kopf untersuchen sollen. Ich gluckse in mich hinein. Alice hätte sich schon längst mal den Kopf untersuchen lassen sollen. Die Wärme des Feuers ist so was von gemütlich und ich habe eine Steppdecke mit Federfüllung ganz für mich allein. Wie man es auch dreht und wendet, wir sind hier in der Burg tausendmal besser dran als im Bus. Zum ersten Mal seit einer gefühlten Ewigkeit lasse ich es zu, dass meine Schultern entspannen, mein Kiefer sich lockert und meine Hände keine Fäuste mehr machen, wie das jetzt seit zwei Tagen gewesen ist. Müdigkeit wogt empor wie eine Welle, wie eine herrlich weiche Decke aus Dunkelheit.

»Sollten wir nicht abwechselnd Wache halten?« Petes Stimme kommt von weit her.

Das sollen sie dieses eine Mal ruhig unter sich ausmachen. Ich ergebe mich der Müdigkeit.

Kapitel 17

Ein Hund bellt und mir ist kalt.

Ich mache die Augen auf; Tageslicht strömt durch die Fenster. Der Grund, warum ich friere, ist schnell klar. Cam hat alles Bettzeug eingesammelt und bereitet sich mitten auf dem Boden ein Lager. Meine Steppdecke ist Teil seines Kokons. Er wackelt darin herum, dann lugen ein wirrer blonder Haarschopf und ein Auge über den Rand.

»Kuckuck«, sagt er.

»Morgen, Cam.«

Ich setze mich auf. Alle sind weg. Die Kommode vor der Tür zur Küche ist beiseitegerückt worden. Ich springe vom Sofa herunter und zum Fenster. Es schneit immer noch, so fein, dass es beinahe wie Nebel aussieht. Man kann überhaupt nichts sehen. Irgendwo bellt immer noch der Hund.

»Wo sind denn alle hingegangen, Cam?« Aber er verpuppt sich wieder in den Decken und antwortet nicht. Ich gehe zur Hintertür und drücke die Klinke herunter. »Bin gleich wieder da, ja?«

Bloß will die Tür nicht aufgehen. Die Klinke bewegt sich, aber die Tür gibt nicht nach. Jemand hat sie von draußen blockiert.

»Hallo!«, rufe ich. »Kann jemand kommen und mich rauslassen?«

Stille. Selbst der Hund ist verstummt.

»He!«, versuche ich es erneut und trommle mit der Faust an die Tür. »Wir sind hier eingesperrt!«

Weiterhin Stille. Ich gehe durchs Zimmer zur anderen Tür. Die Anrichte steht immer noch davor, aber nach ein paar Anläufen schaffe ich es, sie ein Stückchen wegzurücken.

»Smitty!«, rufe ich durch die Lücke. »Pete! Lily! Wo seid ihr? Cam und ich sind hier drin eingesperrt!« Keine Antwort. Ich versuche es ein allerletztes Mal. »Alice!«

Bei der Erwähnung seines Namens ist Cam aus seinem Lager wieder aufgetaucht und sieht zum ersten Mal so aus, als ob er unsere Lage annähernd begreift. Ich reiße mich zusammen. »Ist alles okay, Kleiner«, versichere ich ihm. »Ich hol uns gleich hier raus.«

Ich würde eine miese große Schwester abgeben. Cam glaubt mir nicht eine Sekunde lang. Sein Gesicht verzerrt sich zu einem Weinen. Er krabbelt auf mich zu und streckt eine pummelige kleine Hand jammervoll zu mir hoch.

»Muss kackern«, weint er.

Fantastisch. Jetzt geht's buchstäblich um die Wurst. Ich ringe mir ein Lächeln ab.

»Ist schon gut. Ich hole uns im Nu hier raus.« Die Stimme meiner Mutter klingt mir in den Ohren. Leere Versprechen. Cam nimmt mir meins auch nicht ab. Er watschelt zu seinem Lager zurück und vergräbt seinen Kopf unter der Decke, so als ob das alles nicht mehr zu ertragen ist. Was ja praktisch stimmt.

Aber dann fällt mir etwas ein. Ich lasse von der Anrichte ab und gehe zu Cam hinüber. Ich streichele ihm über den Kopf und er schaut mich aus feuchten Augen misstrauisch an.

»Ich muss mir nur mal kurz deine Decke leihen, Cam.«

Er schüttelt seinen kleinen Kopf und umklammert die Decke noch fester.

»Komm, Cam. Ich brauche sie, aber ich verspreche dir, dass du sie gleich wieder zurückbekommst. Warum nimmst du nicht stattdessen eine von den dickeren? Die sind sowieso kuscheliger als diese dünne hier.«

Er schaltet auf stur und mir bleibt nichts anderes übrig, als ihm die dünne Decke aus den Händen zu ziehen. Woraufhin er ausrastet und schreit, als ob ich ihm die Hände mit der Kettensäge abtrenne. Er schlägt einen solchen Alarm, dass ich mich nervös nach Lily umsehe, weil die ja vielleicht aus dem Nichts auftaucht und denkt, dass ich ihren kleinen Bruder misshandle. Aber trotz des Radaus kommt niemand zu meiner (oder seiner) Rettung.

Ich ergattere die Decke und Cam wirft sich zu Boden und schlägt schreiend um sich. Ich bin die Böse, aber das ist mir egal. Ich schlinge das eine Ende der Decke um die Anrichte und das andere um meine Hände, dann lehne ich mich mit meinem vollen Körpergewicht von dem riesigen Möbelstück weg und stemme meine Hacken in den

Boden. Langsam bewegt sich die Anrichte ein Stück, dann noch ein Stück und dann mit einer letzten Anstrengung noch mal ein paar Zentimeter. Es reicht gerade. Ich atme aus und quetsche mich durch die Tür. Ich will gerade gehen, da fällt mein Blick auf Cam im Raum. Mist. Ich kann ihn ja kaum hierlassen, wo er wahrscheinlich ein Dutzend Möglichkeiten findet, zu Schaden zu kommen. Außerdem ist da noch diese ›Kackern‹-Sache.

Ich quetsche mich wieder zurück, schnappe ihn mir und schaffe es irgendwie, uns zwei da vorsichtig hindurchzuwängen.

In der Halle bin ich heilfroh, dass die Haustür immer noch zu und abgeschlossen ist. Gut. Dann hat es über Nacht keine Invasion gegeben, jedenfalls nicht durch diese Tür.

Jetzt gilt es, irgendwen zu finden. Dafür wäre die Küche der wahrscheinlichste Ort. Ich will gerade wieder rufen, da hält mich irgendwas davon ab. Die Halle ist kalt und schattig, wie eine Kathedrale. Es kommt mir fast falsch vor, an so einem Ort herumzuschreien. Es ist mir gestern Abend nicht aufgefallen – wahrscheinlich wegen der Dunkelheit und der Erschöpfung und dem posttraumatischen Stresssyndrom – aber oben über der Treppe ist ein riesiges Buntglasfenster. Die schwache Sonne schafft es, das Fenster zum Leuchten zu bringen, und wirft rote, blaue und grüne Lichtstrahlen in den Raum. Es sieht wirklich total schön aus. An einem richtigen Sommertag muss es ganz toll sein. Also vorausgesetzt, in Schottland ist je Sommer.

»Kackern«, sagt Cam leise in meinen Armen. Für den Fall, dass ich an seinen Absichten je gezweifelt habe, unterstreicht er das mit einem kurzen, scharfen Furz. Ich unterdrücke ein Kichern und gehe weiter, bevor der Geruch uns einholen kann.

Ich weiß noch, wo das untere Badezimmer ist, und wir machen beide, was wir eben machen müssen. Cam lässt mich ein bisschen im Unklaren darüber, was erforderlich ist, wenn er fertig ist, bis ich mit Schrecken begreife, dass er Hilfe von mir erwartet. Ich wickele mir eine ganze Ladung Klopapier um die Hand und versuche nicht das Gesicht zu verziehen, während ich draufloswische. Ich kann mir nicht helfen, aber von all den Sachen, die ich in den letzten paar Tagen erlebt habe, ist das hier mit Abstand das Ekligste. Dann komme ich mir richtig mies vor, weil ich so etwas denke. Aber das ändert trotzdem nichts am Ekelfaktor. Wir waschen uns beide die Hände, in Litern von eiskaltem Wasser und ganzen Bergen von Flüssigseifenschaum, und erst dann hören der Ekel und die Schuldgefühle auf.

Als Ergebnis seines Mega-Kackerns vollführt Cam einen spontanen Persönlichkeitswechsel. Jetzt sprudelt er geradezu über von guter Laune und Energie. Er flitzt auf dem Weg zur Küche durch jedes Zimmer; ich kann kaum mithalten. Wir kommen bei der Küchentür an und ihn hält nur die unhandliche Klinke zurück. Ich greife ihn mir mit der einen Hand und die Klinke mit der anderen und öffne langsam und vorsichtig die Tür.

Als Erstes schlägt mir dieser Geruch entgegen. Dann springt mich dieses Bild des Grauens an.

Gebratene Eier mit Schinken. Smitty in einer Schürze.

»Mensch, Bobby. Ich hab gedacht, du schläfst für England.« Er bedenkt mich mit einem Augenaufschlag. »Oder für Schottland.« Er zuckt mit den Schultern. »Oder die guten alten Staaten, wo du auch herkommst.«

Pete und Alice sitzen an dem großen Küchentisch und essen. Lily steht hinter Smitty und macht Toast. Cam sieht sie und will hinrennen. Prompt höre ich ein Knurren und greife instinktiv nach Cam, reiße ihn hoch und weiche von der Türöffnung zurück. Die Tür wird uns vor der Nase zugeknallt und Cam fängt an zu weinen. Hinter der Tür gibt es Gepolter und ich kann Smitty hören, wie er Locklaute von sich gibt, und nach einer Minute oder so macht Lily die Tür wieder auf.

»Cammy!«, gurrt sie und nimmt ihn mir aus den Armen. »Der olle verrückte Hund ist jetzt weg.« Sie zwinkert mir zu. »Möchtest du Rührei?«

Cam nickt und sie geht mit uns zurück in die Küche. Pete und Alice sind immer noch am Mampfen. Smitty wendet Schinkenstreifen, als ob gar nichts Schlimmes passiert ist. Ich stelle mich unauffällig zu ihm.

»Wo ist der Hund?«, flüstere ich.

»In der Bücherei, mit einem Teller voll Schinken. Er war total lieb, bis Cam aufgetaucht ist.« Über den Schinken gebeugt fügt er leise hinzu: »Er kann den kleinen Kerl echt nicht leiden.«

»Und warum habt ihr mich nicht geweckt?« Ich versuche cool zu bleiben, aber mir zittert die Stimme. »Und habt mich stattdessen im Wohnzimmer eingesperrt?«

»Lily wollte nicht, dass Cam irgendwohin verschwindet.« Er schlägt ein Ei auf. »Und du hast überhaupt nichts mitgekriegt.« Seine Lippen kräuseln sich zu einem Lächeln. »Außerdem hab ich gedacht, du möchtest gern im Bett frühstücken.«

Ich werde so rot wie der Schinken in der Pfanne.

»Nur auf einer Seite gebraten?« Er sieht mich konzentriert an. Als ich nicht antworte, lässt er Spiegelei und Schinken auf einen sauberen, weißen Teller gleiten und hält ihn mir hin. Hm, wie das duftet! Mein Hunger ist größer als meine Verlegenheit und mein Ärger und ich ertappe mich dabei, wie ich mich wortlos umdrehe und neben Pete an den Tisch setze. Es schmeckt total gut. Dabei esse ich nicht einmal gerne Schwein, weil das kluge und süße Tiere sind und ich gern eines als Haustier hätte, aber diesmal ertappe ich mich dabei, wie ich alles in mich hineinspachtele und das Fett mit Butterbrot aufwische und am liebsten noch Nachschlag hätte.

»Willst du den Teller auch noch essen?«, höhnt Alice auf der anderen Seite des Tisches. *Ach ja.* Gut zu wissen, dass ihre Gehirnerschütterung keine Langzeitfolgen hat. Ich wollte ihr eigentlich anbieten, mir die Kopfverletzung mal anzusehen, aber jetzt soll sie ruhig eitern. Wobei mir einfällt, wir sollten uns heute wirklich mal unsere ganzen Wunden ansehen. Gestern ist alles so schnell gegangen, dass wir dafür gar keine Zeit hatten. Ich sehe plötzlich wieder Petes hochgeklappte Kopfhaut und meinen weißen Beinknochen vor mir und mir wird prompt schlecht.

»Also, Strategiebesprechung«, sagt Pete wichtig.

»Haben wir denn eine?« Smitty setzt sich mit seinem Teller hin. Ich bin beeindruckt, dass er erst uns anderen Essen gemacht hat.

»Ich schon.« Pete legt los, bevor ihn jemand bremsen kann. »Als ich heute früh aufgewacht bin, hat es gerade nicht geschneit und da hab ich mich draußen umgesehen. Durch die Fenster, versteht sich«, sagt er rasch. »Es gibt eine Telefonleitung. Definitiv. Sie führt zum Haus, anscheinend unbeschädigt.«

»Hast du nicht gesagt, dass es hier keine Telefone gibt?«, fragt Lily.

»Wir haben keine gefunden«, sagt Pete. »Aber darum kann immer noch irgendwo eines ausgestöpselt herumstehen – in einer Schublade oder einem Schrank.«

»Warum sollte jemand so was machen?«, fragt Alice.

»Aus allen möglichen Gründen«, sagt Pete. »Aber mir kommt es erst mal nur drauf an, dass es eine Leitung gibt. Und vergesst nicht, hinter der abgeschlossenen Tür da sind noch mehr Räume.« Er deutet vage in die Richtung des Turms, in den wir gestern Abend nicht hineingekommen sind. »Und Stallungen gibt's auch noch. Und Nebengebäude. Können wir alles noch untersuchen.«

»Den gruseligen Keller nicht zu vergessen!«, ruft Smitty und versprüht dabei Eikrümel.

»Ich habe alle unsere Handys«, sagt Alice. »Wenn wir es irgendwie auf den Turm schaffen, bekommen wir vielleicht ein Signal. Oder finden den Festnetzanschluss.«

Ich runzele die Stirn.

»Was machen wir als Erstes?«

»Warum bleibe ich nicht mit Cam hier drin und räume auf und sehe mich mal nach dem Schlüssel um?«, fragt Lily mit munterer Stimme. »Das wäre doch ganz lustig.« Na ja, eigentlich fährt sie diese Häuslichkeitsmasche ja wohl, damit Cam nicht ausflippt vor Angst. Oder vielleicht auch, damit *sie* nicht ausflippt vor Angst. »Geht ihr mal los und überprüft alles andere. Wir suchen den Schlüssel.« Sie sieht Cam an. »Und später backen wir vielleicht noch ein paar Kekse!«

»Ähm, *très* goldig«, sagt Alice.

»Mit den Lebensmitteln sollten wir sparsam sein«, sagt Pete. »Wer weiß, wie lange wir hier durchhalten müssen.«

»Also bitte«, kommt es von Alice. »Wenn ich hier nicht in 24 Stunden raus bin, dann verhungere ich liebend gerne.« Sie guckt zu Cam und macht ein groteskes Grinsegesicht. »War nur Spaß!« Zum Glück findet Cam sie voll lustig und die beiden lachen, wobei Alice gleichzeitig die Augen verdreht, die olle Kuh.

Ich stehe auf und gehe zum Fenster. »Was ist mit dem Saft?«

Der liegt natürlich immer noch da draußen. Der Schnee hat ihn fast zugedeckt, aber ein blauer Mülltütenzipfel guckt noch heraus.

»Der ist garantiert hart gefroren.« Smitty rülpst laut. »Solange also niemand ein Wassereis zum Nachtisch möchte, dürften wir sicher sein.« Er springt auf und packt mich für einen Sekundenbruchteil um die Taille. »Wer als Erster im Keller ist!«

Er stößt sein bestes fieses Lachen aus und rennt aus der Küche.

Smitty hat seine Zwergenaxt, Pete sein Florett. Alice hat in der Küche mit einem Tranchiermesser geliebäugelt, sich dann aber Gott sei Dank für einen Golfschläger entschieden. Es ist einer für Kinder, glaube ich; er ist ziemlich kurz. Smitty hätte ihre Wahl am liebsten mit einem blöden Spruch quittiert, aber ich konnte ihn mit einem bösen Blick gerade noch rechtzeitig bremsen. Oder vielleicht habe ich ihn auch nur dadurch abgelenkt, dass ich mir selber den Schürhaken vom Kamin als Waffe ausgewählt habe. Ich glaube, er hebt sich seinen Spott für die unzähligen Slapstick-Varianten auf, die sich anbieten, wenn ich mit einem Schürhaken herumlaufe. Hey-di-ho, da können wir uns alle schon drauf freuen, sollten wir den Vormittag überleben.

»Dann mal auf zu dem gruseligen Keller«, sagt Smitty genüsslich. »Anschließend können wir noch einen unheimlichen Dachboden und einen nebeligen Friedhof zum Spazierengehen auftun; dann haben wir alles durch.«

Wir stehen oben an der Treppe und schauen hinunter ins Dunkle. Smitty macht Licht – eine einzelne Glühbirne, die gleich über unseren Köpfen hängt und bedrohlich flackert. An der Wand links neben mir steht ein Regal, ich erspähe in dem Krempel eine Taschenlampe. Ich nehme sie und mache sie an. Sie funktioniert.

»Stellt sicher, dass die Tür hinter uns offen bleibt«, flüstert Alice. »Ich möchte hier unten nicht eingesperrt sein.«

»Jepp, das wäre bilderbuchmäßig«, sagt Smitty.

Pete fixiert die Tür mit einer Schachtel Nägel aus dem Regal und wir gehen langsam die Treppe hinunter.

Kapitel 18

Die Treppe ist kürzer, als ich gedacht hätte. Ich meine, auf den ersten paar Stufen ist es mir wirklich so vorgekommen, als würden wir in den Bauch der Hölle hinuntersteigen oder zum Mittelpunkt der Erde reisen. Ich habe irgendwie Skelette erwartet und uralte Wandgemälde und brennende Fackeln oder Skarabäen oder so. Von wegen. Nur eine Steintreppe und dann kommen wir in einem Keller heraus, in dem es nach Feuchtigkeit und Gartendünger riecht.

Ein einziger Raum, ungefähr so groß wie das Wohnzimmer, in dem wir letzte Nacht geschlafen haben. Pete findet einen Lichtschalter und nach ein paar Fehlstarts geht oben an der Decke klickend eine Neonröhre an. Wir sehen uns um. Ringsum stehen Regale, die mit allem und nichts gefüllt sind. Blumentöpfe und Gartenwerkzeug. Stapelweise Bücher und *Country-Life*-Magazine. In der Raummitte stehen ein paar Stühle und unter einer Plane ein Rasenmäher. In einer Ecke ist eine kleine Holztür mit einem Kohlenhaufen davor. Ich stecke den Kopf durch die Tür; drinnen ist eine schräge Schütte, die nach oben zu einem hellen Streifen Tageslicht führt. Ich mache die Tür mit Gewalt wieder zu. An der gegenüberliegenden Wand hängen Säcke und Staublappen, Schürzen und Maschendraht.

»Das ist alles?«, sagt Alice. »Eine Riesenladung Schrott? Und überhaupt nichts, was wir gebrauchen können?« Sie schiebt eine Hüfte vor und legt die Hand darauf. »Eigentlich müsste ich mich langsam daran gewöhnt haben. Ich meine, es war euch doch total zuzutrauen, dass ihr das einzige Gebäude in der ganzen Gegend – ach was, im ganzen Land – auftut, das kein Telefon hat.«

»Mmm, weißt du was, Lizzie?« Smitty geht zu ihr, die Axt locker an seiner Seite. »Wir sind hier bloß deinetwegen hergekommen.« Er zeigt mit der Axt auf ihren Kopf. »Wenn du dir im Cheery Chomper nicht den Schädel angeknackst hättest, dann hätten wir meilenweit laufen und uns aus allen möglichen abgefahrenen Burgen eine aussuchen können.«

»Das ist nicht ganz zutreffend«, unterbricht Pete.

»Wie steht es jetzt eigentlich so mit diesem Kopf?« Smitty lächelt Alice an. »Wenn er dich immer noch quält, können wir ihn auch entfernen, wäre das was?« Er hebt wieder die Axt.

»Hör auf mich zu mobben!«, ruft Alice und holt mit ihrem Golfschläger aus, um die Axt wegzuschlagen.

»Mobben?« Smitty lacht. »Darin bist du doch Klassenbeste, Lizzie Borden.«

»Ich hab dir schon mal gesagt, dass du mich nicht so nennen sollst!«

»Lizzie Borden mit dem Beile hackt Mama in vierzig Teile«,

trägt Smitty den alten Spottvers vor und winkt mit seiner Axt. *»Das Ergebnis freut sie sehr, bei Papa wird's ein Teil mehr.«*

Alice schreit auf und stürzt sich mit erhobenem Schläger auf ihn.

Er weicht aus, bevor sie einen Treffer landen kann. Aber sie hat zu viel Kraft dahintergelegt, um einfach stehen bleiben zu können. Anstatt in Smitty hineinzukrachen, wird sie jetzt voll gegen die Wand brettern. Ich mache mich schon auf Tränen gefasst.

Bloß kommen die gar nicht. Alice brettert nicht gegen die Wand, sie verschwindet. Komplett. In der Wand, an der die Säcke hängen. Ein gedämpfter Schrei ist zu hören, dann nichts mehr.

Smitty, Pete und ich stehen sprachlos da und gucken zwischen der Wand und uns hin und her. Ich kann mir nicht helfen, aber wenn es darauf hinausläuft, dann hätten wir Alice schon längst mal gegen eine Wand klatschen sollen. Wir schauen auf die Stelle, wo sie verschwunden ist, und warten.

Aber es ist zu schön, um wahr zu sein. Ein paar Sekunden später ist sie wieder da, erst erscheint ihr Kopf zwischen zweien der großen Säcke, dann eine Schulter, ein Arm und ein Bein. Und was uns am meisten überrascht, sie lächelt.

»Ich hab wieder mal einen Volltreffer gelandet«, sagt sie. »Ohne mich wärt ihr verloren.« Sie tritt aus der Wand und hebt einen Arm. In ihrer Hand ist jetzt kein Kinder-

Golfschläger mehr, sondern eine große Flasche Champagner. Sie schwenkt sie hin und her. »Aber wer's findet, darf's behalten«, singt sie und verschwindet wieder in der Wand.

Wir hinterher. Es ist natürlich gar keine Wand. Gleich neben den Säcken hängt ein bodenlanger, steinfarbener Vorhang mit einem Schlitz in der Mitte. Hinter dem Vorhang liegt ein weiterer Raum. Alice steht unter einer Wandlampe, den Champagner in der Hand. Hinter ihr sind Regale über Regale mit Weinflaschen, dunkel und voller Spinnweben. Sie bedecken alle Wände des Raums vom Boden bis zur Decke.

»Die Hauptader«, flüstert Smitty ehrfürchtig. Er zieht ein paar Flaschen heraus und sieht sich die Etiketten an.

Pete seufzt. »Und ich hab gedacht, du hättest wirklich was Interessantes gefunden.«

»Hat sie doch«, rufe ich von der anderen Seite des Raumes. Zwischen zwei Regalen ist eine Lücke und in der Lücke ist eine Tür. Ich drücke die Klinke und schaue hindurch. Ein langer Korridor verschwindet in der Dunkelheit. Ich knipse die Taschenlampe wieder an und zwinge mich dazu, ein paar Schritte ins Dunkel zu gehen. Der Korridor ist kaum breiter als die Tür; die Steinwände zu beiden Seiten sind feucht und glitschig.

Ein Schuss knallt und etwas zischt an meinem Ohr vorbei. Mit einem Ruck bleibe ich stehen.

Ich drehe mich mit angehaltenem Atem um. Aber es ist nur Alice; sie hat den Korken von ihrem Schampus fliegen lassen. Sie schüttelt die Flasche und kreischt, als der Champagner in die Luft spritzt und sie und Smitty ganz nass werden. Pete schiebt sich mit einem Seufzen an ihnen vorbei.

»Noch ein Gang?«, fragt er. »Könnte ein Fluchttunnel sein. Viele Burgen und Herrenhäuser haben welche. Noch aus der Zeit, als es ganz normal war, angegriffen zu werden, und die Leute schnell verschwinden mussten.«

»Die gute alte Zeit, könnte man sagen.« Smitty greift nach meiner Taschenlampe, aber ich reiße die Hand weg. »Ganz schön empfindlich!« Er grinst mich an. »Ich wette, hier gibt's sowieso irgendwo Licht.«

Er tastet an der Wand herum und findet etwas. Ein Klicken, bloß kommt kein Licht. Ich leuchte entschlossen mit der Taschenlampe nach vorn und gehe weiter. Smitty, Pete und Alice folgen mir wie Zeichentrickfiguren auf Gespensterjagd.

Nach ein paar Metern verbreitert sich der Korridor ein bisschen und wird dann noch breiter. Im Strahl meiner Taschenlampe kann ich etwas auf dem Boden liegen sehen. Es ist Alices Korken, der genau da liegt, wo anscheinend die eine Wand endet und dahinter nichts als Schwärze ist.

Mir fällt ein Schalter an der Wand auf. Er funktioniert. Schwach wird oranges Licht von den schmierigen Wänden zurückgeworfen. Ich starre auf den Raum vor uns.

Gefängniszellen gehen von dem Korridor ab, drei Stück, mit dicken Eisenstäben davor.

»Eine Burg muss schließlich auch ein Verlies haben, stimmt's?«, sagt Smitty. Er geht zur ersten Zelle und zieht die Tür auf. Er tritt hinein. »Hier haben sie bestimmt die richtig guten Sachen verstaut.«

Ich trete an die Gitterstäbe und sehe hindurch. Noch mehr Regale mit noch mehr Flaschen.

»Hier genauso.« Pete hat die zweite Zelle bereits überprüft. Er geht zur dritten und bleibt stehen.

»Was ist?«, rufe ich ihm zu.

»Nichts«, ruft er zurück.

Ich gehe zu ihm hin.

»Soll heißen, in dieser ist nichts drin.«

Nichts außer einem Stuhl, einem Eimer und in der Ecke ein paar Lumpen.

»Ist ja abgefahren«, sage ich.

»Meinst du mich?« Smitty kommt angehüpft. »Hey, das muss der Reiherraum sein. Wo man sitzt und seinen Kater auskuriert, wenn man literweise Chateau Nerve du Plop getrunken hat oder so.«

»Das merk dir mal lieber«, sagt Pete.

Alice kommt den Korridor heraufgeschlendert und amüsiert sich mit Smitty durch die Gitterstäbe über den Eimer. Auf einmal sind die beiden dicke Kumpels.

»Der Korridor endet hier.« Pete runzelt die Stirn.

»Bist du sicher?« Ich gehe an der Zelle vorbei dorthin, wo Pete die Wand abtastet.

»Solider Stein.« Er schlägt mit der flachen Hand dagegen. »Keine sichtbaren Schalter oder Hebel.« Er scharrt mit dem Fuß über den Boden. »Wenn da mal ein Tunnel war, dann haben sie ihn möglicherweise irgendwann im letzten Jahrhundert zugemauert. Weil man jetzt keine Fluchtmöglichkeit mehr brauchte.«

»Ist wahrscheinlich besser so«, sage ich. »Wir wollen ja nicht, dass sich jemand an uns ranschleicht, während wir oben schlafen.«

»Buh!«, ruft Smitty, der sich an mich herangeschlichen hat, was natürlich voll der gute Witz ist.

»Brillant, Smitty«, sage ich. Mir fällt auf, dass etwas im Schloss der letzten Zelle steckt. Ein kleiner, moderner Metallschlüssel. Merkwürdig, wie neu er aussieht. Tatsächlich sieht jetzt, wo ich genauer hingucke, auch das Schloss anders aus als die anderen; es scheint ersetzt worden zu sein. Ich drehe den Schlüssel, öffne die Tür und bedeute Smitty einzutreten. »Möchten Sie, dass ich eine Reservierung vornehme, wo wir schon einmal hier unten sind?«

»Nur wenn du dann die Kerkermeisterin sein kannst.« Er lehnt sich mir entgegen und ich bringe mich mit großer Willenskraft dazu, nicht mit der Wimper zu zucken. »Hast du deine Peitsche dabei?«

»Igitt! Perversen-Alarm!«, ruft Alice und tut so, als ob sie sich übergibt.

Während ich in dem orangen Licht rot anlaufe, stößt Smitty die Tür ganz auf. Er läuft hinein bis hinter den Stuhl und irgendwelche Kisten. Neben dem Lumpenhaufen dreht er sich um und zieht sein T-Shirt hoch, so dass wir seinen freien Oberkörper sehen, die Beine gespreizt und die Arme seitlich ausgestreckt. »Peitscht mich aus für meine Sünden, Herrin! Peitscht mich!«

»Örks, eklig!«, ruft Alice und lehnt sich gegen die Gitterstäbe.

Smitty streckt ihr die Zunge heraus und wackelt damit, dann wendet er sich von uns ab, zieht die Hosen herunter und streckt seinen nackten Hintern heraus. Unwillkürlich richte ich den Strahl der Taschenlampe darauf. Als ob ich einen besseren Blick darauf gebraucht hätte. Wäre kein Wunder, wenn wir drei jetzt für den Rest unseres Lebens erblinden.

»Ist ja voll krank!«, kreischt Alice. »Ich kotz mir gleich die Seele aus dem Leib!«

Und genau das tut Smitty auf einmal. Er kotzt sich die Seele aus dem Leib, voll Karacho und aufgrund der umgebenden Wände mit Surroundeffekt. Eier mit Schinken in einem wahren *Wüüüürg*-Wasserfall. Ich halte mir den Mund zu, weil sich mir der Magen umdrehen will. Alice kreischt mal wieder und Pete steht einfach gebannt da. Smitty zieht sich die Jeans hoch und kommt auf uns zugestolpert, totales Entsetzen im Gesicht.

»Was zum Teufel ist denn mit dir los?«, schreie ich ihn an.

Er wirft mit Flüchen um sich wie ein Lasterfahrer oder Starkoch.

»Das ...!« Er zeigt nach hinten in die Zelle zu dem Lumpenhaufen.

»Was denn?« Ich betrete vorsichtig die Zelle.

»Guck doch selber!«, platzt er heraus. Ich bewege mich auf die Lumpen zu. »Nein! Guck's dir nicht an! Das willst du gar nicht sehen!«

Aber es ist zu spät. Ich habe schon gesehen, dass etwas aus den Lumpen herausragt. Ein Fuß. Ein Fuß in einer Socke, mit einer Ausbeulung vom Knöchel und einem dünnen Streifen rosa Haut mit schwarzen Beinhaaren drauf. Und jetzt kann ich auch schemenhaft das Bein und die Hüfte von jemandem erkennen, der auf der Seite liegt ... und die Erhöhung, wo die Arme und Schultern sind. Und dann ist auf einmal Schluss.

Da, wo der Kopf sein müsste, ist nichts, nur ein blutiger Stumpf.

Das ist nicht mein erster blutiger Stumpf, Smittys auch nicht, aber ich kann verstehen, warum er das Bedürfnis hatte, sich zu erleichtern.

Maden wimmeln in dem Loch aus Fleisch, das einmal eine Kehle gewesen ist.

Mir rauscht das Blut in den Kopf und als Nächstes kriege ich mit, dass ich renne, den Gang zurück in den Weinkeller, durch den Schlitz in dem Vorhang und in den Keller. Die anderen sind dicht hinter mir; meine hastenden Schritte reichen Alice und Pete als Erklärung.

Als ich oben auf der Treppe zum Flur ankomme, geht die Tür auf. Lily steht da im Licht, mit Cam auf dem Arm. Sie dreht sich um und zieht die Tür zu, versperrt uns den Fluchtweg.

»Wir müssen hier raus!« Ich packe ihren Arm und versuche sie von der Tür wegzuziehen. »Da unten liegt eine Leiche!«

»Echt?«, schreit Alice ein paar Stufen tiefer. »O mein Gott!« Sie flitzt nach oben und versucht Lily beiseitezuschieben.

Lily versperrt uns den Weg. »Eine Leiche? Also eins von diesen Viechern?«

»Nein, jetzt nicht mehr.« Smitty schiebt sich an Alice und mir vorbei. »Der Kopf fehlt und die Verwesung hat eingesetzt. Aber wenn du das Vieh zur Gesellschaft haben möchtest, kannst du gern da runtergehen.« Er greift nach der Türklinke, aber Lily schlägt seine Hand weg.

Sie schüttelt den Kopf. »Wir können da nicht raus.«

»Wieso nicht?« Pete klingt verzweifelt und sein Atem geht wieder pfeifend.

Lily fixiert ihn mit stahlhartem Blick. »Weil die Leute, die hier wohnen, gerade nach Hause gekommen sind.«

Kapitel 19

»Sie sind zu dritt«, flüstert Lily.

Wir sitzen auf der Treppe, im Fegefeuer zwischen dem Madenmannkeller und den Fremden, die aus der Kälte kamen.

»Zwei Männer und eine Frau, glaube ich. Sie müssen durch die Hintertür reingekommen sein. Cam und ich waren im Badezimmer vom Erdgeschoss und ich konnte ihre Stimmen in der Küche hören.«

»Hast du einen Blick auf sie werfen können?«, frage ich.

Lily zuckt mit den Achseln. »Ich hab durch den Türspalt geschaut, aber ich konnte da ja nicht bleiben.« Sie nickt zu Cam, der neben ihr sitzt und mit der Kiste Nägel spielt, die als Türstopper gedient hat. Normalerweise kein so gutes Spielzeug für Dreijährige, aber *normal* hat sich irgendwie vor einer Weile erledigt. »Sie haben wie Studenten ausgesehen.« Lily rümpft die Nase. »Der eine hat einen Bart.«

»Klingt ja voll furchterregend.« Smitty steht auf. »Dann sag mir mal einen guten Grund, warum wir nicht raufgehen und ihnen Hallo sagen sollen! Ist ja nicht so, als ob es hier zu wenig Platz gibt, um miteinander klarzukommen.«

Ich nicke. »Verstärkung. Und vielleicht wissen sie, was los ist oder wie man Hilfe bekommt.«

Lily schüttelt nachdrücklich den Kopf. »Sie wissen, dass jemand hier ist, und sind richtig genervt deswegen.« Sie lehnt sich weiter nach vorn. »Ich konnte mit anhören, wie sie in der Küche und in der Speisekammer nachgesehen haben, was wir alles aufgegessen haben. Und sie waren stinksauer, sie haben richtig rumgebrüllt wegen irgendwas. Dann haben sie in die anderen Zimmer geschaut. Ich glaube, sie haben auch unser ganzes Bettzeug gefunden. Und das hat sie nur noch mehr aufgeregt.«

Smitty seufzt und setzt sich wieder auf die Treppe.

Dafür steht jetzt Pete auf, wie in irgendeiner schrägen Variante von Reise nach Jerusalem. Sein blasses Gesicht leuchtet in dem schwachen Licht. »Wenn es stimmt, was sie sagt, dann kommen sie hier ohnehin bald nachgucken.«

Wir lassen uns das alle durch den Kopf gehen. Es stimmt. Wenn sie denken, dass wir uns verstecken, dann sehen sie hier wahrscheinlich als Erstes nach.

»Meint ihr, die haben den Mann in der Zelle getötet?«, frage ich.

Schweigen. Ist ja auch wirklich eine schreckliche Vorstellung. Keine Ahnung, wieso immer ich solche Korken raushaue.

»Vielleicht hatte er es ja verdient«, sagt Alice schließlich. »Vielleicht hatte er sich verwandelt und sie haben ihn eingesperrt und ihm den Kopf abgehackt.«

Wir hoffen natürlich, dass diese Version stimmt. Die Alternative wäre, dass der Tote einfach in seinem Schloss vor sich hingelebt hat, als eine Zombie-Apokalypse ausgebrochen ist und sich dann eine Horde skrupelloser Studenten hier eingenistet und ihn getötet hat. Ich meine, man sollte doch meinen, dass Leute, die zufällig überlebt haben, angesichts einer Armee von Untoten wirklich absolut allen Grund haben, sich miteinander zu arrangieren, bloß ist das in unserer eigenen kleinen Testgruppe eindeutig nicht so gelaufen. Nein, da ist es doch viel besser anzunehmen, dass die madenverseuchte Leiche ein teuflisches Monster gewesen ist, das die widerstrebenden, aber tapferen Studenten dann eingesperrt und erledigt haben. Weil wir anderenfalls nämlich bald selbst kopflos und voller Maden sein könnten.

Wobei es dann allerdings blöd ist, wenn die Zelle immer noch offen steht. Ich sehe Smitty an. »Irgendeine Chance, dass du diese Zelle abgeschlossen hast, bevor wir hier raufgerannt sind?« Ich habe ihn das kaum gefragt, da merke ich selbst, was für eine blöde Frage das ist. Er verdreht bloß die Augen.

»Wie jetzt? Das tote Vieh ist nicht eingeschlossen?« Alice springt auf. »Wie blöd kann man denn sein? Es könnte jetzt gerade hier raufkommen!«

Wir gucken alle die Stufen hinunter.

»Es hat keinen Kopf mehr! Das bringt sie um!« Aber ich bin mir da selbst nicht so sicher.

»Das ist echt das Blödeste bis jetzt!« Alice schreit viel zu laut. »Wir könnten Hilfe holen und sitzen hier mit einer Leiche ohne Kopf in einem Keller rum?« Sie stapft die Stufen hinauf. »Da probier ich mein Glück lieber mit diesen komischen Vollbart-Studenten, vielen Dank!«

Pete ist hinter ihr und ich glaube, wir gehen alle davon aus, dass er sie gleich festhält und zurückzieht, aber er tut nichts dergleichen.

»Pete!«, sage ich, aber seine Hand liegt schon auf dem Türknauf.

Er dreht sich zu mir um. »Wissen ist Macht, Bobby.«

Und – schwups – sind er und Alice auch schon weg.

Smitty und Lily und ich sehen uns an.

»Und was genau soll das deiner Meinung nach heißen?«, fragt Smitty.

»Vielleicht haben sie ja Recht«, sagt Lily. »Vielleicht sollten wir uns zeigen. Wer weiß, ob diese Leute uns nicht helfen können.«

Ich sehe sie stirnrunzelnd an. »Hast du nicht eben gesagt, dass sie sich schwer darüber aufgeregt haben, dass jemand von ihrem Breichen gegessen und in ihrem Bettchen geschlafen hat?«

Sie seufzt. »Schon. Aber je länger ich darüber nachdenke, desto mehr glaube ich, dass sie sauer waren, weil sie nach etwas gesucht haben. Nach etwas, was sie verloren haben.«

»Und was?«, fragt Smitty.

Lily macht ein schuldbewusstes Gesicht und greift in ihre Gesäßtasche. »Das hier?« Sie hält etwas hoch, das silbrig schimmert. »Das ist der Schlüssel zum Turm. Ich hab ihn gefunden, als ich das Frühstück abgeräumt habe.«

Smitty will nach dem Schlüssel greifen, aber Lily ist schneller.

»Nein.« Sie nimmt ihre Hand hinter den Rücken. »Den behalte ich fürs Erste.«

»Gut.« Er lächelt sie an. »Aber tu mir einen Gefallen und sag niemandem, dass du ihn hast, okay? Nicht mal Alice und Pete. Solange wir nicht wissen, wer diese Leute sind. Und warum sie diesen Schlüssel so dringend wollen.«

Lily nickt abgeklärt. »Genau mein Gedanke.«

»Heißt das, wir wagen uns aus der Deckung?« Ich blicke zur Tür.

Smitty nickt. »Können wir ruhig machen. Ich traue Alice eh zu, dass sie uns verrät, wenn es ihr gerade passt. Du und ich gehen da rauf, Bobby. Lily und Cam bleiben besser erst mal hier unten, bis wir wissen, dass alles in Ordnung ist.«

Damit kann Lily gut leben. Fast. Sie lächelt schmal.

»Könntet ihr vorher noch runtergehen und diese Leiche ohne Kopf einschließen, bitte?«

Ein verständlicher Wunsch.

Wir gehen. Ich habe immer noch meinen Schürhaken, Smitty hat seine Axt ... aber ich will's mal so sagen: Wenn die Enthauptung nichts gebracht hat, dann stehen wir wohl auf verlorenem Posten.

An jeder Ecke rechne ich damit, dass sich gleich die Leiche auf uns stürzt, mit fliegenden Maden. Aber alles ist still. Die Weinflaschen liegen immer noch in den Regalen – na ja, größtenteils jedenfalls –, der Korridor ist nach wie vor feucht und finster, aber relativ harmlos, und als wir bei der hintersten Gefängniszelle ankommen, ist es fast eine Enttäuschung zu sehen, dass die eingemummelte Leiche immer noch an genau derselben Stelle liegt wie vorher. Und natürlich hat niemand die Tür abgeschlossen. Sie steht offen, der Schlüssel steckt im Schloss. Leise mache ich sie zu und drehe den Schlüssel herum. Smitty beugt sich vor, zieht ihn ab und steckt ihn ein. Ich sehe ihn fragend an.

Er zuckt mit den Schultern. »Man kann nie wissen.«

Als wir bei der Treppe ankommen, hat Cam es geschafft, die komplette Schachtel Nägel auf die Stufen zu leeren, und nun reiht er sie hübsch auf, immer Spitze an Kopf, wie eine lange, dünne Schlange, die sich durch ein unsichtbares Labyrinth schlängelt. Lily steht an der Tür, ein Ohr am Holz.

»Die Tür ist wieder richtig zugeschlossen«, flüstere ich. »Irgendwas zu hören?«

Sie schüttelt den Kopf. »Es ist ganz leise.«

»Wenn alles okay ist, kommen wir und holen euch«, sage ich. »Wenn du hörst, dass es Ärger gibt, versteckt euch in der Kohlenschütte.«

Smitty packt seine Axt fester und legt eine Hand an die Tür.

»Fertig?«

Ich möchte gern irgendeinen witzigen oder aufmunternden Spruch bringen, aber mir fällt nichts ein. Also schnaube ich nur kurz und nicke dabei. Smitty sieht mich mit einer hochgezogenen Augenbraue an und öffnet die Tür.

Wir sind draußen in der Halle.

Keine Stimmen zu hören. Wir stehen einen Moment lang da, dann schleichen wir auf Zehenspitzen zu der geschwungenen Treppe, wo das Licht durch das Buntglasfenster fällt, total himmlisch und schön und kirchenmäßig.

Smitty muss natürlich wieder mal die Führung übernehmen, er huscht vorneweg und bleibt unvermittelt im Schatten stehen. Das sieht mehr als nur ein wenig albern aus. Ich meine, wir sind ja keine Spezialeinheit. Er hebt eine Hand. Ich lausche. Da ist etwas zu hören, ein kratziges Klick-Klack auf dem Holzboden.

Der Hund taucht vor uns auf. Erst steht er nur kurz da, dann leckt er Smittys Hand und trottet zu mir herüber. Er macht ›Sitz‹, poliert mit seinem langen wedelnden Schwanz den Boden und neigt den Kopf zur Seite, als ob er ein Leckerli erwartet.

»Wenigstens einer, der sich freut uns zu sehen«, flüstere ich.

»Wuff!«, macht der Hund.

»Pst!«, sage ich.

»Wuff! Wuff!«, gibt der Hund zurück.

»Na toll«, sagt Smitty. »Warum rufen wir nicht einfach laut huhu und bringen's hinter uns?« Wir warten eine Sekunde, ohne uns zu rühren, rechnen jeden Moment mit schnellen Schritten und heranstürmenden Fremden. Aber nichts passiert. Smitty schleicht zur Wohnzimmertür und der Hund befindet, dass er lustiger ist als ich, und trottet ihm nach. Und ich hinterher.

Jemand – wahrscheinlich einer unserer neuen Mitbesetzer – hat das große Sideboard von der Tür weggerückt und wir können da ohne Probleme hinein.

»Gehen wir mal zur Küche«, sagt Smitty und ich folge ihm aus dem Wohnzimmer hinaus und durch die Bibliothek, als ich die gedämpften Stimmen höre. Wir bleiben stehen und lauschen.

Es klingt, als ob Alice Hof hält. Das ist schon mal gut, dann hacken diese Leute sie und Pete zumindest nicht gerade in Stücke oder so was. Andererseits sind sie da ja erst seit ein paar Minuten drin ... lieber mal abwarten. Ich bringe mein Ohr dichter an die Küchentür und schnappe die Worte »blöde Klapperkiste von Bus« und »voll das Gehirn rausgehangen« auf; sie erzählt ihnen die komplette Geschichte und schmückt sie noch ein bisschen aus. Anscheinend hat Alice endlich ein Publikum gefunden, das bereit ist ihr länger als eine Minute zuzuhören, ohne sich von der nächstbesten Klippe stürzen zu wollen.

Smitty lehnt sich neben mir gegen die Tür.

»Anklopfen?«, frage ich.

Er überlegt. »Ist wohl besser. Überraschungen kommen dieser Tage irgendwie nicht so gut.« Er hebt eine Hand und ich halte die Luft an, als er leise anklopft. Das

Gespräch drinnen bricht ab. Smitty sieht mich an und trotz des Gruselfaktors steigt ein Kichern in mir auf. Wir heben beide unsere Fäuste und klopfen noch mal leise an.

Stühle scharren, es gibt Unruhe. Wir treten beide ein Stück von der Tür zurück. Sie geht auf und ein Kopf kommt zum Vorschein. Dunkle lockige Haare, blasse Haut, superdunkle Augen und ein Vollbart. Anfang zwanzig vielleicht, Typ gefühlvoller Denker. Unter anderen Umständen könnte ich mich glatt verknallen.

In den Augen steht Entsetzen, aber der Blick wird rasch härter. Die Tür schwingt auf und die Küche öffnet sich uns.

»Habt ihr nicht gesagt, ihr wärt allein?«, sagt Bärtchen sarkastisch.

Alice sitzt am Küchentisch, mit dem Rücken zu uns – am Kopfende natürlich, wo sonst? –, und neben ihr Pete, die Arme ganz steif an den Seiten. Alice dreht sich zu uns um.

»Habe ich? Glaube nicht.« Sie lächelt uns an, ihr Gesicht gibt nichts preis.

Boah, sag bloß? Lizzie hat uns nicht verraten? Wer hätte das gedacht?

»Noch mehr Teenies auf Klassenfahrt?«, fragt Vollbart. Ich nicke. »Reinkommen.« Er winkt uns mit dem Finger in die Küche, aber mit hochgestrecktem Daumen, als ob seine Hand eine Pistole wäre. Ich gehe also hinein – nicht hastig, sondern so, als ob ich das Sagen habe und die Coolness in Person bin. Aber meine Show ist nichts gegen die von Smitty. Sein lässiger Gang stinkt nach LMAA und er braucht so lange für die paar Schritte, dass ich schon denke, er hat vielleicht einen Schlaganfall bekommen.

Vom anderen Ende der Küche her guckt uns eine blonde Frau finster an. Sie sieht ein bisschen älter aus als Bärtchen, vielleicht Ende zwanzig, und sie ist eiskalt und bildhübsch, mit gewölbten Brauen und Schmollmund. Wie Bärtchen trägt sie Winterkleidung, allerdings obenrum nur ein hautenges Thermo-T-Shirt, das ein paar Mordskurven zeigt. Aus den Augenwinkeln sehe ich, wie Smitty sie beäugt, aber versucht sich nichts anmerken zu lassen.

Hinter Pete steht der andere Mann. Ich sage Mann, aber na ja, gerade mal so. Seine Haut ist braun, seine Haare sind schwarz, aber eigentlich ist er Pete – nur in Farbe –, wie er da so nervös die Schultern hochzieht und mit den Knöcheln knackt. Die Ähnlichkeit ist fast schon witzig.

»Also, wer seid ihr und was macht ihr in unserer Burg?«, legt Smitty los.

»*Eure* Burg?« Bärtchen grinst. »Dann hältst *du* dich wohl für den König hier, Großer?«

Smitty schwingt sich auf die Anrichte und schaukelt mit den Beinen, als hätte er keine Sorgen auf der Welt. »Heißt es nicht, weggegangen, Platz gefangen?«

Bärtchen lacht so wie die Bösen im Kino, wenn sie eigentlich gar nicht so amüsiert sind, ihnen aber auf die Schnelle keine clevere Entgegnung einfällt. »Ganz schön dreist. Hier greift nämlich das Recht des Stärkeren.«

»Meinetwegen.« Smitty starrt ihn an. »Das lässt sich ja

klären.« Er trommelt mit den Fingern auf die Küchentheke. »Kürzlich jemandem den Kopf abgehauen? Ich schon, gestern erst. Wenigstens etwas, das wir gemeinsam haben.«

Bärtchen zieht eine schwarze Augenbraue hoch. »Ihr habt euch hier umgesehen, ja? Seid ihr auch unsere schmutzige Unterwäsche durchgegangen?«

Smitty schnaubt. »Also die dickste Bremsspur sitzt ja wohl gerade vor mir.«

»Hört mal«, unterbreche ich – weil das hier ja nun wirklich nirgendwo hinführt, »ihr wart zuerst hier? Prima. Dann sagt uns, wo das Telefon ist.«

»Es gibt keins«, sagt Petes dunkler Zwilling in der Ecke. »Denkt ihr etwa, wir hätten es nicht benutzt, wenn es eins gäbe?«

»Hängt vor allem davon ab, ob ihr rausgekriegt hättet, wie man es benutzt«, sagt Smitty.

Bärtchen lacht wieder und schüttelt den Kopf, als ob Smitty ihm wirklich total auf den Sack geht und er es nicht zeigen will.

»Wisst ihr, was los ist?«, frage ich die Blonde. »Wo seid ihr gewesen? Habt ihr irgendjemanden gesehen? Der noch lebendig ist, meine ich? Habt ihr irgendein Fahrzeug aufgetrieben? Kommt jemand, um uns zu helfen?«

»Steckst ja wirklich voller Fragen, was?« Auf einmal lächelt Bärtchen nicht mehr. »Ich glaube, ihr beantwortet besser erst mal ein paar von unseren.«

»Was uns passiert ist, habt ihr ja anscheinend schon gehört.« Ich deute mit einem Nicken auf Alice. »Wir wollen keinen Ärger machen – wir wollen bloß am Leben bleiben, genau wie ihr.«

»Ihr habt euch im Keller versteckt wie Alice und Pete hier?« Bärtchen kommt zu mir herübergeschlendert und fixiert mich mit seinen dunklen Augen. Er legt mir einen Handrücken an die Stirn und fühlt meine Temperatur. »Wie geht's dir, Schätzchen? Ist dir da unten etwa kalt geworden?« Unwillkürlich überläuft mich ein Schaudern. »Du wirst doch nicht krank, hm?« Bärtchen mustert mein Gesicht und dreht die Hand um, fährt mit den Fingerspitzen meinen Haaransatz entlang, von der Stirn zur Wange. Ich würde seine Hand unglaublich gern wegschlagen, aber aus irgendeinem Grund kriege ich die Arme nicht hoch.

»Lass sie in Ruhe!«, ruft Smitty und stößt sich mit solcher Kraft von der Anrichte ab, dass eine Besteckschublade auf den Boden fliegt. Bevor ich es richtig mitkriege, hat er Bärtchen umgerempelt und ringt mit ihm. Ich stolpere rückwärts und weiß nicht, was ich machen soll. Blondie aber schon.

»Steh auf und lass das, Kleiner«, sagt sie nachdrücklich zu Smitty, aber so schnell gibt er nicht auf, und Bärtchen auch nicht. »Ich meine das ernst«, sagt Blondie.

Der Kampf ist ziemlich ausgeglichen, aber dann bekommt Smitty eine Faust frei und bringt einen rechten Haken an. Es gibt einen erfreulichen Rums und Bärtchens Kopf rollt zur Seite.

»Gib her!«, ruft Blondie und Petes böser Zwilling wirft ihr etwas Dünnes, Längliches zu. Sie streckt den Arm vor und drückt es Smitty in den Rücken. Ein fieses Knistern ist zu hören und Smitty fällt mit überstrecktem Rücken von Bärtchen weg. »Keine Bewegung oder ich schocke dich noch mal«, sagt Blondie, während Smitty sich benommen auf dem Boden wälzt.

»Nicht!«, rufe ich und greife nach dem Stab.

Sie dreht sich zu mir um, den Stab vorgereckt. »Zurück«, sagt sie leise. »Oder dein Süßer hier wird leiden.«

Ich will ihre Fehlinterpretation schon korrigieren, aber dann mache ich den Mund wieder zu. Irgendwie wäre das gerade gemein.

Bärtchen kommt wieder auf die Beine und hält sich das Kinn. Seine Augen funkeln.

»Sperrt sie ein!«, bellt er mit Mühe. »Sperrt sie wieder in diesen verfluchten Keller!«

Wir sind zu viert und die nur zu dritt, aber Smitty wird von Bärtchen hinterhergeschleift und Blondie hat den Schockstab und scheut nicht davor zurück, ihn zu benutzen. Alice und Pete marschieren an mir vorbei durch die Küchentür; Alice schießt einen Mörderblick auf mich ab und Pete protestiert laut und bringt alle möglichen einleuchtenden Gründe vor, warum sie uns nicht in den Keller sperren sollten, beziehungsweise wenigstens nicht *ihn*. An Blondies verkniffenem Mund und Bärtchens kaum verhohlener Wut ist klar erkennbar, dass uns das nicht weiterbringt, aber ich schließe mich trotzdem seinen Protesten an, und sei es nur, damit Lily und Cam uns kommen hören.

»Bitte sperrt uns nicht hier rein!« Ich werfe mich wie die Heldin in einem Stummfilm gegen die Kellertür und schlage auf eine hoffentlich nicht allzu offensichtliche Weise mit den flachen Händen dagegen. Smitty ist schon wieder einigermaßen beieinander und trägt seinen Teil dazu bei, unser Vorankommen zu verlangsamen, indem er sich an Möbelfüßen und Teppichkanten festkrallt, aber er wird durch den Hund behindert, der wieder aufgetaucht ist und ihn gnadenlos beschnuppert und ableckt.

Blondie macht mich von der Tür los; ihr Griff ist eisern, aber das hätte ich mir denken können. Sie öffnet die Tür und stößt mich – nicht grob, aber nachdrücklich – die dunklen Stufen hinunter. Alice und Pete folgen; dann ist zu hören, wie jemand die Treppe herunterfällt, als Bärtchen uns Smitty regelrecht hinterherwirft.

»Wie lange wollt ihr uns hier unten einsperren?«, ruft Alice.

»Solange es eben nötig ist!«, brüllt Bärtchen und knallt die Tür zu.

In der Dunkelheit ist nur Smittys empörtes Ächzen zu hören, Petes pfeifender Atem und Alices affektiertes Schluchzen. Aber ich denke nur, dass es viel schlimmer hätte kommen können.

Weil ich nämlich heilfroh bin, dass sie uns nicht genauso behandelt haben wie die letzte Person, mit der sie Ärger hatten.

Kapitel 20

»Und dann hat Grace ihn mit dem Kuhtreiber erledigt.« Alice, die im Keller auf einer Kunststoffkiste sitzt, sprüht wieder vor Charme und unterhält Lily und Cam im Plauderton mit den neuesten Nachrichten. Die beiden hatten sich in der Kohlenschütte versteckt, wie ich es ihnen gesagt hatte, und ich war eben fast ein bisschen stolz, als der mutige kleine Cam da mit einem schwarzen Fleck auf der Nase und einem breiten Grinsen wieder herausgekommen ist.

»Sie hat mich nicht erledigt, Lizzie.« Smitty lehnt sich gegen den Rasenmäher unter der Plane. »Und es war auch kein Viehtreiber. Es war so ein Taser, wie ihn Polizisten manchmal benutzen.«

»Schwachsinn«, sagt Alice. »Ein Kuhtreiber. Und sie hat dich *umgelegt* damit.«

»Die Kuh sagt muh«, kräht Cam.

»Blondie heißt Grace?«, frage ich Alice. »Ich wusste gar nicht, dass ihr euch schon mit den Vornamen anredet.«

»Alles lief prima, bis ihr zwei aufgekreuzt seid und alles vermasselt habt.« Alice funkelt mich an. »Ihr habt uns überhaupt nicht zugetraut, dass wir das hinkriegen, stimmt's?«

»Nein, Lizzie«, knurrt Smitty. »Wir haben euch nicht zugetraut, dass ihr euch *nicht* gleich bei der ersten Frage verplappert.«

»Aber ich hab mich nicht verplappert, oder?« Womit sie Recht hat, das muss man ihr lassen. »Außerdem hat Michael gesagt, dass sie uns nichts tun werden. Das war gleich das Erste, was er gesagt hat.«

»Wer, Flaumbart-Fresse?« Smitty grunzt. »*Michael* ist voll der Psychopath. Der freut sich garantiert schon darauf, dass er dich in die Finger kriegt, Lizzie.«

»Die sind zu dritt, ja?«, fragt Lily.

»Ja.« Alice zieht die Nase kraus. »Da ist auch noch dieser kleine Schmächtige. Wie hieß er noch gleich? Shake oder so?«

Smitty schnaubt.

»Shaq«, sagt Pete leise. »Ich persönlich finde, dass wir auf ihn setzen sollten, wenn wir uns mit ihnen zusammentun wollen. Er ist das schwache Glied, der Verletzliche.«

»Das merke ich mir für den Fall, dass sie uns hier je wieder rauslassen«, sage ich.

»Was werden sie mit uns machen?«, fragt Lily.

»Gar nichts wahrscheinlich«, sagt Pete. »Smitty hat sich gerade stellvertretend für uns alle danebenbenommen, indem er Michael unnötigerweise zusammenschlagen musste.«

»Unnötigerweise? Danebenbenommen?«, brüllt Smitty. »Was soll das denn bitte, Petey-Poo? Dieser Psychopath hat versucht Bobby zu befummeln. *Er* gehört hier eingesperrt.«

»Was habt ihr noch über sie erfahren?«, frage ich Pete.

»Nicht viel.« Pete beißt sich auf die Wangen. »Mein Eindruck ist, dass sie schon eine Weile hier sind. Aber gehören tut ihnen die Burg auch nicht. Vielleicht haben sie hier Urlaub gemacht oder sind von der Uni aus hier.«

»Vielleicht gehören sie auch zu den Anonymen Alkoholikern.« Smitty lacht spöttisch, aber es klingt gezwungen. »Ja, das ist es. Ihre Gruppe hat hier in der Burg einen Entzug gemacht und dabei irgendein seltsames experimentelles Medikament eingesetzt, mit dem der Gemüsesaft versetzt war, aber dann hat sich rausgestellt, dass es Menschen in Zombies verwandelt. Und unsere drei hier haben das Medikament nicht genommen, sondern sich heimlich durch die Vorräte im Keller gesoffen. Darum sind sie noch am Leben.«

Die Idee ist beknackt, aber es haben sich schon beknacktere Ideen als wahr erwiesen. Die drei sind eine seltsame Truppe. Ich kann mir nicht vorstellen, dass sie miteinander befreundet sind oder freiwillig zusammen etwas unternehmen. Und trotzdem gibt es anscheinend irgendeine Machtstruktur. Michael hat sich benommen, als ob er das Sagen hätte, aber Blondie – Grace, meine ich – hatte irgendwie das letzte Wort.

»Jedenfalls kann man davon ausgehen, dass sie keine Hilfe gefunden haben, sonst wären sie nicht zurückgekommen«, fährt Pete fort. »Andererseits wollen sie unbedingt irgendeinen Schlüssel wiederfinden.« Er reibt sich die verschorfte Kopfwunde. »Shaq ist buchstäblich auf dem Boden rumgekrochen, als wir da reingegangen sind. Und ich glaube, die anderen geben ihm die Schuld daran, dass der Schlüssel weg ist.«

Alice wird blass, dann lächelt sie. Jetzt hat sie's. »O mein Gott. Der Schlüssel zum Turm. *Den* suchen sie!« Das Lächeln ist so schnell wieder weg, wie es gekommen ist. »Da oben muss was total Wichtiges sein. Zu schade, dass wir ihn nicht zuerst gefunden haben.«

Ich luge zu Lily rüber und merke, dass Smitty auch unauffällig zu ihr guckt, aber sie vermeidet Blickkontakt, indem sie sich mit Cam beschäftigt, der wieder angefangen hat ein Nest zu bauen, diesmal in einem Pappkarton.

»Möchte mal wissen, warum sie unbedingt in den Turm reinwollen«, überlegt Alice. »Meint ihr, da drin ist irgendwas, mit dem wir Hilfe holen könnten?« Ihr fällt die Kinnlade herunter. »Vielleicht wissen sie ja, dass man da oben ein Netz kriegt! Das haben wir ja auch gedacht, als wir die Burg zum ersten Mal gesehen haben!« Sie springt auf. »Wir sollten anbieten ihnen bei der Suche zu helfen. Darf doch nicht wahr sein, dass uns bloß so ein dämlicher Schlüssel daran hindert, heil nach Hause zu kommen!«

Lilys Blick zuckt zu ihr nach oben.

Alice klatscht in die Hände. »Wenn wir alle zusammen danach suchen, finden wir ihn bestimmt! Wenn das Alkoholiker sind, dann haben sie vermutlich keine besonders guten Augen.«

Smitty stöhnt auf. »Das sind nicht wirklich Alkoholiker, Lizzie ...«

Aber Lily steht auf. »Vielleicht hat sie Recht mit dem Turm und wir könnten irgendjemanden verständigen.«

»Aber warum haben die das dann nicht gleich versucht, als dieser Horror losgegangen ist?«, frage ich.

Alice zuckt die Achseln. »Weil der Schlüssel schon die ganze Zeit weg ist? Oder nein – keiner von ihnen hatte ein Handy – dürfen sie wahrscheinlich gar nicht während der *Therapie*.« Sie staunt anscheinend selbst über ihre tollen Schlussfolgerungen. »Und darum sind sie rüber zum Cheery Chomper und haben sich eines geholt und jetzt können sie einen Versuch starten!«

Na schick. Zuerst hatten wir Pete mit seiner Verschwörungstheorie in Sachen Regierung und jetzt nimmt Alice auch noch Smittys blöden Alkozombies-Witz ernst. Es besteht eine winzige Chance, dass sie mit dem Turm Recht hat, aber dieser Schlüssel ist der einzige Vorteil, den wir haben, und bevor wir es nicht genau wissen, soll Lily ihn bloß nicht herausrücken. Außerdem kommt mir langsam der Gedanke, dass es einen sehr guten Grund dafür geben muss, warum der Turm überhaupt erst abgeschlossen wurde. Entweder damit keiner reinkann ... oder damit irgendwas nicht rauskann.

Von der Treppe her kommt ein Geräusch. Unsere Blicke sausen dorthin. Da steht dieser kleine Schmächtige – Shaq.

Verdammt. Lily und Cam. Wir hätten die beiden besser

weiter vor denen verborgen ... aus einer Vielzahl von Gründen, die mir gerade nicht alle einfallen.

»Hallo!« Cam winkt Shaq fröhlich zu; der starrt ihn entsetzt an.

Smitty steht rasch auf.

»Was willst du?«, ruft er. »Ist Flaumbart scharf auf einen Rückkampf?«

Shaq hebt eine Hand. »Nein!« Er kommt zögernd die ersten paar Stufen herunter. »Sie wissen nicht, dass ich hier bin. Nicht so laut, okay?«

Alice steht auf und seufzt. »Willst du ein bisschen Wein? Wir verraten auch nichts.«

Shaq guckt verdattert und kommt weiter die Treppe herunter. »Ähm, nein.« Er sieht uns der Reihe nach an und sein Blick bleibt an Lily hängen. »Wie viele gibt's denn noch von euch?«

»Nur uns hier.« Ich gebe mir Mühe, nicht allzu überzeugend zu klingen.

»Gut, gut ...« Sein Blick huscht kurz zu der Vorhangwand hinüber. Soweit er weiß, könnte dahinter noch eine ganze Busladung Teenager stecken. Er zeigt zu einem Holzhocker bei den Regalen. »Was dagegen, wenn ich ... mich setze?«

»Klar, mach es dir ruhig bequem!« Smitty lädt ihn mit großer Geste dazu ein. »Leg mal ruhig ein Päuschen ein, bevor ihr den nächsten Gefangenen einen Kopf kürzer macht!«

Shaq setzt sich vorsichtig hin und kneift mit Daumen

und Zeigefinger seinen Nasenrücken zusammen. »Das war ein ... bedauerlicher Zwischenfall.«

»Wollen wir ihn mal kurz angucken?« Smitty ist jetzt warmgelaufen. »Dann kannst du uns einander richtig vorstellen. Ich kam mir ziemlich unhöflich vor bei unserer ersten Begegnung. Ich meine, ich hatte *null* Ahnung, wie er heißt. Aber vielleicht kennst du seinen Namen ja auch nicht. Habt ihr ihm den Kopf abgesäbelt, ohne danach zu fragen?«

»Smitty!« Pete, der bis eben still gewesen ist, lehnt sich auf seinem Stuhl zu Shaq hinüber. »Erzähl uns davon. Wer war er?«

Shaq räuspert sich. »Ja, wir haben ihn getötet. Also Michael war's. Ihr habt Recht.« Er dreht sich auf seinem Hocker zu Smitty um. »Aber du hast gesagt, ihr selber habt das auch gemacht. Ihr wisst, wie das ist ... wenn sie sich *verwandeln*. Er hat uns keine Wahl gelassen.«

»Wer war er?«, stelle ich Petes Frage noch mal.

Shaqs abgefahrene Karamellaugen richten sich auf mich. »Er war unser Professor. Er war ... mein Mentor. Ich ...« Er scheint innerlich zu kollabieren und sein Kopf sackt nach vorn in seine Hände. Einen Moment lang bleibt er so. Und dann noch einen Moment länger. Keine Ahnung, ob er gerade weint, aber er hat eindeutig einen Zusammenbruch. Alice kichert verlegen. Shaq schüttelt sich und richtet sich wieder auf. Der Moment ist vorbei.

»Tut mir leid. Daran zu denken ist grausig. Er war unser Professor. Wir haben an einem ... Universitätsprojekt ... gearbeitet und hatten uns für ein paar Wochen hier einquartiert, eine Art Arbeitsurlaub. Vor zwei Tagen ist eins von diesen Viechern hier aufgetaucht und hat ihn gebissen. Er ist ohnmächtig geworden und dann wieder zu sich gekommen, und ... na ja, den Rest könnt ihr euch denken.« Er schüttelt den Kopf. »Michael hat getan, was nötig war ...«

Smitty geht zu Shaq hinüber und klopft ihm auf die Schulter, woraufhin der das Gesicht verzieht. »Tut mir leid, Mann. Das muss echt hart sein.« Er hockt sich neben ihn und lächelt. »Aber kannst du uns jetzt vielleicht mal verraten, wieso zum Geier du gerade hier unten bist und mit uns quatschst?«

Lily keucht auf und Pete seufzt und funkelt Smitty an. Aber Shaq reagiert anders. Er schaut auf Smitty hinunter und erwidert sein Lächeln.

»Ich verstehe, dass ihr misstrauisch seid. Aber ich bin einfach nur hergekommen, um zu schauen, ob bei euch alles in Ordnung ist, und ... na ja – ehrlich gesagt brauche ich eure Hilfe.« Er sieht sich um, als ob er checken möchte, ob wir ihm das abnehmen. Er ringt die Hände. »Ich hab was verloren, wisst ihr. Den Schlüssel zum Turm, den für die Tür in der Küche. Die anderen sind stinksauer auf mich, weil da unsere ganzen Sachen drin sind. Und sie glauben, dass ihr den Schlüssel abgezogen habt. Darum haben sie euch hier unten eingesperrt.« Er lächelt uns sanft an. »Also habt ihr ihn? Weil wenn ja, dann gebt ihn mir einfach und dann hole ich euch hier wieder raus. Auf der Stelle.«

»Ach so!« Alice erhebt sich von ihrem Stuhl. »Der Schlüssel! Wir haben ihn nicht, okay? Wenn, dann würden wir ihn euch natürlich geben, klar. Hör mal«, sie strahlt ihn an, »lass uns doch trotzdem raus, dann helfen wir dir suchen.«

»Was ist denn so Wichtiges in dem Turm?«, fragt Lily leise.

Ich sehe sie an und versuche Blickkontakt herzustellen.

»Nur unsere Sachen«, sagt Shaq. »Ihr wisst ja, wie das ist – wenn man an seine Sachen eine Weile nicht mehr rankommt, dann möchte man sie gern wiederhaben.«

»Handys?«, fragt Pete. »Laptops?«

»So was, ja«, antwortet Shaq. »Wobei die hier sowieso nicht funktionieren. Aber da oben steht auch ein altes Transistorradio, und wenn ich jemanden hätte, der mir hilft ...« Er kneift sich wieder in den Nasenrücken. »Dann könnte ich vielleicht irgendwas improvisieren, womit sich Kontakt zur Außenwelt herstellen lässt ...«

»Das könnte ich absolut.« Pete streckt die Brust heraus.

»Toll!« Shaq nickt. »Aber dazu brauchen wir den Schlüssel ...«

Lily steht auf – und gleichzeitig stellt sich Smitty zwischen sie und Shaq.

»Ja, also wenn du uns rauslässt, dann helfen wir dir den Schlüssel zu finden«, sagt er laut. »Übrigens, Shaq, was für eine Studiengruppe?«

Shaq lächelt. »Sorry, was?«

Smitty grinst ihn an. »Was ihr studiert habt. Über Weihnachten. Das nenne ich mal engagiert. Welches Thema?«

Shaq leckt sich die Lippen. »Shakespeare. Wir haben uns mit Shakespeare beschäftigt und wir dachten, es wäre doch toll, *Macbeth* in einer richtigen schottischen Burg zu lesen.«

»Wow!«, sagt Smitty. »Genial. Wir haben *Macbeth* letztes Jahr durchgenommen, stimmt's, Alice? Tolle Story.« Er beugt sich vor und sagt mit Bühnenflüstern zu Shaq: »Im Vertrauen, sie hat eine sehr überzeugende dritte Hexe abgegeben. Und nur unter uns, Petey hier war die Idealbesetzung für Banquos Geist. Was für ein Zufall!« Er strahlt in die Runde.

»Ja!«, sagt Shaq.

»Irgendwie sehr passend, *Macbeth*, oder? Gruselig. Und sehr passend.« Smitty macht ein paar Schritte von uns weg, dreht sich auf dem Absatz um, breitet weit die Arme aus und dröhnt: »›Und Grüft erlösten gähnend ihre Toten!‹«

Wir gucken ihn alle an, als ob er jetzt völlig panne ist.

Er zwinkert Shaq zu. »Das war aber voll auf den Punkt von olle Macbeth, stimmt's?«

Shaq nickt. »Haargenau! Ich hätte es selbst auch nicht besser ausdrücken können!«

»›Mord rufen und des Krieges Hund' entfesseln!‹« Der große Mime Smitty schreitet durch den Keller. »Hat er das nicht gesagt?«

Shaq lacht. »Das stimmt!«

Smitty lacht auch, gefährlich freundlich. Er wirft eine Hand nach vorn und zeigt mit dem Finger auf Shaq.

»Pah!«, spuckt er. »Macbeth hat nie so was gesagt! Man darf seine schottischen Könige nicht mit seinen römischen Kaisern durcheinanderbringen!« Er stürzt sich auf Shaq und sie gehen krachend zu Boden; Shaqs Hocker poltert über den Boden und verfehlt nur knapp Cams Kartonnest. Cam kreischt auf und fängt an zu weinen; Lily flucht und nimmt ihn auf den Arm.

»Holt den Schlüssel aus seiner Tasche!«, ruft Smitty von irgendwo unter Shaq.

»Den Schlüssel?«, frage ich verdattert.

»Den Kellerschlüssel!« Smitty rollt herum und hält Shaqs Arme am Boden fest. »Damit wir von hier verschwinden können!«

Shaq windet sich am Boden, aber Smitty hat ihn eisern im Griff. Ich versuche in seinen Taschen herumzufühlen, ohne wirklich in seinen Taschen herumzu*fühlen*.

»Den werdet ihr nicht finden!«, quietscht Shaq. »Ich hab ihn nicht bei mir. Sie haben mich hier unten mit euch eingeschlossen, bis ich euch den Turmschlüssel rausgeleiert habe!«

»Auch gut!« Smitty zerrt ihn hoch. »Dann sperren wir dich hier unten zu deinem Shakespeare-Mentor und schauen mal, ob sie dich wiederhaben wollen.« Er dreht sich zu Pete um. »Hilf mal!«

Die beiden schleifen Shaq durch die Vorhangwand.

Alice schüttelt den Kopf. »Wer hätte das gedacht?«

»Was denn?«

Sie schaut mich an, als wäre ich geistig zurückgeblieben. »Dass Smitty überhaupt lesen kann, geschweige denn was von Shakespeare auswendig weiß.« Sie scharrt mit ihrem Schuh am Boden. »Ist aber echt blöd. Jetzt lassen die uns nie raus.« Sie seufzt und folgt den Jungs durch die Vorhangwand.

Lily hält Cam, der immer noch weint. »Das wird mir langsam zu viel.« Sie legt eine Hand an Cams Stirn. »Er kriegt auch noch Fieber. Wir müssen ihnen diesen Turmschlüssel geben, damit sie uns rauslassen und uns helfen. Und dieses Radio, von dem Shaq gesprochen hat ...«

»Wir dürfen ihnen nicht trauen.« Mir zittert die Stimme. »Jetzt erst recht nicht ... Bitte, Lily. Er hat uns gerade voll belogen. Wer weiß, was sie machen, wenn wir ihnen den Schlüssel geben? Wir müssen noch eine Weile dichthalten. Im Moment ist dieser Schlüssel unser einziger Vorteil.«

Kapitel 21

»Wer seid ihr wirklich?«

Ich kann mir die Frage nicht verkneifen. Shaq sitzt auf dem Stuhl hinter den Gitterstäben und versucht weder mich anzusehen noch Smittys Kotze noch die Leiche neben sich.

Er antwortet nicht. Ich erwarte das eigentlich auch gar nicht. Ich weiß ehrlich gesagt nicht mal, ob ich die Antwort hören möchte. Er hat bestimmt was zu verbergen, warum sollte er sonst lügen? Aber es lässt die Wartezeit schneller vergehen, während Smitty und die anderen da oben über unsere Freilassung verhandeln.

»Was da oben im Turm braucht ihr so dringend?«, probiere ich es aufs Neue. »Wäre es nicht einfacher, wenn ihr einfach offen mit uns wärt? Was sollen wir schon großartig unternehmen? Wir sind doch bloß ein Haufen blöder Teenies.«

Er dreht sich auf dem Stuhl um und sieht mich an.

»Du bist Amerikanerin, stimmt's?«

Ich zucke die Achseln. »Nein. Ja. Sozusagen.«

Sein Gesicht nimmt einen verträumten Ausdruck an. »Ich liebe Amerika. Ich habe Verwandte da drüben, in New

Jersey. Wenn das hier alles vorbei ist, wandere ich aus.« Er nickt und lächelt mich an. Anscheinend glaubt er, dass ich das toll finde und jetzt klatsche. Oder die amerikanische Nationalhymne anstimme. Als ich nichts davon tue, fährt er fort: »Amerikaner wissen Talent zu schätzen, weißt du. Nicht so wie hier. In Amerika geben sie einem den Spielraum und das Geld, um das zu tun, wozu man auf der Welt ist. Hier geht es nur um Vorschriften und darum, wer deine Eltern sind und auf welche Schule du gegangen bist.« Er linst zu mir rüber. »Ich wette, es fehlt dir, oder? Das Land der unbegrenzten Möglichkeiten?«

Ich sehe ihn an. »Versuch nicht eine Beziehung zu mir aufzubauen.«

Am anderen Ende des Korridors ist etwas zu hören. Smitty kommt, aber irgendwas stimmt nicht. Als er ganz aus den Schatten tritt, sehe ich, dass Michael ihm die Hände auf dem Rücken festhält – genauso wie er vorhin bei Shaq. *Himmel.* Smitty stolpert; sein eines Auge ist geschwollen und Blut läuft ihm das Gesicht herunter. Und Grace ist auch dabei, den elektrischen Viehtreiber in der Hand. Hinter ihnen her trapsen Pete, Alice und Lily mit dem weinenden Cam auf dem Arm und sie sehen alle aus wie verängstigte Lämmer auf dem Weg zur Schlachtbank.

»Mach die Zelle auf!«, schnauzt Michael mich an.

Ich umschließe den kleinen Schlüssel in meiner Faust noch fester.

Grace tritt vor. »Nun mach. Bringen wir das hinter uns wie zivilisierte Leute.«

In mir steigt Hitze auf. Ich nicke in Smittys Richtung. »Nennst du das etwa zivilisiert?«

Grace macht ein leicht verlegenes Gesicht. »Er hat Michael wirklich keine andere Wahl gelassen. Aber jetzt wird es keine weiteren Prügeleien mehr geben«, sie schaut Michael an und dann wieder zu mir, »weil du Shaq rauslassen wirst, oder?«

»Nicht solange ihr uns nicht auch rauslasst.« Ich halte ihrem Blick stand. Mich bringt sie mit ihrer perfekten Haut und ihrer samtigen Stimme nicht aus dem Konzept. »Wir haben euch nichts getan. Warum müsst ihr uns überhaupt hier unten gefangen halten?«

»Schließ die Tür auf!«, schreit Michael mich an und wirft Smitty zu Boden, wo er stöhnend liegen bleibt.

»Nein!« Ich sehe ihm ins Gesicht und baue naiverweise darauf, dass er es nicht wagen wird, ein Mädchen zu schlagen, zumal als Erwachsener.

Aber ich habe nicht mit Grace gerechnet. Sie tritt neben Smitty und schockt ihn mit dem Stab. Er schreit auf und zappelt auf dem Boden wie ein Fisch, der nach Luft schnappt. Grace starrt mich vorwurfsvoll an, als wäre ich es gewesen, die ihm wehgetan hat. Sie klopft mit ihrem Stab gegen das Gitter.

»Wo ist der Schlüssel?«

»Sie hat ihn in der Hand!«, ruft Shaq.

Ich trete an die Wand zurück, meine Faust hinter dem Rücken, und Michael stürzt auf mich los.

»Stopp!«, ruft Grace. »Es besteht wirklich kein Grund, ihr

Angst zu machen.« Sie richtet die Spitze des Stabes nach unten auf Smitty, fährt damit langsam an seinem Körper herunter, bis sie genau zwischen seine Beine zeigt. Smitty reißt die Augen auf.

»Lass dich nicht erpressen, Bobby!«, grunzt er.

Grace senkt langsam und bedächtig die Spitze.

»Hier!« Ich halte den Schlüssel hoch, gerade rechtzeitig, um Smitty zu retten, der die Augen geschlossen hat und hörbar schluckt.

Michael schnappt sich den Schlüssel und dreht ihn im Schloss und – schwupp – ist Shaq draußen und Grace stößt mich in die Zelle, gefolgt von Pete, Lily und Cam. Dann schleudert Michael noch Smitty herein.

Alice steht immer noch draußen. Grace deutet in die Zelle.

»Nein!«, heult Alice. »Ich lasse mich da nicht einsperren mit diesem Vieh!« Sie weicht zurück, aber Michael packt sie und schleudert sie Richtung Zelle. Sie kann sich an den Gitterstäben festhalten und für einen Moment bekommt er sie nicht vom Fleck bewegt. Dann lässt sie plötzlich los, schwingt sich herum und lässt eine Hand durch die Tür vorschnellen. Sie ist jetzt bei uns in der Zelle und Michael knallt die Tür zu, aber dann sehe ich, worauf sie aus war. Sie hat den Schlüssel abgezogen.

Eine Sekunde später begreift Michael es auch. Er öffnet die Tür und nähert sich Alice, aber sie ist zu schnell. Wie ein hungriges Nilpferd hält sie den kleinen Schlüssel hoch und verschluckt ihn in einem Stück.

»So!« Sie öffnet den Mund und streckt die Zunge heraus. »Jetzt könnt ihr uns nicht mehr einschließen!«

Gib's ihnen, Alice!

Grace stöhnt, dreht sich auf dem Absatz um und stapft den Korridor hinunter, gefolgt von Shaq.

»Michael! Wir haben für so was keine Zeit!«

Michael tritt gegen den Stuhl, dann Smitty in die Seite und lässt uns in der Zelle zurück, knallt die Tür hinter sich zu. Sie scheppert gegen den Rahmen und schwingt dann zum Glück wieder auf. Das Letzte, was wir gebrauchen können, ist, dass dieser Riegel plötzlich herausspringt – wo der Schlüssel doch gerade von Alices Magensäure angefressen wird.

»Wartet!«, ruft Lily ihnen hinterher. »Kommt wieder zurück! Wir haben den Schlüssel!«

Ich verziehe das Gesicht und schließe die Augen. *Jetzt ist es raus.*

Bloß gehen sie unglaublicherweise weiter. Sie denken, Lily meint den Zellenschlüssel.

»*Ich* hab den Schlüssel«, sagt Alice. »Und ich geb ihn nicht wieder her.«

Lily schreit stöhnend auf, als ihr klar wird, warum die nicht zurückkommen.

Smitty rollt sich auf den Rücken, hält einen Arm hoch und tut so, als ob er auf die Uhr guckt. »Brauchst nur ein paar Stunden zu warten, Lizzie«, sagt er undeutlich durch geschwollene, blutige Lippen. »Dann kommen sie und holen dich für einen Toilettengang der besonderen Art ab.«

Alice sieht ihn an und rennt aus der Zelle. Wir brauchen nicht extra eine Einladung, um ihr zu folgen. Der Keller mit seinen Planen und Kisten und der Kohlenschütte erscheint im Vergleich zu der Zelle wie der absolute Luxus.

Smitty will nicht, dass ich ihm helfe – auch nicht, als ich es betont widerwillig anbiete, weil das die einzige Möglichkeit sein dürfte, dass er annimmt. Sein Gesicht sieht schlimm aus, aber ich denke, vor allem ist sein Stolz verletzt. Die anderen sind schneller draußen als wir; ich hinke hinterher und tue so, als ob mir mein Bein Probleme macht.

»Netter Trick übrigens.« Ich lehne mich gegen die Gitterstäbe und zupfe am Hosenbein meiner Leggings herum.

»Was denn?« Er hat Mühe mit dem Aufstehen. Ich tue so, als ob ich es nicht bemerke.

»Das mit *Macbeth*. Ganz schön cool, dass du die Zitate draufhattest. Und er drauf reingefallen ist.«

Er zuckt mit den Schultern, was anscheinend auch schmerzhaft ist.

»Keine große Sache. Ich hab gewusst, dass er lügt.«

Er schlurft hinaus in den Korridor und ich folge ihm.

»Woher stammen sie wirklich, diese Zeilen? Römischer Kaiser, hast du gesagt. *Julius Cäsar*?«

Er verdreht die Augen. »Keine Ahnung. Wahrscheinlich. Ich kannte sie bloß, weil sie in einem Death-Throes-Song vorkommen.«

Death Throes. Ich laufe im Zwielicht rot an. Dieser Button, den er an seiner Lederjacke dranhatte, mit dem wir dem Busfahrer den Verband festgemacht haben. Irgendeine englische Band, die ich nicht kenne, weil ich zu uncool bin. Aber als ich ihm dann den Gang hinunter folge, kommt mit einem Mal der Durchblick. Er hat definitiv gewusst, dass die Zeilen aus *Julius Cäsar* stammen, denn wie hätte er sonst wissen können, dass sie nicht in *Macbeth* vorkommen? Er wollte vor mir einfach nicht wie ein Streber dastehen.

Als wir bei dem Kellerraum ankommen, verschwindet Pete gerade die Treppe hoch und ruft, dass er mal schauen will, ob die Tür wirklich abgeschlossen ist. Ich sinke auf eine Kiste. Alice hat noch eine Flasche Champagner aufgetan. Smitty reißt sie ihr aus der Hand, macht den Draht ab und lässt den Korken knallen. Er gießt sich den Schaum über das zerschundene Gesicht, dann gibt er Alice die Flasche zurück. Lily setzt Cam wieder in den Karton, der zu seinem Bett geworden ist. Der Kleine sieht gar nicht gut aus. Ist wohl nicht so einfach, mit der Apokalypse klarzukommen, wenn man erst drei ist.

Pete kommt die Stufen wieder herunter. Sein Gesicht sagt alles.

»Wir hängen hier fest, richtig?« Lily steht auf, mit ernstem Gesicht. »Ich werde etwas dagegen unternehmen. Wir können hier nicht ewig bleiben. Es wird Zeit, dass …«

Ich springe auf. »Okay!«, rufe ich. »Wir müssen rauskriegen, was in diesem Turm ist. Wenn wir hören können, über was sie reden, dann erfahren wir vielleicht auch, warum sie unbedingt in diesen Turm reinwollen. Und«, ich sehe Lily an, »wenn sich rausstellt, dass es uns hilft, da reinzukommen, dann werden wir ihnen *helfen* den Schlüssel zu finden«, sage ich vorsichtig.

Smitty sieht mich von seinem Sitzplatz auf dem Rasenmäher aus an. »Und das stellen wir ... wie an?«

»Wir kommen hier schon raus!« Ich gehe auf und ab.

»Boah!«, sagt Alice und schauspielert voll drauflos. »Oh, *pardonnez-moi*, ich hab das Notausgang-Schild übersehen. Hab ich irgendwas verpasst? Oder kannst du uns hier wegbeamen?«

Ich blicke die Stufen hinauf. Durch die Tür kommen wir nicht. Mir fällt wieder ein, dass der Gang mit den Gefängniszellen so abrupt endet und was Pete über Fluchttunnel gesagt hat, aber dann verwerfe ich diese Idee. Wir sind hier nicht bei den *Fünf Freunden*. Hier drückt man nicht einfach den dritten Mauerstein von unten, woraufhin sich eine Geheimtür dreht und einen Schmugglergang freigibt. Ist doch eher unwahrscheinlich ...

Und dann kommt der Geistesblitz.

Die Kohlenschütte. Die muss ja irgendwo hinführen. Und wenn darauf etwas herunterrutschen kann, dann kann man darauf vielleicht auch nach draußen klettern. Also ich zum Beispiel.

Die kleine Holztür steht einen Spalt offen. Es ist vermutlich Kohle heruntergepurzelt, als Lily und Cam sich da drin versteckt haben, und jetzt schließt die Tür nicht mehr richtig. Ich ziehe sie weit auf und mache mich klein um in den Kohlenkeller zu passen, aber da drin ist es überraschend geräumig und ich kann sogar aufrecht stehen.

»Roberta, du bist ein Genie!«, ruft draußen jemand. Smitty, wer sonst.

Dann sind die anderen zu hören.

»Ich klettere da nicht rauf, das Ding ist total versifft.« (Ratet mal, wer.)

»Ich bleibe mit Cam hier unten.« (Ratet mal, wer.)

»Die Erfolgsaussichten einer Flucht hängen natürlich vom Neigungswinkel der Schütte ab.« (Und ratet noch mal.)

Ich klettere an die Spitze des Kohlehaufens und schaue in die eigentliche Schütte hinauf. Die Öffnung befindet sich oben an der Wand – ungefähr auf Schulterhöhe –, ein bisschen hoch, um da leicht reinklettern zu können, aber nicht unmöglich, sofern ich etwas zum Darunterstellen auftun kann. Ist ganz schön dunkel da drin, aber in der Ferne ist eine waagerechte weiße Linie zu sehen, als ob die Tür oben einen Spalt auf ist.

»Wo ist die Taschenlampe?«, rufe ich im Umdrehen und fahre erschrocken zusammen. Smitty kauert hinter mir.

»Längst da.« Er schaltet sie ein und leuchtet die Schütte hinauf. Sie ist vielleicht zweieinhalb Smittys lang, aber Junge, ganz schön eng. Ich gehe dichter heran, um besser sehen zu können, und stoße mir an irgendwas das Schienbein.

»Autsch. Da ragt was aus der Wand.«

Smitty leuchtet nach unten und wir sehen drei rostige Sprossen, eine über der anderen. Tritte. Anscheinend musste hier schon öfters jemand hinaufklettern, vielleicht um einen Stau zu beseitigen. Irgendein armer Küchenjunge oder Schornsteinfeger vielleicht. Er muss ganz schön dünn gewesen sein, um das zu schaffen; andererseits waren sie damals alle unterernährt und eher klein.

Ich bin nicht unterernährt – also jetzt vielleicht schon, aber noch nicht lange. Dünn bin ich jedenfalls. Ich stelle meinen Fuß auf die erste Sprosse und will da hoch.

»Nee, lass mich«, sagt Smitty.

»Du passt da nie rein«, kontere ich.

»Und ob. Und danach zieh ich dich hoch.«

»Ich brauch niemanden, der mich hochzieht.« Ich funkele ihn im Dunklen an und stelle wieder meinen Fuß auf die Sprosse.

»So ein Pech aber auch.« Er drückt mir die Taschenlampe in die Hand, schlingt von hinten ein Bein um mein Knie und bringt mich aus dem Gleichgewicht. Dann gibt er mir einen kleinen Schubser und – schwups – falle ich auch schon nach hinten und lande mit dem Hintern knirschend auf den Kohlen.

»Hey!«, rufe ich, aber da wieselt er schon die Schütte hinauf. Jedenfalls ein Stück weit. Dann hält er an. Er windet sich und versucht sich weiter hochzuschieben, wirbelt aber mit den Füßen nur Kohlenstaub auf. Er schafft es, sich auf den Rücken zu drehen, und versucht es so herum noch mal, indem er sich mit den Beinen verkeilt und abstößt. Aber es hat keinen Zweck. Er steckt fest.

»Probleme?«, frage ich.

Er seufzt. »Wie sich leider rausstellt, bin ich viel zu breitschultrig und muskulös für diese Aktion.«

»Verstehe. Ein Jammer.« Ich komme ihm keinen Fingerbreit entgegen. Genauso wenig wie die Kohlenschütte.

»Wie es aussieht, brauche ich sogar Hilfe, um hier wieder rauszukommen.«

»Wow.« Ich lasse mir das auf der Zunge zergehen. »Smitty braucht Hilfe? Das muss dich ja echt schmerzen ...«

Er versucht sich nicht reizen zu lassen. »Nein, im Gegenteil.«

»Was ist denn los da drin?« Alice steckt ihren Kopf durch die Tür. »O mein Gott, hier gibt es bestimmt riesige Spinnen.« Sie niest. »Ich glaube, meine Allergie meldet sich. Beeilt euch und haut ab!«

Sie verschwindet und erzählt Pete und Lily draußen, dass wir totale Versager sind. Ich lege die Taschenlampe beiseite, stelle mich auf die unterste rostige Sprosse und packe Smitty bei den Knöcheln. Ich ziehe. Zuerst tut sich nichts, aber dann stelle ich meinen einen Fuß gegen die Wand und stemme mich mit aller Kraft dagegen. Ein Kratzen ist zu hören, ein Schrei und dann ist er frei – brettert die Schütte herunter und droht auf mich draufzufallen. Ich ducke mich und er landet wie eine Katze auf dem Kohlehaufen, mit hochgerutschter Lederjacke.

»Ja, danke dir«, sagt er. »Glaube ich jedenfalls.« Er zieht die Jacke aus und untersucht sie mit der Taschenlampe. Sie ist ganz schön zerkratzt.

»Tut mir leid«, sage ich.

»Ach was. Dieser abgeranzte Look liegt voll im Trend. Wart mal ab, was Lizzie dazu sagt.«

»Das soll wohl ein Witz sein. Abgeranzt ist so was von *Prä*-Apokalypse.«

Lächelnd streckt er einen Arm aus, um sich die Jacke wieder anzuziehen, als er plötzlich zusammenzuckt und ihm ein unterdrücktes Keuchen entfährt. Er greift mit einer Hand nach hinten unter sein T-Shirt, und als er sie wieder nach vorn bringt, sind seine Finger feucht und rot.

»Was hast du angestellt?« Ich schnappe mir die Taschenlampe und drehe ihn mit dem Rücken zu mir. Er protestiert, aber ich ziehe ihm trotzdem hinten das T-Shirt hoch. Lange blutige Schrammen verlaufen von der Taille nach oben. »O Gott, Smitty«, flüstere ich. »Dein Rücken ist total zerfetzt. Das tut mir so leid.« Ich suche in meinen Taschen nach irgendetwas, mit dem sich die Blutung stillen lässt, aber da ist nichts zu wollen. »Das muss gesäubert werden.« Ich gehe meine Taschen ein zweites Mal durch, dabei fällt mir die Taschenlampe herunter. Sie flackert und geht aus.

»Hör auf.« Er dreht sich um und hält meine Arme fest. »Das wird schon wieder.«

»Aber es war mein Fehler!«, sage ich und starre hinauf in sein nur schwach erhelltes Gesicht. »Die Kratzer könnten sich infizieren ...«

Smitty beugt sich nach unten und küsst mich.

Auf den Mund.

Der Kuss ist warm und fest und süß und schmeckt nach Blut – und er ist vorbei, bevor ich entscheiden kann, ob ich Smitty zurückküssen oder ihm eins überbraten will.

»Und jetzt klettere diese verflixte Schütte rauf, Roberta.«

Ach Engel der schlagfertigen Antworten, wo bist du, wenn ich dich brauche? Ich starre zu Smitty hinauf und kann mich nicht entscheiden, ob ich gerade verführt oder beleidigt worden bin. Sprachlos und mit zittrigen Beinen hebe ich die Taschenlampe auf und knipse sie wieder an, drehe mich zur Wand um und klettere in diese Schütte hinein, wobei ich fast damit rechne, dass Smitty mir einen Klaps auf den Hintern gibt. Tut er aber nicht und ich kann's nicht fassen, dass ich darüber beinah ein bisschen enttäuscht bin. Meine Gedanken rasen.

Er hat mich geküsst? Auf den Mund! Als ob das okay wäre. Das ist nicht okay, das ist total daneben! Hat er das ernst gemeint? Macht er sich lustig über mich? Aber warum hat es mir dann so gefallen?

Beim letzten Gedanken verziehe ich das Gesicht, während ich da hinaufklettere. Der Gefühlstumult treibt mich an und ich ziehe mich mit den Ellbogen diesen Schacht hinauf, das Licht zuckt, die Taschenlampe in meiner Hand schlägt gegen Stein, bis ich mit der Nase fast an die Tür oben stoße. Ich schiebe die Finger durch den Spalt und sie stoßen auf kalten Schnee. Ich schiebe die Tür hoch und winde und trete mich durch die Öffnung hinaus in die Kälte.

Mühsam komme ich auf die Füße, lehne mich gegen die Mauer und warte, dass meine roten Wangen sich abkühlen. Es ist blendend weiß hier draußen und unglaublich still. Der Schnee verblüfft mich, anscheinend hatte ich schon vergessen, dass überhaupt welcher lag. Ich befinde mich auf der Rückseite der Burg, in einem Hof, der von Stallungen oder Nebengebäuden umgeben ist. Links erhebt sich der Turm und dahinter muss die Küche liegen und die Hintertür, durch die Smitty am ersten Abend hier hereingekommen ist. *Gestern Abend*, rufe ich mir ins Gedächtnis. Verrückt. Ich habe das Gefühl, schon seit Wochen hier zu sein.

Von unten ist gedämpft etwas zu hören; Smitty ruft irgendwas.

Ich stopfe mir die Taschenlampe hinten in die Leggings, bücke mich und schiebe die Tür zu. Leise.

Jetzt bin ich auf mich allein gestellt. Aber total.

Kapitel 22

Ich könnte mich absetzen.

Ich habe nichts dabei außer dem, was ich anhabe, aber absetzen könnte ich mich trotzdem. Bis Sonnenuntergang bleiben mir noch mindestens fünf, sechs Stunden, um irgendwo hinzukommen. Wie weit kommt man in sechs Stunden, zu Fuß, im Schnee? Zehn Meilen? Zwölf? Mehr? Es gibt hier noch andere Dörfer, also wird es auch noch andere Häuser mit Telefon geben, andere Überlebende, die nicht so psychomäßig oder nervig drauf sind oder mich einfach küssen.

Jetzt wäre der richtige Moment, etwas zu unternehmen. Eine einzelne Person zieht nicht so viele schlachteplattenhungrige Monster an wie mehrere laute Teenager, die eine Verletzte und einen Dreijährigen im Schlepptau haben. Allein kann ich es schaffen.

Ich atme ein, atme aus. *Check erst mal die Lage.*

Im Schnee auf dem Hof sind Spuren zu sehen. Zu breit für Skier, zu schmal für ein Auto. Sie führen von einem Torbogen in der Hofmauer zu einem Nebengebäude mit einer Stalltür.

Ich schleiche dorthin und behalte dabei die Fenster hinter mir im Auge für den Fall, dass jemand herausguckt. Ist aber niemand zu sehen. Ich öffne die obere Hälfte der Tür und spähe nach drinnen. Ein zombifizierter Black Beauty fehlt mir jetzt gerade noch.

Stattdessen stehen da zwei Schneemobile – eines metallicblau, das andere rot mit einem kleinen Schlittenanhänger.

Ich entriegele die untere Türhälfte und schlüpfe hinein.

Boah, guck dir das an.

Bei beiden Schneemobilen stecken die Schlüssel. Leichtsinnig? Ich schätze, wenn Zombies angreifen, bringt es nichts, erst nach den Schlüsseln suchen zu müssen.

Neben den Motorschlitten stehen ein paar Kartons, fast so, als ob sie erst vor kurzem jemand abgeladen hat. Ich werfe einen Blick hinein ... Desinfektionsmittel. Ich runzele die Stirn. Kommt mir irgendwie bekannt vor. Und wirklich, je länger ich darüber nachdenke, desto sicherer bin ich, dass wir auf genau diesen Kisten im Büro vom Cheery Chomper gesessen haben. Diese Delle im Deckel der obersten passt genau unter Alices Hintern. Dann sind die also deswegen von der Burg weg? Um Desinfektionsmittel zu besorgen? Komisch.

Ich schwinge ein Bein über das metallicblaue Schneemobil und spüre das kalte Leder des Sitzes. Ich bin so ein Ding schon mal gefahren. Ein Freund von Dad hat uns letzten Winter in den Staaten auf einer Skireise zwei von den Teilen geliehen. Ich hätte natürlich gar nicht selber fahren, sondern nur hinter einem Elternteil sitzen dürfen.

Aber Mum hockte wie üblich mit ihrem Blackberry in der Hütte, also sind Dad und ich den ganzen Tag damit herumgedüst, bis wir dunkelrote Wangen hatten und meine Finger zu steifen Klauen gefroren waren.

Ich streiche über das Chassis des Schneemobils; die Lackierung fühlt sich total glatt an. Auf einem Schneemobil käme ich weit. Bis zu einer Stadt, einer Polizeiwache. Mit genug Zeit und Benzin vielleicht glatt bis nach Hause. Mein Herz krampft sich zusammen, als ich an zu Hause denke; das neue Haus in der Vorstadt, das viel zu groß für Mum und mich ist, mit seinen hohen Decken, zugigen Kaminen und miesen Rohrleitungen. Wir wohnen da seit knapp einem Monat und es fühlt sich kein bisschen wie ein Zuhause an. Keine Vergangenheit, keine Vertrautheit, keine Geburtstage oder Erinnerungen an ein gemeinsam verbrachtes Weihnachtsfest. Weihnachten haben wir dieses Jahr bei Oma gefeiert, mit trockenem Truthahn und der Rede der Queen und Mum, die leise in ihrem Zimmer geweint hat, als sie dachte, dass ich unten war.

Trotzdem, jedes Zuhause wäre besser als das hier.

Ich umfasse die Lenkergriffe und frage mich, wie weit das Benzin wohl reicht.

Ich bin hin und her gerissen. Ist ein Riesenschritt, hier allein abzuhauen.

Wenn Dad jetzt hier wäre, wüsste er, was zu tun ist. Er würde auf das große Rote springen, den Motor starten und vorfahren. Er würde den Weg nach Hause finden und jedes Monster beiseitetreten. Mir würde nichts passieren, wenn Dad hier wäre; er würde alles in Ordnung bringen.

Ich merke, wie mir heiße Tränen über die Wangen kullern, und mache mich für den Weinanfall bereit, der mich einfach überwältigt. Erinnerungen an Dads tapferes Lächeln, seine Hand, die auf dem Krankenhausbett langsam kalt wird, und dann diese Hilflosigkeit und Angst, von der ich gedacht hätte, dass ich sie so schnell nicht noch mal durchmachen müsste. Zitternd und auf meine Ellbogen gestützt lasse ich alles heraus. Das mit Dad. Und die abfälligen Blicke und fiesen Sprüche auf der Klassenfahrt und Mr Taylor und sein zermatschtes Monstergesicht und den Fahrer und seinen Kopf im Schnee und Smitty und wie blöd ich mir vorkomme.

Und dann geht es vorbei und Dad ist wieder tot und mir wird klar, dass ich weine, weil ich weiß, dass ich nicht einfach alleine in den Sonnenuntergang fahren kann. Da hinten sind Leute, die sich auf mich verlassen, und aus irgendeinem bescheuerten Grund kann ich sie nicht im Stich lassen.

Ich steige vom Schneemobil ab, verlasse den Stall und schließe die Türen hinter mir. Aber erst nachdem ich die Zündschlüssel eingesteckt habe. Weil, wie Smitty sagt, man weiß ja nie.

Na schön, zurück an die Arbeit. Belausche sie beim Pläneschmieden und finde heraus, was zum Teufel hier eigentlich los ist.

Ich schleiche am Turm vorbei, dicht ans Mauerwerk gedrängt. Ich versuche einen Blick ins Innere zu werfen. Aber daraus wird nichts. Die alten Fensterschlitze sind zugemauert worden.

Als ich weiter herumgehe, sehe ich die Stelle, wo Pete den Gemüsesaft hingeworfen hat. Das ist inzwischen nur noch ein weißer Schneeklumpen; nicht einmal die Zipfel der blauen Plastiktüte sind noch zu sehen. Aber ich glaube, er liegt immer noch da und hält Winterschlaf, bis das große Tauen einsetzt. Darüber ist das Küchenfenster und es steht einen Spalt offen – ich glaube, Lily hatte die Bratdünste loswerden wollen, was unter Zombieschutz-Gesichtspunkten wahrscheinlich nicht allzu schlau gewesen ist, aber jetzt bin ich froh darüber, weil ich Graces leise, ruhige Stimme hören kann, in die sich ab und zu Michaels Flüche und Shaqs Jammern mischen. Sie sind alle in der Küche.

Allzu lange werde ich es hier draußen nicht aushalten. Selbst wenn ich dicht genug herankomme, um alles mithören zu können, gibt es hier keine Deckung. Es braucht bloß einer kurz aus dem Fenster zu sehen und ich bin geliefert. Ganz zu schweigen vom Hund, der hier irgendwo lauert. Ich muss dringend da hinein und ein Versteck finden.

Ich husche am Fenster vorbei zum Hintereingang und hypnotisiere die Tür: Sei offen! Dann drücke ich unerträglich langsam die Klinke und stoße ein stilles Gebet aus, dass auf der anderen Seite niemand auf mich wartet.

Meine Gebete werden erhört. Ich stehe in der Stiefelkammer, die nichts weiter enthält als einen Kleiderständer, Schuhe und eine Auswahl Spazierstöcke und Regenschirme. Links ist die Tür zur Küche und rechts noch eine kleinere, schmalere Tür.

Ich schleiche mich zur Küchentür. Grace sagt gerade irgendwas von wegen »mit ungünstiger Sachlage war zu rechnen«. Ich schüttele den Kopf. *Ach wirklich, Grace? Als du gestern aufgestanden bist, hast du ernsthaft damit gerechnet, dass die Welt von Untoten überrannt wird?* Ich mache einen Satz, als Michaels Bariton losdröhnt. Er steht gleich neben der Tür. Und er hat anscheinend meine Gedanken gelesen, denn er spricht praktisch das aus, was ich gerade in meiner Fantasie zu Grace gesagt habe.

Das hier klappt nie. Sie werden jeden Moment hören, dass ich hier stehe, oder die Tür aufmachen und mich sehen. Was soll ich denn machen? Mich zwischen die Mäntel quetschen und so tun, als wäre ich eine Regenjacke? Ich muss eine andere Möglichkeit auftun, sie zu belauschen.

Auf Zehenspitzen schleiche ich zu der schmalen Tür. Sie lässt sich nur schwer bewegen und quietscht, als ich sie aufziehe. Ich erstarre und mir schlägt das Herz bis zum Hals. Aber die Küchentür bleibt zu. Sie sind zu sehr in ihr Gespräch vertieft.

Ich mache die Tür weit auf. Eine steile Treppe führt nach oben. Ein Gesindegang. Natürlich. Wie sonst hätten sie die Frühstückstabletts voller Köstlichkeiten für die Herrschaften nach oben bekommen? Wird nicht gerade lustig gewesen sein, den ganzen Tag Sachen hinauf- und hinunterzuschleppen.

Und dann fällt sie mir ein: die Möglichkeit, nach unten in die Küche zu kommen, ohne eine Tür benutzen zu müssen. Und es ist wahrscheinlich die dümmste Idee, die ich in den letzten drei Tagen hatte.

Oder überhaupt je.

Ich bin oben und ich habe sie gefunden. Die kleine Schiebetür in der Wand, das Gegenstück zu der, auf die wir gestern Abend unten in der Küche gestoßen sind. Die Wahrheit ist, dass die Bediensteten nicht jeden Morgen Frühstückstabletts nach oben getragen haben. Sie haben sie auf ein Brett gestellt, das an einem Flaschenzug befestigt war, und dann die Wunder der viktorianischen Technik für sich arbeiten lassen.

Speiseaufzug: Im Prinzip ein kleiner Schacht, der die Küche und die oberen Stockwerke verbindet.

Selbstmordkandidat: Beispielsweise jemand, der beschließt so einen Schacht hinunterzuklettern. Ich also.

Ich packe die Unterkante der Schiebetür und rucke daran und sie rutscht widerstrebend nach oben. Gruselig. Ein moderiger Geruch weht mir entgegen. In der Schwärze ist gerade genug Platz für jemanden, der so bescheuert ist, da hineinklettern zu wollen. Ich beuge mich vor und sehe nach unten, rechne halb damit, dass zu meiner Begrüßung eine uralte schottische Todesfee auf mich zugerast kommt. Es müsste hier ein Brett geben, eine kleine Plattform, auf der ich nach unten zur Küche fahren könnte. Aber der Schacht ist komplett leer, was, wenn ich es richtig bedenke, viel besser ist. Denn dass mir der Weg nach draußen versperrt wird, möchte ich nun wirklich nicht.

An den Wänden des Schachtes sind kleine Querleisten befestigt, eine improvisierte Leiter. Also komme ich daran auch nach unten. Ich taste nach der Taschenlampe hinten in meinem Hosenbund. Ich bin ein Genie. Natürlich habe ich gewusst, dass ich den einen dunklen Tunnel nur hinaufkriechen würde, um dann einen anderen dunklen Tunnel wieder hinunterzukriechen. Ich leuchte nach unten in den Schacht. Der Staub bleibt mir hinten in der Kehle kleben und ich trete einen Schritt zurück und versuche mir das Husten zu verkneifen.

Na, wie sieht's aus? Hast du das drauf, Roberta? Ich höre ihn in meinem Kopf. *Bringst du das?*

Klar, verdammt.

Ich klemme die Taschenlampe wieder hinten im Gummizug meiner Leggings fest und klettere da hinein, teste mit einem Fuß die erste Holzleiste. Hält anscheinend. Ich schwinge das zweite Bein herüber und sitze auf der Kante, greife nach oben zu einer anderen Leiste. So weit, so gut. Dann, ich kann's selber kaum glauben, lege ich schon mein volles Gewicht auf die Holzstreben und lasse mich langsam in die Tiefe hinunter, taste mit dem Fuß nach der nächsten Sprosse, bewege mich Hand über Hand auf eine Weise, die total der Panik widerspricht, die sich in meiner Brust ausbreitet. Es ist fast so, als ob ich nur weiterklettern muss, um nicht abzustürzen. Und wenn ich nicht weiterklettere, dann kriege ich es mit der Angst und –

Mist!

Eine Leiste gibt nach, meine rechte Hand greift ins Leere und ich schwinge herum und rutsche mit einem Fuß ab. Rasch strecke ich den Arm und das Bein aus und stütze mich an der gegenüberliegenden Wand ab wie eine Katze in einem Kamin.

Das war jetzt ganz schön laut.

Ich schaue den Schacht hinunter und rechne jeden Moment damit, dass die Schiebetür aufgeht. Passiert aber nicht.

Eine salzige Schweißperle läuft mir ins Auge. Ich blinzele sie weg und atme betont ruhig. Weiter geht's.

Diesmal klettere ich langsamer, probiere die alten Holzstücke aus, bevor ich ihnen mein Leben anvertraue. Und dann plötzlich kann ich gedämpfte Stimmen hören. Die sind immer noch in der Küche und immer noch am Reden. Super. Jetzt sagt bloß nichts Wichtiges, solange ich noch nicht ganz unten bin ...

Und dann bin ich an der Luke angelangt. Durch drei Ritzen, da, wo die Tür nicht richtig schließt, dringt Licht. Ich leuchte mit der Taschenlampe nach unten. Der Schacht endet erst etwa einen Meter tiefer und ich lasse meine Füße dankbar auf den festen Boden hinunter. Der leichte Schinkenduft wetteifert mit dem Geruch nach Staub und toter Maus. Die Schiebetür ist auf Brusthöhe; ich beuge mich hinunter und lege ein Ohr daran. Wenn sie die Tür jetzt öffnen, dann sehe ich aus wie ein Kopf auf einem Tablett.

»... unter Kontrolle zu bringen sollte unser vorrangiges Ziel sein.«

Das ist Grace. Ihre Stimme ist leise, aber deutlich genug. Wovon redet sie? Von der Burg? Von dem Hund?

»Wir müssen jemanden kontaktieren!«

Ich zucke zusammen. Wieder einmal hat Bärtchen-Michael sein bemerkenswertes Talent bewiesen, unwissentlich direkt neben mir zu stehen. Ich halte den Atem an.

Er fährt fort. »Wir müssen die Initiative ergreifen. Wir können hier nicht einfach rumhocken und zuschauen, wie die Welt untergeht!«

Absolut richtig, Michael, denke ich. Aber ... häh? Die *Welt* untergeht? Passiert das gerade überall? Woher weiß er das?

»Das bringt doch nichts!« Jetzt redet Shaq. »Sinnlos, jemanden zu kontaktieren, solange wir das Produkt nicht unter Kontrolle haben. Hast du überhaupt zugehört, Michael? Begreifst du denn nicht, in was für einer blöden Position wir sind? Wir haben nichts im Moment, gar nichts! Solange wir da nicht reinkommen«, etwas rumst wie zur Bekräftigung, »dürfen wir nicht darauf hoffen, bei diesen Leuten irgendwas ausrichten zu können!«

»Stell dich der Realität, Shaq.« Michaels Stimme wird leiser und ich kann hören, wie er durch die Küche geht. »Dass wir da im Moment nicht reinkönnen, haben wir *dir* zu verdanken.«

Sie sprechen von dem Turm. *Bingo.*

»Unsichtbar durch Sichtbarkeit.« Shaqs Stimme steigert sich zu einem Jammern. »Das hast du doch immer gesagt. Kein schickes Schloss mit Türcode, weil das Verdacht erregt, sondern einfach nur ein Schlüssel, der in der Speisekammer an einem Haken hängt! Ich hab bloß die Regeln befolgt!«

»Es gibt eh keine Garantie, dass sie hierherkommen.« Graces kühle Stimme macht der Hysterie ein Ende. »Vielleicht haben sie längst Gegenmaßnahmen eingeleitet, bevor es hier zum GAU kommt.«

Niemand in der Küche sagt etwas.

Ich schließe die Augen. GAU? Was zum Teufel? Wegen der Zombies geht jetzt auch noch ein Atomkraftwerk hoch? Ich hab's, das hier passiert gar nicht wirklich. Das ist ein Traum. Die letzten zwei Tage sind bloß ein traumabedingter Albtraum gewesen. Gleich stehe ich in der randvollen Aula nackt auf der Bühne und der Junge, in den ich im Kindergarten verknallt war, will mich dazu bringen, eine Riesenschale Milchreis zu essen.

Ich mache die Augen wieder auf. Krieg dich mal ein! *GAU* ist eine Redewendung, sie redet nicht über einen Nuklearunfall. Aber Shaq hat *Produkt* gesagt. Was für ein Produkt? Irgendein Mittel gegen Zombifizierung? Oder ...

Die Puzzleteile setzen sich – schwupp – zu einem Bild zusammen. Ich sacke gegen die Wand und komme mir vor wie das größte Dummchen der Welt.

Das hier hat mit Zombies überhaupt nichts zu tun.

Produkt.

Hier geht's um Drogen.

Produkt, so sagen Drogenköche doch zu Drogen, oder? Grace, Michael und Shaq sind Dealer! Oder Produzenten, um genau zu sein. Sie kochen hier im Turm irgendwelche hirnrissigen Pillen zusammen. Das viele Desinfektionsmittel im Stall – das benötigen sie wahrscheinlich für ihre Drogenküche; es passt alles zusammen.

Und das Produkt brauchen sie, um ›bei diesen Leuten irgendwas ausrichten zu können‹ ... bei welchen Leuten? Bei irgendeinem Drogenbaron? Mir steht ein Typ mit einem großen schwarzen Schnauzbart vor Augen, in einem schimmernden Anzug, umgeben von einer Handvoll leicht bekleideter Frauen, die sich an ihn ranschmeißen. Solche Leute gehen über Leichen. Die lassen sich von einer popeligen Zombie-Apokalypse nicht abschrecken. Die kommen hierher und legen alle um, die sie finden. Denen ist egal, dass wir bloß irgendwelche Schüler sind und keine Drogenköche. Die erschießen uns erst und stellen dann Fragen. Wir müssen von hier weg, und zwar schnell. Müssen unser Glück mit den Zombies probieren. Die haben wenigstens keine Schnellfeuerwaffen.

»Was ist mit unserer moralischen Verpflichtung?« Das ist Grace.

»Jetzt bring mich nicht zum Lachen!« Michael lacht trotzdem. Er ist wieder auf seinem Posten gleich neben dem Speiseaufzug. »Wir haben das Zeug doch nicht verteilt! Wir haben es erfunden, aber unter die Leute gebracht haben wir es nicht!«

»Wir haben es ihnen gegeben und genau gewusst, was sie vielleicht damit machen«, sagt Grace auf der anderen Seite der Küche. »Und wir haben die Möglichkeit, den Schaden ungeschehen zu machen.«

»Also mich interessiert mehr am Leben zu bleiben«, knurrt Michael. »Erzähl mir nichts von Moral. Wir haben das aus gutem Grund getan.«

»Ja.« Shaq gibt einen erstickten Laut von sich. »Und für einen Haufen Geld.«

Alles klar, das reicht. Ich verschwinde. Ich richte mich auf und taste nach der nächsten Sprosse. Ich klettere jetzt diesen Schacht hinauf und dann verschwinden wir alle aus dieser Drogenküche. Sofort.

»Aber vergiss nicht ...« Graces Stimme ist laut und deutlich. Sie muss zu Michael herübergekommen sein, denn sie ist so nahe, dass sie mir fast ins Ohr zu flüstern scheint. »Jedes Mal, wenn du eines dieser Monster siehst, ist es auf dich zurückzuführen, Michael. Auf mich, auf Shaq und auf dich. Wir haben sie geschaffen. Ganz egal, was der Konzern jetzt getan hat. Wenn wir in den Turm reinkommen, können wir das Gegenmittel holen und dann liegt die Macht wieder in unseren Händen. Wir desinfizieren diese Bude von oben bis unten, beseitigen sämtliche Hinweise, dass wir je hier waren, und setzen uns ab. Es stirbt niemand mehr, wir bekommen unser restliches Geld und alles geht wieder seinen normalen Gang. Aber um das hinzukriegen, brauchen wir das Gegenmittel.«

Gegenmittel?

Ich habe das Gefühl, den Fußboden unter den Füßen zu verlieren. Ich klammere mich an den Holzleisten fest und die Wände schließen sich um mich herum und mir dreht sich der Kopf. *Einfach erst mal raus hier ... das alles kannst du dir später zusammenreimen ...*

Ich klettere die ersten paar Sprossen hinauf. Immer einfach ein Fuß nach dem anderen, eine Hand nach der anderen ...

Ich bin halb oben, als die vergessene Taschenlampe, die kopflastig hinter dem Gummibund meiner Leggings klemmt, herunterfällt. Sie prallt von der gegenüberliegenden Wand ab und landet mit einem ohrenbetäubenden Rums auf dem Boden.

»Was zum Teufel war das?«, brüllt Michael.

Ich klettere, als würden mich Zombies jagen. Schnelle Zombies.

Kapitel 23

Oh, und wie ich mich beeile.

Wenn das irgendwelche zombifizierenden verrückten Wissenschaftler sind, dann werden sie nicht sonderlich lange brauchen, um darauf zu kommen, dass ich mich im Schacht vom Speiseaufzug versteckt habe.

Als ich an der oberen Luke ankomme, ist von der Küche her etwas zu hören. Ich schaue hinunter. Kein Lichtstrahl, kein Rufen. Sie haben die Tür noch nicht aufbekommen. Aber das werden sie noch. Ich klettere aus der Luke und mache sie zu. Als ob das etwas ändern würde. Ist ja nicht so, dass sie mir durch den Schacht folgen werden; diese fiesen Superhirne setzen ihren Verstand ein und kommen stattdessen die Treppe hoch.

Ich renne zu der großen Treppe und bin halb unten, als eine Tür zuschlägt. Ich ducke mich. Irgendwo unten ist Bewegung. *Bitte nehmt einen anderen Weg.* Ich kauere da, warte auf schnelle Schritte, aber es kommen keine. Ich muss weiter. Wenn ich mich jetzt nicht bewege, verpasse ich meine Chance.

Ich husche die Stufen hinunter und laufe zur Kellertür. Unter der Klinke klemmt ein Holzstuhl und ich werfe ihn beiseite, reiße die Tür auf und nehme immer zwei Stufen auf einmal.

»Wir müssen hier weg!«

Lily schaut zu mir hoch. Cam liegt immer noch in seinem Kartonnest.

»Wo sind die anderen?« Ich sehe mich hektisch in dem schwach beleuchteten Kellerraum um.

Lily steht auf. »Du bist durch die Schütte rausgekommen?«

»Ja«, sage ich ungeduldig. Ist doch wohl offensichtlich! »Wo sind die anderen? Wir müssen von hier weg, sofort!«

»Pete hat irgendwas von einem Tunnel gesagt. Alice und Smitty spielen Flaschendrehen.«

Hinter der Vorhangwand ist Alices unverkennbares gekünsteltes Kichern zu hören. Zorn steigt in mir auf. Da riskiere ich oben Leib und Leben für alle und die machen hier Spielchen?

»Nimm Cam und was ihr sonst noch braucht«, sage ich zu Lily. »Wir müssen abhauen!«

»Wohin denn?«, ruft sie mir nach, nur stürze ich mich da schon durch die Vorhangwand. Das ist eine hervorragende Frage, aber ich verschwende doch jetzt keine Zeit damit, sie zu beantworten.

Alice und Smitty sitzen im Schneidersitz auf dem Boden. Zwischen ihnen ist eine Flasche.

»Steht auf«, fauche ich. »Holt Pete. Wir hauen ab!«

Smitty kommt hastig hoch. »Was ist los? Hast du sie belauscht?«

Ich nicke grimmig. »Und ob ich sie belauscht habe. *Sie* haben die Zombies gemacht. Im Turm. Ich weiß nicht, wie oder warum, aber sie haben eine Droge oder so was entwickelt, mit der alle verwandelt wurden. Jemand hat sie dafür bezahlt.«

»Was?« Smitty ist entgeistert.

»Hast du sie nicht mehr alle?« Alice kichert.

»Wenn ihr mir nicht glaubt, auch gut. Aber sie wissen jetzt, dass einer von uns gelauscht hat, und wir müssen hier weg, bevor die richtig Bösen kommen – diejenigen, an die sie die Droge verkauft haben.« Ich mache kehrt und renne zurück in den Kellerraum, ohne mich darum zu scheren, ob ich sie überzeugt habe.

Lily beugt sich immer noch über Cam.

»Irgendwas stimmt nicht mit ihm«, murmelt sie. »Er will nicht aufwachen.«

»Dann trag ihn!«, rufe ich.

Smitty, Alice und Pete kommen hinter der Vorhangwand vor.

»Was soll das heißen, mit der Drogenherstellung im Turm?«, fragt Pete.

»Das ging von hier aus los?«, fragt Lily.

»Und es ist alles nur ein Riesenexperiment?« Pete wirkt fast begeistert.

»Danach sieht's jedenfalls aus. Aber dafür haben wir jetzt keine Zeit«, sage ich. »In dem Stall auf der anderen Seite vom Hof sind zwei Schneemobile und ein Schlitten. Wir rennen dorthin. Ich nehme das erste, mit Cam und

Lily hintendrauf.« Ich funkele Smitty und Alice an. »Pete fährt das andere. Ihr zwei könnt euch darum streiten, wer hinten auf dem Schlitten gezogen wird.«

Ich flitze die Treppe hinauf, bevor sie etwas dazu sagen können, und bin heilfroh, dass die Tür immer noch offen ist. Am Ende des Flurs bleibe ich einen Moment lang stehen, während die anderen sich hinter mir aufstellen, und lausche. Irgendwo weit weg schlägt eine Tür zu, oben vielleicht. Gut. Das ist unsere Chance.

»Hier lang!«, flüstere ich und laufe durch die Halle zur Vordertür. Sie ist oben und unten verriegelt, wie wir sie ursprünglich zurückgelassen haben. Mit einem raschen Blick zur Treppe greife ich nach dem oberen Riegel, während Smitty sich um den unteren kümmert. Er ist schneller als ich und greift auch als Erster nach der Klinke.

Die Tür geht nicht auf.

»Ziehen!«, ruft Alice, stößt Smitty mit dem Ellbogen beiseite und packt die Klinke mit beiden schmalen Händen. Es nützt nichts, sie ist fest zu. Abgeschlossen. Mit noch einem anderen Schlüssel, und den haben wir nicht.

»Überprüft den Keller!«, ruft oben jemand. Michael.

»Hintertür«, sagt Smitty entschieden.

Alice rennt sofort los und wir alle folgen ihr ... außer Lily und Cam, die auf dem Boden kauern.

»Nun kommt!«, zische ich ihnen zu.

»Ihm ist schlecht.« Lily schaut mit großen Augen zu mir hoch. Wie um ihre Behauptung zu unterstreichen, übergibt sich Cam voll auf das polierte Parkett.

»Dazu fehlt uns die Zeit, wir müssen hier weg!« Ich laufe zu ihnen und der bittere Geruch des Erbrochenen schnürt mir die Kehle zu.

»Bobby«, Lily fleht schon fast, »ich weiß nicht, ob wir noch weiterkönnen. Vielleicht sollten wir ihnen einfach geben, was sie wollen. Den Schlüssel zum Turm.«

»Wir geben denen überhaupt nichts«, sage ich.

Als ich sie hochziehen will, drehe ich mich halb um und sehe Shaq oben an der Treppe stehen. Er hat alles mit angehört. Er starrt zu uns herunter. Ich erwidere seinen Blick, flehend, verzweifelt.

»Bitte«, flüstere ich kaum hörbar.

Er überlegt kurz.

Dann ruft er: »Sie sind hier! Hier sind sie!«

Mistkerl. Du wolltest nicht, aber du hast diese Sadisten trotzdem geholt, weil du es brauchst, dass sie dich gut finden.

Und wir rennen los. Ich mit dem kranken Cam auf dem Arm und Lily mit fliegenden Armen und Beinen hinter mir. Wir kommen in der Küche an und hören die Schreie und Tritte aus der Stiefelkammer. Smitty, Alice und Pete werfen sich gegen die Hintertür, die praktisch sperrangelweit offen gestanden hat, als ich da durchgegangen bin, aber jetzt absolut und total verriegelt und verrammelt ist.

»Es muss noch einen anderen Weg nach draußen geben!«, ruft Pete.

»Da!« Lily zeigt zum Küchenfenster, das immer noch einen Spalt offen steht.

»Sie sind hinter uns …« Ich setze Cam auf dem Boden ab und laufe zu der Tür, durch die wir gerade gekommen sind, ziehe im Gehen einen Holzstuhl mit. Ich verkeile ihn unter der Klinke. *Ach, ich lerne halt schnell …* Smitty auch und zusammen verbarrikadieren wir alle drei Türen.

»Es geht nicht weiter auf!« Lily steht oben auf einem Stuhl und kämpft mit dem Fenster. Smitty springt neben sie und drückt mit aller Kraft.

»Werft es ein!«, ruft Alice, aber es ist hoffnungslos. Die kleinen Fenster mit ihren Bleiglasscheiben, die in puncto Zombieabwehr nach einem Riesenvorteil ausgesehen haben, arbeiten jetzt volle Kanne gegen uns. Falls Pete nicht aus ein bisschen Isolierband und einer Schnur eine Abrisskugel basteln kann, bleiben diese Fenster intakt.

Wir sitzen definitiv in der Falle.

An einer der Türen kratzt es. Alice kreischt. Die Klinke klappert wild, dann klopft jemand an. Alice kreischt noch mal und ich möchte sie am liebsten verkloppen. Ganz toll, ihnen zu verraten, dass wir immer noch hier drin sind.

Dann hört das Klopfen auf.

»Leute …« Eine tiefe, ruhige Stimme. »Wir werden euch nichts tun.« Das ist Grace.

»Von wegen!«, brüllt Alice. »Ihr verwandelt uns in Zombies!«

Ich packe sie am Arm. »Sei still!«

»Schön«, fährt Grace hinter der Tür fort. »Dann habt ihr

also ein bisschen was gehört. Aber es gibt noch jede Menge, das ihr nicht wisst, und am sichersten für euch wäre, dass ihr uns vertraut und die Tür aufmacht.«

»Habt ihr wirklich diese Zombies erschaffen?« Pete geht zur Tür. Er ist nicht in Panik, nur interessiert und vielleicht einen Tick selbstgefällig, Marke Hab-ich's-doch-gleich-gesagt. »War es eine Virusmutation? Biologische Kriegsführung? Ist das irgendein Experiment der Regierung? Für wen arbeitet ihr?«

Wir erstarren alle.

Auf der anderen Seite der Tür macht Grace ein Geräusch, es klingt halb seufzend, halb lachend. Als ob sie sehr, sehr müde ist.

»Pete, ja?«, fragt sie. »Du bist der Schlauste von euch, stimmt's?« Ihre Stimme ist sanft, verführerisch sogar. »Mach die Tür auf und ich erzähle dir alles, versprochen. Du wirst fasziniert sein, glaub mir.«

Pete ist jetzt direkt vor der Tür und ich mache mich sprungbereit für den Fall, dass er nach dem Stuhl greifen will, aber er sagt nur: »Das ist sehr schmeichelhaft, Grace. Ich wäre bestimmt fasziniert. Alles, was wir wollten, waren ein paar Antworten.«

»Eure Antworten könnt ihr euch sonst wo hinstecken, ich will nach Hause!«, heult Alice.

»Ich weiß, Alice, ich weiß«, sagt Grace. »Wollen wir alle. Wir wollen, dass ihr sicher seid, wir wollen, dass alle sicher sind, das war von Anfang an unsere Absicht.« Ihre Stimme ist samtig und ich stelle mir vor, dass sie träge an der Tür lehnt, wie eine Hollywoodgöttin – mit einer Axt hinter dem Rücken. Sie fährt fort.

»Ihr müsst wissen ... was hier gerade passiert ... es ist nicht das erste Mal.«

Hoppla, da spitzen wir die Ohren. Und sie weiß es.

»Überall auf der Welt haben sich Menschen verwandelt – Einzelfälle. Das läuft schon eine ganze Weile.«

»Ach wirklich?«, sagt Smitty. »Das muss ich in den Nachrichten verpasst haben.«

»Richtig.« Graces Stimme klingt durchaus überzeugend. »Natürlich haben die Behörden das gedeckelt. Stellt euch bloß mal die Panik vor, wenn so was die Runde macht.«

»Was für eine Vorstellung.« Smittys Stimme trieft vor Sarkasmus.

»Wie wird es verursacht?«, fragt Pete.

Grace räuspert sich. »Das weiß niemand. Unsere Gruppe hatte den Auftrag, eine Lösung zu finden, ein Gegenmittel. Aber das war nur ein Trick der Geldgeber. In Wirklichkeit wollten sie bloß herausfinden, wodurch die Verwandlung verursacht wird, um daraus einen Kampfstoff herzustellen – der sich verkaufen lässt. Sie haben uns reingelegt. Ihr wisst ja, wie Erwachsene manchmal sind.«

Ich verdrehe die Augen. Wenn Grace denkt, dass dieser Mist von wegen Wir-gegen-die funktioniert, dann ist sie bei aller Cleverness unglaublich bescheuert.

»Wir haben ein Gegenmittel entwickelt«, fährt sie fort. »Und das befindet sich im Turm. Wir müssen es nur holen und dann können wir alles in Ordnung bringen.« Sie macht eine Pause und ich kann fast hören, wie sie sich die Lippen leckt und wartet, ob wir anbeißen. »Wollt ihr die Helden sein? Und mithelfen alles in Ordnung zu bringen?«

»Ja«, sagt Lily matt.

»Wartet mal!«, ruft Smitty. »Ihr habt ein Gegenmittel? Warum zum Teufel seid ihr dann nicht da draußen und gebt es den Menschen, ihr Feiglinge?«

»Smitty«, schnurrt Grace hinter der Tür, »das ist nicht das fertige Produkt, sondern nur ein Prototyp, an dem wir noch arbeiten. Wir glauben, dass das Medikament wirkt, aber wir können nicht sicher sein. Wir wissen, dass es nicht bei Leuten funktioniert, die sich bereits verwandelt haben, sondern nur bei denen, die erst in den Anfangsstadien der Erkrankung sind.«

»Und was sollte dann das mit dem Gemüsesaft?«, hält Smitty dagegen. »Brauchtet ihr ein paar Testpersonen, die ihr in euren Turm sperren konntet?«

»Nein! Das war nicht unsere Idee!« Einen Moment lang denke ich, dass Grace jetzt die Beherrschung verliert. Aber sie fängt sich sofort wieder. »Das waren die Geldgeber, nicht wir. Sie haben den Ausbruch als Test initiiert, um zu sehen, wie es sich ausbreitet und wie die Leute reagieren – sie haben sogar uns auf diese Weise zu verwandeln versucht, weil wir Zeugen sind. Und jetzt müssen wir an das Gegenmittel herankommen, bevor sie hier sind und es uns wegnehmen.«

»Und was genau wollt ihr mit dem Gegenmittel machen, wenn ihr es habt?«, fragt Pete. Eine gute Frage!

Ich kann die grimmige Entschlossenheit in Graces Stimme hören. »Es gibt da draußen Leute, die wissen, wie man es einsetzt. Zum richtigen Zweck.«

Pete lacht auf. »Und zum richtigen Preis?«

»Um Geld ist es dabei nie gegangen!«, sagt Grace.

»Schwachsinn!«, ruft Smitty.

»Aber wenn ihr interessiert seid ...«, tönt Grace, »etwas von dem Geld könnte euch gehören. Ihr müsst uns nur den Schlüssel zum Turm geben.«

»Das Geld ist mir egal!«, schreit Lily plötzlich. »Ich will nur hier raus und dass es Cam besser geht! Wir müssen ihn in ein Krankenhaus bringen!«

»Er ist krank?«, fragt Grace. »Ich bin in Kinderheilkunde ausgebildet, Lily. Ich kann ihm helfen. Macht auf, gebt uns den Schlüssel zum Turm und ich sorge dafür, dass es ihm besser geht.« Grace kann nicht verhindern, dass ihr die Stimme zittert. Sie ist keine sonderlich gute Schauspielerin. Da war ich auf der Grundschule im Krippenspiel als Schaf überzeugender.

»Leider haben wir den Schlüssel nicht«, sagt Pete. »Wenn, dann würden wir ihn euch geben.«

»Wir *haben* den Schlüssel.« Lily greift in die Hosentasche und hält ihn hoch. »Sie wissen, dass wir ihn haben.«

»Du hast ihn die ganze Zeit gehabt?«, brüllt Alice. Sie dreht sich zu mir um, als ob das alles meine Schuld ist. »Du wusstest davon?«

»Tu, was richtig ist, Lily«, drängt Grace hinter der Tür.

»Okey-dokey.« Smitty schlendert zur Tür rüber. »Dann

machen wir das jetzt, ja, Grace? Erst gibst du Cam was gegen seine Kotzeritis und dann werden wir alle Helden und kriegen einen Haufen Geld.«

Am Fenster schreit jemand. Lily. Zuerst denke ich, sie ist unter dem Druck ausgeflippt, aber dann sehe ich, dass eine Hand durch den Fensterspalt greift und sie an den Haaren festhält und zieht. Ein Zombie? Nein, Shaq. Hinter dem Glas sind das obere Ende einer Leiter und sein dunkler Schopf zu sehen. Dann, praktisch in derselben Sekunde, kracht es hinter der Tür zur Stiefelkammer und jemand brüllt. Michael ist durch die Hintertür hereingekommen.

Das klassische Ablenkungsmanöver. Grace hat uns in ein Gespräch verwickelt; die Männer haben sich angeschlichen. Wir hätten es besser wissen müssen.

Chaos bricht aus. Cam schreit; Alice auch. Ich schnappe mir Lilys Arm und versuche sie von Shaq wegzuziehen. Smitty wirft sich gegen die Tür, hinter der Michael ist. Grace redet weiter, ruhig und überzeugend, träufelt Gift in Petes Ohren. Ich kann den Hund irgendwo bellen hören, dann das Bersten einer Tür. Die Tür zur Stiefelkammer hängt immer noch im Rahmen – mehr oder weniger –, aber ich kann Michael durch den Spalt sehen; sein Gesicht ist so blau wie eine Steckrübe und wutverzerrt, und Smitty versucht die Holzteile zusammenzuhalten. Während ich versuche Lily aus Shaqs Griff zu befreien, fliegt etwas Silbriges durch die Luft und landet klirrend auf dem Boden.

Bevor ich reagieren kann, schnappt sich Alice den Schlüssel. Sie rennt zur Turmtür und rammt ihn ins Schloss. Smitty, Pete und ich brüllen im Chor: »Neeeeiiiiin!« Ich lasse Lily los und stürze auf Alice zu, versuche sie noch zu erwischen. Sie dreht den Schlüssel und öffnet die Tür. Und dann ist sie im Turm verschwunden, mit Pete auf den Fersen.

Vielleicht haben sie Recht. Vielleicht ist das unsere einzige Chance? Während ich noch überlege, gibt die Kammertür nach und Michael kommt den Kopf voran in die Küche geschossen und prallt gegen Smitty, der sich auf dem Boden abrollt und zu meinen Füßen landet. Michael kracht ungebremst in den Küchentisch, knallt mit dem Kopf gegen eine Ecke der Tischplatte. Er geht benommen zu Boden und rührt sich kaum mehr.

Lily kauert sich neben Cam. Eine Sekunde später ist Shaq da und lässt Grace herein. Sie steht da, den Viehtreiber in der Hand. Sie sieht die offene Tür zum Turm und ihre Augen blitzen.

Smitty kommt wieder hoch und zieht mich sanft mit in den Turm. Er legt seine Hand an die Tür.

»Gut«, sagt Grace. »Ihr habt die Tür aufgemacht. Wir tun euch nichts.«

Smitty geht gar nicht darauf ein. »Lily, steh auf. Nimm Cam und komm her.« Er lässt die Tür nicht los, kann sie jederzeit zuziehen.

Auf dem Boden beim Tisch stöhnt Michael.

»Schnell, Lily.« Smitty zieht die Tür weiter zu, verkleinert den Spalt.

Lily beugt sich über Cam, der still daliegt, zusammengekrümmt, das Gesicht in den kleinen Händen verborgen. »Er ist tot.«

Alle schauen zu Cam.

»Er ist nicht tot«, sagt Smitty. »Er ist krank. Heb ihn auf und komm her.«

Alle halten den Atem an. Cam fängt an sich zu rühren. Auf dem Bauch liegend tritt er mit seinen kurzen Beinen, versucht Halt auf dem Boden zu finden. Lily weint vor Erleichterung.

»Siehst du? Es geht ihm gut«, sagt Smitty. »Trag ihn.«

Ein dunkler Schatten kommt aus der Stiefelkammer gesprungen. Der Hund – er bellt und knurrt und fletscht die Zähne, dass die feuchten rosa Lefzen zu sehen sind. Er stürzt auf Cam los und Lily fällt erschrocken nach hinten. Plötzlich bleibt der Hund stehen. Er ist jetzt noch aufgeregter, knallt immer wieder die Vorderpfoten auf den Boden und schnappt in Cams Richtung.

Es ist Cam, nur Cam allein, der ihn so sauer macht.

»O mein Gott«, murmelt Shaq. »Der Kleine. Er ist infiziert.«

»Nein!«, ruft Lily.

Cam setzt sich auf und dreht sich zu ihr um. Ich sehe sein Gesicht und der Anblick fährt mir wie ein Messer in den Bauch. Sein pausbäckiges Lächeln ist schwarz und verzerrt und ihm läuft Sabber aus dem Mund.

Der Hund will nicht aufhören zu bellen.

»Lily«, sagt Smitty vorsichtig. »Lass ihn hier.«

»Nein!«, kreischt sie.

Beim Tisch poltert es; Michael kommt so plötzlich wieder zu sich, als ob ihm jemand einen Eimer Wasser übergekippt hat.

»Der Kleine ist infiziert!«, ruft Shaq wieder und Michael weicht zurück und stößt gegen Grace.

Jetzt stehen die alle auf der einen Seite, Smitty und ich auf der anderen, Lily und Cam und der Hund in der Mitte.

Cam stößt ein unheimliches Stöhnen aus, wie ein Baby, das lebendig begraben worden ist und nun versucht sich die Erde aus der Lunge zu schreien. Er streckt die Arme nach seiner Schwester aus; schwarzes Blut läuft ihm aus dem Mund.

»Cam ...«, schluchzt Lily.

»Lily!«, ruft Smitty wieder.

Aber sie breitet ihre Arme aus.

Grace schreit: »Nein!«

Und als Bruder und Schwester einander umarmen, gräbt Cam ihr seine Milchzähne in die bebende Schulter.

Michael und Grace machen einen Satz nach vorne. Smitty zieht mich von der Tür weg und schlägt sie zu, sperrt uns im Turm ein.

Kapitel 24

Ein Trommeln an der Tür.

So gedämpft, als ob wir unter Wasser sind. Vielleicht liegt es an der dicken Tür, bloß habe ich den Eindruck, über mir selber zu schweben, mich irgendwo unter der Decke um die eigene Achse zu drehen – oder über der Decke, in den Wolken ...

»Bobby. Bobby.«

Smitty schüttelt mich leicht – oder vielleicht auch richtig doll. Auch das kann ich nicht sagen. Und dann nimmt er mich bei der Hand und zieht mich die Stufen hinauf. Eine Wendeltreppe, die hell erleuchtet ist, weiß, sauber. Das ist keine Burg; eher so, als ob wir plötzlich in einem Raumschiff sind. Die Stufen scheinen endlos weiterzugehen. Mit jedem Schritt kehre ich mehr in meinen Körper zurück.

Jetzt kommt der Schwindelanfall. Ich sinke auf die schimmernden Stufen.

»Wir haben Lily im Stich gelassen.«

Smitty hockt sich neben mich. »Du hast gesehen, wie sie gebissen worden ist.«

Ich nicke.

»Cam war infiziert.« Smitty hört sich an, als ob er sich selbst überzeugen will, aber mich braucht er nicht zu überzeugen. Daran besteht kein Zweifel. Nicht der geringste Zweifel.

»Noch sind sie nicht tot.« Ich reibe mir das Gesicht und springe auf. Mir rauscht das Blut in den Ohren. »Grace hat gesagt, dass es hier oben ein Gegenmittel gibt. Wir sollten sie reinlassen – vielleicht kann sie Cam und Lily immer noch retten ...«

»Nein!« Smitty schüttelt den Kopf. »Sie hat gesagt, es funktioniert nicht mehr, wenn man sich schon verwandelt hat.«

»Dann eben Lily!«

»Wir wissen nicht mal, ob Grace überhaupt die Wahrheit gesagt hat.«

»Wenn es ein Gegenmittel gibt, dann geh ich es eben selbst holen.« Ich drängele mich an ihm vorbei und stapfe die Stufen hoch. »Ich lasse Lily nicht da unten, ohne es wenigstens zu versuchen, auch wenn wir Cam nicht mehr retten können.«

»Wir hätten ...« Smittys Stimme klingt leise und voller Schmerz. »*Ich* hätte mich besser um ihn kümmern sollen. Oder wenigstens nach ihm sehen. Der arme kleine Kerl.«

Ich bleibe stehen und sehe verdattert zu ihm nach hinten. Der Smitty, den ich kenne, macht nie einen auf Häuflein Elend. Ich weiß nicht, ob ich gerührt oder entsetzt sein soll.

»Du darfst dich deswegen nicht fertigmachen.« Ich riskiere es und lege ihm leicht meine Hand auf den Arm. Wir blicken uns eine Sekunde lang in die Augen. »Er muss sich schon angesteckt haben, bevor wir ihn überhaupt kannten.«

»Lily.« Smitty holt tief Luft und berührt kurz meine Hand. »Es besteht immer noch die Chance, dass das Gegenmittel bei ihr wirkt. Es dauert unterschiedlich lange, bis sich jemand verwandelt – bei Mr T ging es praktisch sofort los, bei den Leuten im Café nach ein paar Minuten –, aber bei Cam hat es Tage gebraucht.«

»Dann müssen wir es versuchen!« Ich drehe mich um und haste weiter die Stufen hinauf, bevor ich es mir noch anders überlegen kann.

Oben angelangt laufe ich durch einen bogenförmigen Durchgang.

Der Raum vor mir ist ein ganzes Stück größer, als ich gedacht hätte. Er ist kreisrund mit einer Gewölbedecke und riesigen, erhöhten Fenstern. Alles sieht weiß und glänzend und nagelneu aus, von den Schreibtischen und Buchregalen an der Wand unter den Fenstern bis hin zu dem langen Untersuchungstisch in der Raummitte. Ich glaube, wir haben die Frankenstein-Klinik gefunden.

»Alles okay mit euch?« Pete steht über einen Schreibtisch gebeugt und ist hektisch mit irgendwas beschäftigt. »Habt ihr hinter euch die Tür zugemacht?«

»Nein, wir haben sie weit offen stehen lassen, du Blödi«, schimpft Smitty. »Aber danke, dass es dich interessiert.«

»Können sie reinkommen? Was machen wir jetzt?«, ruft

Alice von oben. Sie kauert auf einem breiten Fenstersims, das fast um den gesamten Raum verläuft, und hält ein Handy hoch gegen die Scheibe, auf der Suche nach einem Signal. Der Himmel allein weiß, in welcher Körperöffnung sie das Ding in den letzten Stunden versteckt hatte ...

Ich reiße eine Schranktür auf, dann eine Schublade und werfe den Inhalt auf den Boden.

»Wo würden sie das Gegenmittel aufbewahren?« Ich gehe ein paar Regalfächer durch. Und dann sehe ich ihn: einen Kühlschrank. Genau da würde ich meine Zaubertränke verstecken. Ich ziehe die Tür auf und finde Fächer voller Reagenzgläser und Spritzen.

»Wofür?«, fragt Alice.

»Zu spät«, sagt Smitty und seine Worte hängen in der Luft wie ein übler Gestank.

Er zeigt zu einem Aktenschrank neben dem Durchgang. Darin stehen sechs kleine Bildschirme. Fast genau wie im Büro vom Cheery Chomper. Haargenau wie im Büro vom Cheery Chomper. Ich mache den Kühlschrank zu und gehe da hinüber. Die Bildschirme zeigen den Hof aus zwei Perspektiven, die Hinter- und die Eingangstür, das Tor. Und die Küche.

Lily steht da, mit dem Gesicht zur Kamera, und schwankt leicht, als würde sie Musik hören. Zuerst denke ich, dass sie die Augen zuhat, aber dann wird mir klar, dass sich ihre Augäpfel nach hinten gedreht haben und ich nur das Weiß sehen kann. Vom Kinn hängt ihr ein einzelner dunkler Speichelfaden herunter und er schaukelt mit ihrem

Schwanken hin und her. Auf einmal schießen ihre Unterarme nach vorn, mit hochgebogenen Handgelenken und Fingern wie Klauen, fast so, als ob sie Klavier spielt und die Musik in ihrem Kopf ein Crescendo erreicht.

»Was gibt's da zu sehen?«, ruft Alice von oben.

Cam ist weg. Alle sind weg. Nur Lily ist noch da – oder das, was einmal Lily gewesen ist.

»Was passiert gerade?«, ruft Pete vom Schreibtisch herüber.

Meine Augen sind zu trocken für Tränen und mir trommelt das Herz in der Brust. Und dann blitzt da eine Bewegung auf hinter Lily und es ist Michael, der sich an sie heranschleicht, mit Smittys Zwergenaxt, die er hoch über dem Kopf hält ...

»Schalt ab!«, kreische ich und Smittys Hand schießt nach vorn und drückt den Ein/Aus-Knopf des Bildschirms. Alles wird dunkel.

Smitty schlägt gegen den Aktenschrank, dann stürzt er sich auf einen Ledersessel, wirft ihn um und tritt auf ihn ein, dass er über den polierten Fußboden rutscht.

»Was ist denn los, verdammt?« Alice erreicht kritisches Niveau.

»Cam hat sich verwandelt und Lily gebissen«, sagt Smitty leise und seine Brust hebt und senkt sich. »Und sie hat sich jetzt auch verwandelt.«

»O mein Gott«, jammert Alice los. »Cam war die ganze Zeit einer von denen?« Sie wirft das Handy hinunter aufs Fenstersims, legt den Kopf zurück und heult auf, schickt eine Art Urschrei hinaus ins sterbende Licht, als ob auch der letzte Funken Hoffnung ihren Körper verlässt. Heftige Szene. Das hätte sie schon längst mal aus sich herauslassen sollen – mit Einsetzen der Pubertät ungefähr. Dann wäre sie vielleicht ein viel angenehmerer Mensch geworden.

Mir fällt auf, dass es mein Handy ist, das sie da eben heruntergeschmissen hat. Auch egal. Es hat mir sowieso nicht viel bedeutet.

»Ich wusste es«, sagt Pete. »Cam hatte schon die ganze Zeit irgendwas Komisches an sich.«

»Ach echt, Albino?«, giftet Smitty bitter. »Wie zum Kotzen scharfsinnig du doch bist.«

»Was denn?«, kontert Pete. »Ist ja nicht so, als ob es mir nicht leidtut oder so. Es ist schrecklich.«

»Wenigstens ist es schnell gegangen.« Ich lege eine Hand auf Smittys Schulter. »Mit Lily, meine ich.« In Wahrheit habe ich keine Ahnung, ob das stimmt, und Smitty weiß das. Soweit wir sagen können, leiden Cam und Lily total, sie sind grotesk verunstaltet und voller Angst und halb tot und Michael erschlägt sie gerade mit der Axt. Ich grabe mir die Fingernägel in die Hände und versuche diese Gedankenbilder zu verbannen.

Smitty dreht sich zu mir um und hält meine Arme fest – wie als er mich in der Kohlenschütte geküsst hat. Eine Sekunde lang frage ich mich, ob er mich wieder küssen wird. Wäre wahrscheinlich gerade unangemessen.

»Wir dürfen da nicht dran denken«, sagt er eindringlich.

»Wir müssen uns zusammenreißen und uns darauf konzentrieren, dass wir hier rauskommen.«

Ich nicke und versuche mich zu beruhigen und einen Zusammenbruch zu verhindern.

Er lässt meine Arme los und tritt einen Schritt zurück. »Gut. Gut.«

Er nimmt's mir ab.

Ich traue mir zu wieder zu atmen.

»Wir müssen hier alles durchsuchen«, sagt Smitty und beißt die Zähne zusammen. »Hier muss irgendwas sein, was uns weiterhelfen kann.«

»Schon dabei«, sagt Pete drüben. »PCs«, er zeigt auf die Schreibtische, »ich checke gerade, ob wir online gehen können.«

Auf jedem Arbeitsplatz stehen ein paar persönliche Sachen, wie kleine Persönlichkeitssplitter, die einer ansonsten sterilen Umgebung eingepflanzt wurden. Auf dem Schreibtisch neben mir stehen eine Tube Handcreme mit Zitronenduft und das Foto einer glamourösen Blondine mit Sonnenbrille, die ihren Arm um einen muskelbepackten Mann in Badehose gelegt hat. Graces Schreibtisch. Sauber und sachlich.

Smitty macht den PC an und drückt ein paar Tasten.

Ein Fenster geht auf: »Passwort«.

Smitty sieht mich an. »Irgendwelche schlauen Ideen?«

Er rennt zum nächsten Schreibtisch und macht dort den Computer an. Ich gehe zu einem dritten Schreibtisch. Hier gehört der Ledersessel hin, den Smitty umgeworfen hat, und aus irgendeinem Grund stelle ich ihn wieder richtig hin. Es ist ein altmodischer Bürodrehstuhl, abgewetzt und rissig, und aus einem Loch in einer der Armlehnen gucken Pferdehaare oder so heraus. Ich setze mich hin – er riecht irgendwie vertraut, nach Körperwärme – und mache den PC an. Die Festplatte fehlt; man hat sie entfernt.

»Irgendwas gefunden?«, fragt Smitty.

Ich schüttele den Kopf und gehe halbherzig einen Karton mit persönlichen Sachen durch, der auf dem Schreibtisch steht. Nichts, was man brauchen könnte.

»Pete?«, ruft Smitty.

»Negativ«, kommt die Antwort.

»Radio!« Alice klettert von ihrem Hochsitz auf dem Fenstersims herunter. »Shaq hat gesagt, dass es hier ein Radio gibt.«

Sie und Smitty durchsuchen den Raum von neuem, mit wachsender Verzweiflung.

»Lügen, alles Lügen«, faucht Smitty, während er Schubladen aufreißt und Regalfächer abgrast.

Ich halte das nicht mehr aus. Ich bin dieses Rätsel dermaßen leid, dieses ständige Zerschlagen von Hoffnungen. Ich lehne mich schwer gegen den Schreibtisch und stoße den Karton mit den Sachen frustriert von der Tischkante. Irgendwas flattert heraus. *Was ist das denn?*

»Oh, kniet nieder vor mir, denn ich bin die Prinzessin der genialen Einfälle!« Alice hat etwas gefunden. Ich sehe kurz hoch; es ist ein Laptop. *Na schick.* Noch ein Passwort, auf das keiner kommt.

Mein Blick fällt wieder auf das glänzende Rechteck, das aus dem Karton geflattert ist. Irgendwas daran ist komisch ... Ich gehe in die Hocke. Es ist ein Foto. Ich halte es hoch ins Licht. Mein Herz trommelt.

Ein kleines Mädchen, vier oder fünf Jahre alt – nein, sie ist vier, da bin ich mir sicher. Sie sitzt auf einem Spielzeugtraktor, in blauen Frotteeshorts, und grinst breit. Ein glücklicher Sommertag. Ein heißer Tag, mit einem Picknick, klebrigen Eiscremefingern und einer Wespe, die in die Marmelade geflogen ist ...

»Wir sind eingeloggt!«, ruft Pete. »Und es gibt Internet!«

Ich sehe zu den dreien hinüber, die sich um den Laptop drängen. *Internet?* Aber ich habe keine Ahnung, ob ich mich bewegen kann. Ich starre wieder auf das Foto. Ich muss mich irren. Das ergibt überhaupt keinen Sinn.

»Bobby, was ist denn los mit dir?«, ruft Smitty. »Wir sind online!«

Es gibt keine einfachen Antworten. Ich schiebe das Foto in die Hosentasche und kehre mit größter Anstrengung in die Gegenwart zurück.

»Wir haben Internet?«

»Gewissermaßen«, sagt Pete. »Aber das ist noch nicht das Ende der Geschichte.«

Ich eile zu ihm. »Kannst du jemanden kontaktieren? Wissen die Leute, was hier läuft? Passiert es überall?«

»Immer langsam mit den jungen Pferden ...« Pete tippt hektisch irgendwas ein. »Leicht machen sie es uns auf gar keinen Fall, richtig?«

»Was meinst du damit?« Smitty hängt über der Rückenlehne von Petes Stuhl, als ob er sich nur mit Mühe verkneifen kann in den Bildschirm des Laptops reinzuspringen.

Pete hält inne und pult an dem Schorf seiner Kopfwunde herum. »Das ist voll schräg. Und clever. So was habe ich noch nie gesehen.«

»Was denn?«, brüllt ihm Smitty ins Ohr.

Pete grinst zu ihm hoch. »Du kennst doch diese Sperren, die deine Eltern auf deinem Laptop aktivieren, damit du nicht nachsehen kannst, wie man eine Bombe aus Haushaltsgegenständen bastelt, oder zum Perversen wirst, weil du dir irgendwelche nackten Bräute anguckst?«

»Und wie er die kennt«, spottet Alice.

»Also«, Petes Lächeln wird breiter, »so was haben sie hier auch gemacht. Sie haben Sperren eingerichtet, so dass wir keine Websites ansteuern können, die ihnen nicht in den Kram passen.« Sein Lächeln erlischt. »Also praktisch gar keine.«

»Gar keine?«, frage ich. »Dann geht E-Mail auch nicht?«

»Es gibt einen E-Mail-Server, aber der ist passwortgeschützt.« Er drückt ein paar Tasten. »Kein richtiger Internetzugang, nur ein Browser, der mich nicht browsen lässt. Ich hab mir die Chronik angeschaut. Da kommt nur eine einzige Website drin vor. Irgendwas namens Xanthro Industries.«

Smitty runzelt die Stirn. »Xanthro Industries, was soll das denn sein? Klingt wie ein Pharmakonzern. Sind das die Bösen?«

Ich spüre, wie der Raum langsam zu schwanken anfängt. In Ermangelung von etwas Besserem setze ich mich schwer auf den Fußboden.

»Was ist denn mit dir los?«, fragt Alice und weicht mit großen Augen vor mir zurück. »Muss ich wieder ein Messer holen? Verwandelst du dich gerade?«

Ich schüttele den Kopf. »Nein.« Ich schiebe meine Hand in die Tasche und schließe meine Finger um das Foto. Das Foto der vierjährigen Roberta.

Smitty schaut auf mich herunter. Er mustert mich. »Xanthro Industries. Du weißt, was das für ein Laden ist, stimmt's?«

Ich sehe zu ihm hinauf.

Ich nicke.

»Xanthro Industries ist die Firma, für die meine Mutter arbeitet.«

Kapitel 25

Kaum habe ich es ausgesprochen, da bereue ich es natürlich. Weil jetzt alle drei von mir abrücken, als wäre ich der Staatsfeind Nummer eins.

»Deine Mutter?«

Pete guckt mich voll angeekelt an, als hätte ich ihm gerade auf die Schuhe gekotzt. Es ist fast zum Lachen. Ich spüre, wie ein Kichern in mir aufsteigt, unterdrücke es aber. Bringt wirklich nichts, jetzt durchzudrehen.

Meine Mutter. *Meine Mutter.*

»Xanthro Industries ist ein pharmazeutisches und biotechnologisches Unternehmen.« Pete hat ein wachsames grünes Auge auf den Laptop gerichtet und das andere auf mich für den Fall, dass ich losspringe und ihm den Kopf abbeißen will.

»Ernsthaft, ja?« Smitty guckt mich unablässig an. Ohne zu blinzeln.

Pete nickt und liest weiter. »Sie stellen Medikamente her. Experimentelle Medikamente. Das Zeug im Gemüsesaft auch, wetten?« Er zittert, ist buchstäblich erschüttert.

Da kannst du so erschüttert sein, wie du willst, Pete; in dir geht nicht mal ansatzweise das vor, was gerade bei mir so abläuft. Erst mal bin ich absolut und total wie vor den Kopf geschlagen – aber was dann kommt, ist noch viel seltsamer: Ich bin nämlich nicht überrascht.

Weil Xanthro Industries praktisch für alles verantwortlich ist, was in meinem Leben falsch läuft. Wegen Xanthro ist meine Mutter nie da gewesen, weder bei Geburtstagen noch bei Schulaufführungen und den zig Malen, wo ich ein Aua-Knie hatte und von ihr einen Heile-Kuss brauchte. Xanthro hat uns erst in die Staaten verpflanzt und dann, schlimmer noch, wieder zurück nach England geschleift. Sie haben meine Mutter so lange dermaßen hart arbeiten lassen, dass sie – eine Ärztin – erst gemerkt hat, dass mein Vater krank war, als es längst zu spät gewesen ist. Darum überrascht mich die Vorstellung, dass Xanthro hinter einer Zombie-Apokalypse stecken könnte, kein kleines bisschen.

Aber die Vorstellung, dass Mum da mit drinhängt? Seit Beginn meiner Pubertät bin ich davon überzeugt, dass meine Mutter ein Albtraum ist, aber das habe ich auf die Hormone geschoben. Auf ihre und auf meine. Ist ja nicht so, dass sie die Über-Böse gewesen ist oder so. Bloß passt auf einmal alles dermaßen gut zusammen, dass sich mir fast der Magen umdreht: die langen Dienstreisen, die Müdigkeits- und Stressfalten in ihrem Gesicht. Das Foto, die Spuren ihres Geruchs in diesem Ledersessel. Sie hat hier gearbeitet, in der Burg.

Aber hat sie das getan? Hat sie diese Monster geschaffen?

»Erzähl mal, Bobby.« Smittys Stimme ist ruhig, aber ernst.

Ich schaue in die drei blassen und empörten Gesichter auf der anderen Seite des Raums.

»Ich habe keine Ahnung, was hier läuft.«

Wow, das klingt ja superüberzeugend. Eigentlich hört es sich sogar so an, als ob *ich* hinter alldem stecke.

»Hört mal.« Ich stehe wieder auf und sie machen alle noch einen Schritt nach hinten. »Warum in aller Welt sollte ich hier sein, mittendrin, wenn meine Mutter etwas damit zu schaffen hätte? Warum sollte sie mich der Gefahr aussetzen?«

»Ha!«, bellt Alice. »Wenn du meine Tochter wärst, würde ich es genauso machen.«

»Falsch«, belle ich zurück. »Das Verhältnis zwischen mir und meiner Mutter ist zwar ... schwierig, aber sie würde nie riskieren mich zu verlieren.« Erst als ich es ausspreche, wird mir klar, dass es stimmt. »Nicht nach letztem Jahr, nicht nachdem mein Vater gestorben ist. Es wäre zu viel für sie.« Ich spüre einen Kloß im Hals.

Smittys Gesicht wird ein bisschen weicher. »Dein Vater ist gestorben?«

»Vor sechs Monaten.« Ich kann fast nicht mehr atmen. Es ist die einzige Möglichkeit, diese ätzenden Gefühle zurückzudrängen; einfach nicht atmen, und du kannst dir einreden, dass es nicht wehtut. »Er hatte Krebs. Was schon irgendwie witzig ist, weil meine Mutter sich nämlich auf Onkologie spezialisiert hat.«

»Auf was?« Alice denkt eindeutig, ich habe mir das gerade ausgedacht.

»Auf Krebs«, sagt Smitty leise.

Alice schüttelt den Kopf. »Dein Vater ist abgekratzt? Tolle Herz-Schmerz-Geschichte, du Loserin.«

»Jetzt halt mal die Fresse, Lizzie!«, brüllt Smitty.

Ich merke, wie ich die Schultern hochziehe. »Meine Mutter forscht nach Heilmitteln und macht klinische Studien. Aber sie züchtet keine Zombies im Labor.«

Pete kauert am Boden und ist wieder in den Laptop vertieft. »Sie haben hier in der Burg ein Medikament entwickelt, das steht fest. Hier sind ein paar Notizen, Teile von E-Mails. Ich will nicht so tun, als ob ich etwas verstehe, aber es geht wohl darum, mit einem chemischen Stimulans ruhende Antikörper zu aktivieren.«

Alice verdreht die Augen. »Ach, erspar uns das Wissenschaftsblabla bloß.«

Pete funkelt sie an. »Das *ist* schon das ganze Wissenschaftsblala, du ignorante Kuh.«

»Feuerpause, Batgirl und Lady Shiva.« Smitty kommt zu mir herüber und dreht sich dann zu Alice und Pete um. »Bobby ist koscher. Ihre Mutter arbeitet also für irgendeinen bösen Pharmakonzern? Boah, Riesensache. Sie ist öfter als ihr beide fast gebissen worden.«

Ich bin heilfroh, klar. Weil er mir beisteht. Ich riskiere einen Blick und wir sehen uns eine Sekunde lang in die Augen. Danke. Alice kriegt den Blickkontakt mit und schnaubt spöttisch. Smitty ignoriert sie.

»Ob ihr Bobby nun glaubt oder nicht, denkt lieber an euch. Grace hat gesagt, dass es hier irgendein Gegenmittel gibt. Wir sollten danach suchen. Dann haben wir wenigstens Verhandlungsmasse, wenn die Bösen hier aufkreuzen.« Er geht zur Wand hinüber. »Gibt es hier drin eigentlich kein Licht? Dieser Spaß mit den gruseligen Schatten ist langsam durch.«

Wir suchen nach einem Schalter.

Ich glaube, er hat sie davon überzeugt, mir nicht den Hals umzudrehen – vorläufig.

»Hab ihn!« Alice drückt einen Schalter.

Es knallt laut. Ich höre es weniger, als dass ich es spüre; die Mauern des Turms zittern und der Boden bebt.

»Was hast du gemacht?«, brüllt Pete Alice an.

»Gar nichts!«

Ich schüttele den Kopf. »Das war irgendwas draußen.«

Alice klettert wieder zu dem Fenstersims hoch, Smitty ist dicht hinter ihr.

Ich laufe zu den Bildschirmen hinüber. Rauch verschleiert die Bilder, aber ich kann da draußen Leute ausmachen, Dutzende von Leuten – beim Tor, bei der Eingangstür und noch weitere im Hof. Mein Herz macht einen Satz. Soldaten! Sie haben uns endlich gefunden! Mit donnernden Granatwerfern sind sie gekommen, um uns zu retten!

Dann dreht der Wind und der Rauch löst sich auf. Ein brennendes Ölfass ist zu sehen – das muss der Knall gewesen sein, den wir gehört haben, kein Granatwerfer. Die körnigen schwarz-weißen Gestalten stolpern herum und schlagen ihre Krallen ins Leere. Ihre Köpfe rollen hin und her. Der Hund ist auch da, er bellt und schnappt aufgeregt nach den Gestalten.

Das sind keine Soldaten.

Die Horden kommen wieder nach Hause.

Alices Kreischen oben am Fenster bestätigt es.

Smitty presst das Gesicht gegen die Scheibe und ruft. »Da ist Flaumbart!«

Ich sehe wieder auf den Bildschirm vom Hof. Michael hält in der einen Hand einen Benzinkanister oder so und in der anderen eine improvisierte Fackel, die er vor dem Mob schwenkt.

»O mein Gott!« Alice drängt sich neben Smitty ans Fenster. »Der ist ja so was von tot.«

»Aber nicht untot.« Pete kommt zu den Bildschirmen herüber und hält ein bisschen mehr Abstand zu mir, als er vor zehn Minuten gehalten hätte. »Noch nicht.«

Wir sehen zu, wie Shaq aus dem Stall mit den Motorschlitten kommt. Trotz der schlechten Auflösung kann ich seinen verzweifelten Gesichtsausdruck erkennen. Sie können nicht auf den Motorschlitten abhauen. Ich taste nach der Ausbeulung in meiner Tasche. Die Zündschlüssel habe ich.

Die Horden rücken näher.

Michael sieht aus, als ob er nach Shaq ruft, der wieder im Stall verschwunden ist. Oder vielleicht schreit er nach Grace, die nirgends zu sehen ist. Vielleicht hat sie mit ihrem Viehtreiber mehr Glück oder vielleicht hat sie auch zu dicht bei dem Ölfass gestanden, als es hochgegangen ist. Oder vielleicht gehört sie längst mit zu der hungrigen Meute.

Shaq kommt wieder zum Vorschein. Aber nicht weil Michael ihn gerufen hat. Cam hängt an seinem Bein, klammert sich mit Armen, Beinen und Zähnen fest, wie ein Schraubstock. Shaq kann nicht weit laufen mit einem dreijährigen Zombie am Bein und fällt gleich vor der Tür hin.

Die Horde nähert sich. Michael verspritzt wild Benzin aus seinem Kanister und schwenkt seine brennende Fackel, aber die Flüssigkeit trifft niemand anderen als ihn selbst. Und dann geht er zwangsläufig in Flammen auf, wie ein Scheiterhaufen. Er schleudert die Fackel weg, schlägt mit den Armen um sich in einem vergeblichen Versuch, die Flammen zu ersticken, tanzt tonlos über unseren Schwarz-weiß-Bildschirm.

Ich wende mich ab.

Smitty, der die ganze Episode am Fenster in Technicolor gesehen hat, wendet sich auch ab.

»Wir müssen von hier weg, schnell!« Alice springt vom Fenstersims.

Ich mache den Bildschirm für die Kamera in der Küche wieder an. Schwarzer Rauch quillt durch die Tür zur Stiefelkammer. Wie stehen die Chancen? Als seine letzte Aktion hat Michael die Fackel in die Burg geworfen und uns so Feuer unterm Hintern gemacht.

»Wir werden hier drin alle verbrennen!«, ruft Alice. »Was sollen wir bloß tun?«

Und während wir da stehen und versuchen uns eine gute Antwort auf ihre Frage einfallen zu lassen, klingelt ein Telefon.

Kapitel 26

Zuerst, für einen Sekundenbruchteil, halte ich das Klingeln für einen Feueralarm.

Aber dann holt mein Verstand die Wirklichkeit ein. Das ist einer dieser voreingestellten Klingeltöne von neu gekauften Handys, den nur alte Leute und richtige Volltrottel drauflassen, weil sie nicht herauskriegen, wie man ihn ändern kann, oder nicht mal wissen, dass das überhaupt geht.

Und dann macht's bei mir klick. Das ist *mein* Handy. Ich habe mir nie die Mühe gemacht, den Klingelton zu ändern, weil mich ja sowieso nie jemand anruft; weil ich ja Bobby-ohne-Clique bin.

Aber jetzt ruft jemand an.

Das Handy liegt immer noch oben auf dem Fenstersims, da, wo Alice es hingeworfen hat.

Ich steige auf einen der Schreibtische, setze einen Fuß auf ein Regal und ziehe mich auf das Sims hoch. Da ist das Handy, mit blinkendem Display. Ich falle regelrecht darüber her, und als ich schon auf ›Rufannahme‹ drücke, sehe ich noch kurz, dass ›Unbekannter Anrufer‹ auf dem Display steht.

»Hallo?«

Schweigen am anderen Ende. Dann ein Klicken, als ob jemand mit den Tasten spielt. Dann wieder Stille.

»Hallo!«

Smitty und die anderen drängen sich auf dem Schreibtisch unter mir und ihnen ist anzusehen, dass sie am liebsten auch hier heraufklettern und mir das Handy aus der Hand reißen würden – aber sie bleiben lieber auf Abstand. Weil sie Angst vor mir haben. Und vor meinem Handy.

»Hallo? Können Sie mich hören?«, rufe ich. »Wer ist da?«

Ich schaue auf das Display. Ich habe ein Netz, vier Balken stark. Aber nur einen Balken Akku. Ich denke kurz daran, aufzulegen und die Polizei anzurufen – oder sonst irgendwen! –, aber es besteht immer noch die Möglichkeit, dass diese vier Balken nach dem Auflegen mysteriöserweise wieder verschwinden.

»Hallo!«, versuche ich es noch mal.

»Hallo?«, sagt eine Frau.

Ich falle fast in Ohnmacht. Es ist jemand dran.

»Hi!«, rufe ich. »Können Sie mich hören?«

»Ja, gerade mal so ... Bobby, bist du das?«

Tränen steigen mir in die Augen, meine Ohren knacken und ich habe das Gefühl, dass der Boden auf mich zurast. Ich halte mich am Fensterrahmen fest, um nicht herunterzufallen.

»Mum?«

»Bobby!« Meiner Mutter bricht die Stimme. »Geht es dir gut?«

»Ja!« Heiße Tränen laufen mir über die Wangen und das

ist mir egal. »Ich bin hier zusammen mit drei Leuten aus meiner Klasse, wir sind in der Burg!«

»Ich weiß, Bobby«, sagt meine Mutter.

»Wir sind im Turm, diese Viecher sind draußen ...«

»Keine Panik, hör mir einfach gut zu.«

»Was ist denn los, Mum?«, schreie ich. »Was hast du hier gemacht? Ich weiß über alles Bescheid ... die Forschungen ... Grace und die anderen ... der tote Professor!«

Smitty, Pete und Alice sind jetzt auch auf dem Sims; auf Abstand bleiben ging einfach nicht mehr.

»Bobby, ich möchte, dass du ganz genau tust, was ich dir sage«, erklärt meine Mutter.

»Okay.« Ich wische die Tränen ab.

»Atme tief durch. Du weißt doch noch, wie Dad dir das gezeigt hat?«

»Jepp«, bringe ich heraus.

»Ich werde dir alles erklären, aber ihr müsst jetzt da weg. Ihr seid in Gefahr«, sagt sie langsam.

»Ach meinst du, ja?«, frage ich. »Die Zombies sind vor dem Tor und die Burg brennt, also doch, stimmt, wir sind in Gefahr!«

»Ihr müsst zu mir kommen.« Ihre Stimme ist klar und ruhig. »Ich bin auf der Insel, in der Mitte vom See.«

»Was?« Ich spähe in den dunkler werdenden Himmel, über das gefrorene Wasser. Ich kann die Insel sehen, gerade mal so. »Vielleicht hast du mich nicht gehört, Mutter, aber da gibt's noch das kleine Problem, dass wir erst mal aus dieser Burg rausmüssen.«

»Bobby«, sagt sie leicht ungehalten, »du hörst nicht zu. Es sind Leute unterwegs, gefährliche Leute. Sie kommen sich holen, was ihnen gehört, und dann zerstören sie die Burg. Ihr dürft ihnen nicht in die Quere kommen. Beruhige dich. Ich helfe euch bei der Flucht.«

»Diese Xanthro-Gangster sind hierher unterwegs?« Ich sehe zu den anderen. Ihnen fallen die Kinnladen herunter. Als ob wir noch dazu motiviert werden müssten, von hier abzuhauen.

»Aber als Erstes musst du zum Kühlschrank gehen«, sagt meine Mutter. »Schnell. Such nach einer Spritze, auf der ›Osiris 17‹ steht. Das ist das Gegenmittel. Wir brauchen es, um das wieder in Ordnung zu bringen, Bobby! Geh jetzt!«

Ich stoße einen frustrierten Schrei aus, lege sie auf Lautsprecher und laufe den Sims entlang bis zum Ende. Ein Stück entfernt steht ein niedrigeres Regal. Ich schwinge mich darauf und klettere nach unten, indem ich die Regalbretter wie Stufen benutze, und lande gleich neben dem Kühlschrank auf dem Boden.

Also, in einer idealen Welt würde es jetzt nur eine fluoreszierende Spritze im Kühlschrank geben und auf der würde in Großbuchstaben ›Gegenmittel‹ stehen. Stattdessen sind da Hunderte von Spritzen und Reagenzgläsern in Dutzenden von Ständern. Sie tragen alle handgeschriebene Etiketten mit langen Namen, Seriennummern und Daten drauf.

»Beeil dich, Bobby«, sagt meine Mutter wieder.

Ich durchsuche verzweifelt die Fächer.

Smitty springt vom Schreibtisch, knallt seine Hand auf die Kühlschranktür und drückt sie zu. »Was läuft denn hier plötzlich Abgedrehtes?«

»Geh weg!« Ich stoße seinen Arm beiseite und versuche die Tür wieder aufzumachen, aber er hat einen Fuß davorgestellt. Alice steht jetzt neben ihm und legt solidarisch eine Hand auf die Tür.

»Nun erzähl schon.« Pete kommt, mit pfeifendem Atem, und legt mir eine kalte Hand auf die Schulter.

»Was ist denn los, Bobby?«, ruft Mum.

Ich schüttele Petes Hand ab und drehe mich zu der versammelten Mannschaft um. »Meine Mutter will, dass wir das Gegenmittel nehmen und zu ihr bringen. Xanthro will es sich holen, wir müssen uns beeilen.«

»Und weitere Infizierte sind auch noch unterwegs.« Mums Stimme kommt laut genug aus dem Lautsprecher, dass alle sie hören können. »Ich kann sehen, dass sie sich Richtung Burg bewegen. Wenn ihr jetzt nicht abhaut, werdet ihr überrannt.«

»Also für meinen Geschmack laufen hier jetzt schon mehr als genug von denen rum, Bobbys Mum!«, ruft Smitty in Richtung Handy. »Okay, wir legen los!« Er reißt die Kühlschranktür auf.

»Sucht Osiris!«, bellt Mum. »Ich hole euch da raus, vertraut mir.«

Ich überfliege die Etiketten auf den Spritzen. Mann, sind das viele.

»Osiris 17«, sagt meine Mutter. »Mach schnell, Bobby, ich mein's ernst. Trödeln ist nicht drin.«

»Okay, okay.« Ich ziehe die Spritzenständer aus dem Kühlschrank und stelle sie auf den Boden.

Voll schräg, wie still es ist, als wir alle vier da knien und die Spritzen durchgehen; nur ab und zu ein Klacken von Plastik, ein leiser Fluch und das peinlich laute Atmen meiner Mutter aus dem Handy-Lautsprecher. Die Sekunden ticken weg und mir tropft Schweiß ins Auge, so dass ich blinzeln muss. Ein paarmal springen fast die Schutzkappen von den Nadeln; weiß der Himmel, was ich für eine Hölle entfessle, wenn ich aus Versehen jemanden damit pikse.

»Ich hab sie!«

Es ist Pete, der das goldene Los gezogen hat. Er hält eine Spritze mit einer klaren Flüssigkeit in die Höhe. Auf dem Etikett steht ›Osiris 17‹. Er schnappt sich eine Art Minikühltasche aus einem der Regalfächer, legt die Spritze da rein und hängt sich die Tasche um. »Dann los!«

»Seid ihr sicher?«, fragt Mum vom Fußboden aus.

»Absolut.« Ich hebe das Handy wieder auf.

»Ich hab auch eine gefunden!« Alice hält eine zweite Spritze hoch. Ich schnappe sie mir und lese das Etikett.

»Es gibt noch eine?«, schreit meine Mutter aus dem Lautsprecher.

»Ja, Mum. Jetzt bring uns hier raus!« Ich stehe hastig auf.

»Was genau steht auf dem Etikett?« Ihre Stimme zittert.

Ich schreie verzweifelt auf, schaue aber nach. »›Osiris Red‹. Jetzt müssen wir los!«

»Bobby, seid sehr, sehr vorsichtig mit diesem Fläschchen«, sagt meine Mutter. »Das ist das Stimulans. Packt es ein und nehmt es mit, aber legt auf gar keinen Fall die Nadel frei, hörst du?«

Ich starre auf die Spritze in meiner Hand. »Du meinst, das ist das schlimme Medikament? Von dem man sich verwandelt?«

»Ja, genau. Es ist sehr wertvoll.«

Smitty hält mich am Arm fest. »Das ist das Zombifizierungszeugs?« Er schüttelt den Kopf. »Das bleibt hier.«

»Bobby, ich will, dass du's mitbringst!«, ruft meine Mutter. »Tut, was ich sage, und setzt euch in Bewegung. Los!«

Ich schaue erst die Spritze an und dann Smitty.

Alice joggt auf der Stelle, als ob sie mal aufs Klo muss. »Wie auch immer, aber seht zu, dass ihr fertig werdet und wir hier rauskommen!«, schreit sie.

»Wenn wir es hierlassen, kriegen es die Gangster. Also nehmen wir es mit.«

Smitty zögert, dann nickt er. Vorsichtig lege ich Osiris Red in Petes Kühltasche neben Osiris 17.

»Ich kann die Verbindung nicht mehr lange offen halten.« Mums Coolness fängt an zu bröckeln. »Das Netz wird von Xanthro kontrolliert, die werden uns bald trennen.«

»Dann sag mir schnell, wie wir hier rauskommen!«, brülle ich sie an.

»Geht runter in den Keller bis ans Ende der Zellen und tastet dann die linke Wand ab. Dort findet ihr einen Steuerkasten, mit dem sich die Tür zu einem Tunnel öffnen lässt, der euch zu mir führt. Der Türcode besteht aus vier Ziffern – deinem Geburtstag.« Sie atmet aus. »Pass auf, dass du ihn gleich beim ersten Mal richtig eingibst, sonst wird das Tastenfeld gesperrt. Bitte beeilt euch!«

Aus dem Handy kommt ein Klicken.

»Mum?«, rufe ich.

Nichts.

»Mum!«

Sie ist weg. Und meine vier Balken Signalstärke ebenfalls.

»Kommt!«, ruft Smitty und rennt zur Treppe.

»Rauchst du Crack oder was?«, brüllt ihm Alice hinterher. »Guck!« Sie zeigt auf die Bildschirme.

Wir schauen alle hin. In der Küche sind Bewegungen im Rauch zu sehen. Der Raum ist knallvoll mit Leuten. Der reinste Zombie-Moshpit. Da ist kein Rauskommen.

»Wir können zwischen ihnen hindurchflitzen«, sagt Smitty.

»Niemals.« Petes Gesicht ist ernst. »Dafür sind es zu viele.«

»Sie versperren uns die Tür!« Alice fängt an zu weinen.

Am Fuß der Wendeltreppe ist ein Wummern zu hören. Hände, die gegen die Tür schlagen und donnernd Eintritt verlangen.

»Dann können wir nur noch eins machen«, sagt Smitty. »Sie reinlassen.«

Kapitel 27

Wir kauern alle oben auf dem hohen Fenstersims, in einer Reihe des Todes: ich als Erste, dann Smitty, Pete und schließlich Alice. Süßigkeiten in einem Snackautomaten für Zombies. Treffen Sie Ihre Auswahl.

Alice hält sich am Fensterrahmen fest und ist ebenso fest entschlossen, nötigenfalls die Scheibe zu zerschlagen und in den sicheren Tod zu springen.

»Also, dann erklär mir noch mal, wie das funktionieren soll!«

»In der Küche kommen wir nicht an ihnen vorbei.« Smitty steht voll unter Strom, seine Blicke schießen hierhin und dorthin und er atmet schwer. »Aber hier drin schon. Wir lassen sie in den Turm, sie kommen hier rein, wir klettern um sie herum.« Er zeigt durch den Raum. »Die Kante lang, auf das Regal da, rüber zum Kühlschrank, dann noch ein Sprung auf den Aktenschrank mit den Bildschirmen und die Treppe runter. Ganz einfach.«

»Zombie-Parkour«, fluche ich. »Glaube nicht, dass das schon mal jemand gebracht hat. Film das lieber, Alice, es könnte viral werden.«

»Ha. Ha. Ha.« Petes Stimme zittert.

»Pardonnez-moi«, sagt Alice, »aber bin ich die Einzige, die den tödlichen Fehler in diesem Plan sieht?« Sie beugt sich zu Smitty hinüber. »Warum sollen sie bei der Treppe schön für uns Platz lassen?«

»Wir bleiben auf dieser Seite hier, dann wollen sie sich das Fleisch holen.« Smitty klingt überzeugt. »Sobald sie alle direkt unter uns sind, legen wir los. Sie können nicht klettern. Wir müssen bloß vom Boden wegbleiben und alles ist schick.« Er schenkt uns ein manisches Grinsen.

Als ob das so einfach wäre. Aber es ist ein Plan, und zwar der einzige, den wir haben.

»Dann mach«, sage ich zu ihm. »Und mach schnell.«

Er nickt mir zu, und bevor Alice protestieren oder einer von uns es sich anders überlegen kann, turnt er wie ein Affe von dem Sims herunter, rennt durch den Raum und die Treppe hinunter. Jetzt gibt's kein Zurück mehr. Wir lauschen seinen leiser werdenden Schritten.

»Und wenn es zu viele sind?«, schnattert Alice. »Wenn wir nicht an ihnen vorbeikommen?«

»In der Küche waren ungefähr zwanzig, grob geschätzt.« Pete spricht sehr leise. »Das Feuer in der Stiefelkammer sollte die anderen noch eine Weile draußen halten. Eine bessere Gelegenheit kriegen wir nicht.«

Ich sehe mich in dem Raum um und versuche mir vorzustellen, dass hier zwanzig Zombies drin sind. Lange brauche ich mein Kopfkino nicht mehr zu bemühen. Ich spiele in Gedanken meine Fluchtroute durch. Das Timing ist entscheidend; wenn wir zu früh loslegen, versperren sie immer noch den Weg zur Treppe. Wir müssen warten, bis sie alle hier drin und ganz dicht vor uns sind. Das wird die heftigste Runde ›Angsthase‹, die wir alle je gespielt haben.

Smitty taucht im Durchgang auf, mit wildem Blick.

»Die Party kann losgehen!« Er rennt durch den Raum und schnappt sich einen Plastikbesen, der an der Wand lehnt. »Waffe«, keucht er und wirft mir den Besen zu. Dann springt er auf den Tisch und zieht sich auf das Sims. »Die haben schon auf mich gewartet.« Er lacht, völlig aufgedreht. »Sind sozusagen mit der Tür in den Turm gefallen, als ich aufgemacht habe. Ich musste die Stufen richtig raufﬂiegen!«

Fliegen. Das ist mal eine Idee. Zu blöd, dass ich meine Flügel verkramt habe.

Wir sehen alle zum Durchgang.

»Was machen wir? Was machen wir?« Alice schiebt Panik.

»Warten«, sage ich.

Wir beobachten den Durchgang.

»Wo sind sie?« Alice fängt jeden Moment an zu heulen.

Ich werfe einen Blick zu den Bildschirmen hinüber, ob in der Küche Bewegungen auszumachen sind, aber wir sind zu weit weg.

»Pst!«, macht Pete. »Wir wollen sie doch hören können.«

Wir spitzen die Ohren.

Nichts.

Sie müssten längst zu hören sein; das Ächzen, das

Schlurfen auf den Stufen. Wir hören aber nichts – also, außer Alice, die inzwischen total am Schluchzen ist.

»Alles okay«, versichere ich ihr. »Wir schaffen das.«

Wir beobachten den Durchgang.

Nichts.

»Was ist denn los mit denen?« Smitty springt wieder hinunter auf den Schreibtisch. »Das eine Mal, wo diese Idioten einen jagen sollen, tun sie's nicht.« Er durchquert vorsichtig den Raum.

»Vielleicht ist die Tür wieder zugegangen, weil sie alle dagegengedrückt haben?«, schlage ich zaghaft vor.

»Schätze, ich werd' mal nachsehen müssen.« Smitty tritt in den Durchgang.

»Pass bloß auf!«, kreischt Alice.

»Wusste gar nicht, dass ich dir so wichtig bin.« Er dreht sich um und wirft ihr einen Luftkuss zu, und noch während er das tut, kommt von hinten eine blutige Klaue zum Vorschein und krallt nach ihm. Alice, Pete und ich schreien im Chor.

»Scheiße!« Smitty hechtet sich im letzten Moment weg, rollt sich über den Boden außer Reichweite. Jetzt ist Parkour angesagt!

»Schnell!«, schreie ich.

Zack, ist er wieder auf den Beinen und auf dem Schreibtisch. Ich strecke ihm schnell eine Hand entgegen. Er zieht sich zu uns hoch.

»O mein Gott o mein Gott o mein Gott.« Alices Blick klebt am Durchgang.

Der erste Zombie ist da. Es ist ein Er. Ziemlich jung. Und von wegen schlechter Zustand. Seine Sachen sind zerfetzt, aber davon abgesehen käme man höchstens auf die Idee, dass er unter einem richtig üblen Kater leidet.

Und groß ist er. Richtig groß, mit tierisch langen Armen.

Also das ist doch echt gemein.

Er steht da und sieht sich im Raum um. Sein Kopf rollt von der einen Seite zur anderen.

»O mein Gott o mein Gott o mein Gott!« Aus Alices Flüstern wird ein Schreien. Der Große wendet den Kopf, richtet seinen Blick auf uns und weiß jetzt wieder, wozu er hier ist. Er stolpert auf uns zu.

»Wo bleiben die anderen?«, fragt Pete leise. »Kommen die nicht?«

Er ist zu Recht besorgt. Weil das hier nur funktioniert, wenn sie alle auf einmal kommen.

Und dann tun sie genau das.

Ein Knäuel Zombies drängt sich im Durchgang, platzt in den Raum und dann strömen sie alle herein, als hätten sie bloß darauf gewartet, dass sich der Stau auflöst, und nun hält sie nichts mehr. Kaum sehen sie uns, da geht das Geächze los; es wird immer lauter, fast rhythmisch. Sie nehmen Witterung auf. Hinter mir steigert sich Alices Weinen entsprechend.

Inzwischen hat der Große den Schreibtisch unter uns erreicht. Er riecht so was von kacke. Mit leeren, trüben Augen glotzt er zu uns hoch und sein einer Arm ruckt nach oben. Wir weichen alle gegen das kalte Fensterglas zurück.

»Bleibt schön, wo ihr seid«, krächzt Smitty. »Wir legen erst los, wenn sie alle hier drin sind.«

Hoffentlich ist der letzte Zombie dann so nett und sagt uns, dass keiner mehr kommt. Sobald wir nämlich losrennen, gibt es kein Zurück mehr. Der Raum füllt sich scheißschnell und das Ächzen wird ohrenbetäubend. Mir steigt Magensäure in die Kehle. *Reiß dich zusammen.*

Die schnellsten sind jetzt schon vorn beim Großen und sie überlegen angestrengt, wie Klettern noch mal ging; einer schafft es halb auf den Schreibtisch hinauf, er greift nach oben und packt Smittys einen Fuß.

»Hier!« Ich halte Smitty den Besen hin und er stößt den Zombie damit wieder herunter. Was würden wir jetzt für seine Zwergenaxt geben ...

»Das war's!«, ruft Pete. »Müssten alle sein!«

Ich sehe zum Durchgang. Der Raum ist fast voll, es strömt niemand mehr nach.

»Los geht's!« Smitty stößt den Großen mit seinem Besen zurück. »Ich halte sie hier, bis ihr draußen seid!«

Verdammt. Das heißt, ich mache den Anfang.

Ich taste mich die Fenster entlang. Auf einmal sind alle Bewegungen viel schwieriger. Ein Fehltritt und das Spiel ist aus. Das Fenstersims endet. Jetzt heißt es hinüber aufs Regal. Ich hab das vorhin schon gemacht; es ist ganz einfach.

Von wegen, es ist ganz einfach. Auf einmal ist das Regal tierisch weit weg.

Hände kratzen unter mir an der Wand, ich lasse mich

hinunter und dann hinüber zum Regal. Geht doch. Mein Fuß findet Halt. Gleich lasse ich die sichere Kante hinter mir. Eine Hand packt meinen Knöchel. Ich kreische auf und ziehe beide Beine an und für ein paar Sekunden baumele ich da am Fenstersims und drohe in das Meer von Monstern zu fallen.

»Hey, ihr Hackfressen!«, ruft Smitty und schlägt mit seinem Besen eine Scheibe ein. Das Klirren von Glas lenkt die Zombies für einen Moment ab und meine Chance ist gekommen. Ich finde Halt mit den Füßen, ziehe mich hoch und klettere das Regal entlang, das unter mir wackelt. Den Viechern unten fallen Bücher ins Gesicht.

Jetzt noch ein lockerer Sprung – versau den nicht ...

Geronimo!

Ich habe das Gefühl, ewig in der Luft zu sein, dann lande ich mit einem voll lauten Bumm-schepper-krach auf allen vieren oben auf dem Kühlschrank. Erfolg. Aber er hat mich was gekostet. Mein linkes Handgelenk tut höllisch weh. Keine Zeit, mich darum zu kümmern.

Jemand prallt gegen mich – es ist Pete, der nach Luft schnappt und so knallrosa im Gesicht ist, wie ich es noch nie bei ihm gesehen habe. Er muss gerannt sein, um so schnell zu mir zu stoßen. Ich packe ihn mit der heilen Hand am Arm und ziehe ihn neben mich an die Wand. Er murmelt Danke.

Hinten auf dem Sims hält Smitty sie immer noch mit seinem Besen auf Abstand. Neben ihm ist Alice, presst sich gegen die Scheibe.

»Alice!«, rufe ich zu ihr hinüber. »Jetzt du!«

Eine bessere Gelegenheit wird sie nicht kriegen; die eine Hälfte der Zombies wird jetzt von Pete und mir auf dem Kühlschrank abgelenkt, die andere Hälfte von Smitty. Aber Alice weint und schüttelt den Kopf und mir sackt der Magen durch, weil ich weiß, dass die Lage hoffnungslos ist. Einer von uns hätte noch dableiben sollen. Smitty hat zu tun, um es mal freundlich auszudrücken, und ohne ordentlich Druck wird sich Alice nicht rühren.

»Mist!« Ich sehe Pete an. »Ich muss noch mal zurück und Alice holen.«

»Nein.« Pete nickt zu meinem linken Handgelenk hinunter und ich merke erst jetzt, dass ich es mir mit der anderen Hand halte. »Du bist verletzt.«

Bevor ich widersprechen kann, klettert er schon das Bücherregal zurück, tritt die Hände weg, die nach ihm greifen. Ich klatsche mit der unverletzten Hand oben auf den Kühlschrank.

»Hier, ihr Hohlköpfe!«, rufe ich zu den Horden. »Guckt mal her zu mir!«

Aber die meisten Zombies sind auf Pete aus, weil der sich schneller bewegt, oder auf Alice, weil sie lauter schreit. Ein paar haben es inzwischen geschafft, den Schreibtisch zu erklettern. Lange kann Smitty sie nicht mehr abwehren.

»Wir müssen hier weg!«, drängt er Alice. »Zusammen!«

Sie bewegt sich Richtung Bücherregal, aber als das Sims endet, bleibt sie stehen.

»Das ist zu weit!«, kreischt sie.

Pete streckt vom Bücherregal aus einen Arm nach oben, hält ihr seine Hand hin.

»Spring! Ich krieg dich!«

Sie beugt sich ein winziges Stück vor und das ist alles, was Smitty braucht. Er schnappt sie sich und schleudert sie praktisch von der Kante. Eine Sekunde lang rudert sie wild mit den Armen und dann landet sie; irgendwie bekommt Pete sie zu fassen und Smitty wirft sich auf die beiden drauf, den Besen immer noch in der Hand. Sie haben es geschafft.

Aber drei Leute trägt das Bücherregal nicht. Als sie hektisch Richtung Kühlschrank klettern, wackelt das ganze Ding bedrohlich und unten stürmen die Monster dagegen an.

»Schnell!«, rufe ich. »Es hält euer Gewicht nicht aus!«

Smitty ist runter, landet mit einem Rums neben mir auf dem Kühlschrank.

»Ich kann nicht!« Alice ist stocksteif, Tränen laufen ihr übers Gesicht.

»Willst du, dass diese Penner dich kriegen?«, schnauzt Smitty sie an und hält ihr seine Hand hin. »Du hast Besseres verdient, Alice!«

So redet er sie zum ersten Mal an. Sie beißt die Zähne zusammen – aber bevor sie noch etwas tun kann, taucht der Große aus dem Mahlstrom der Untoten auf, streckt einen langen Killekille-Arm aus und krallt nach ihrem Bein. Sie kreischt auf und springt. Hart knallt sie gegen den Kühlschrank und kratzt mit ihren Fingernägeln an den glatten, abgerundeten Kanten, wie eine Katze, die verzweifelt versucht Halt zu finden. Wir ziehen sie an ihrer Jogginghose hoch – so viel Poritze hat sie noch nie gezeigt.

»Am Hosenboden.« Smitty grinst sie an.

»Komm bloß nicht auf Ideen, du Sau.« Alice schluckt und streicht sich die Haare aus den Augen.

Es scheppert mächtig. Dass Alice sich abgestoßen hat, war zu viel für das Regal; es hat sich von der Wand gelöst und ist umgefallen, voll auf ein paar Zombies drauf.

Die gute Nachricht ist, dass sich Pete im letzten Moment mit einem Sprung in Sicherheit bringen konnte. Die schlechte ist, dass er wieder zurück auf das Fenstersims gesprungen ist. Er sieht uns über den Abgrund hinweg an und sein Gesicht wird käseweiß. Er sitzt fest. Zusammen mit der Minikühltasche, die ihm immer noch um den Hals hängt.

»Bleib, wo du bist!«, ruft Smitty. »Wir treiben irgendwas auf, um dir zu helfen!«

Und was bitte schön? Wir stehen oben auf einem Kühlschrank. Da ist nichts in Reichweite. Pete weiß, dass er nirgendwo mehr hingeht.

Ich schaue zum Durchgang. Die Treppe sieht verlockend frei aus.

»Vielleicht ist in der Küche irgendwas?«, rufe ich. »Wir könnten ja noch mal hier raufkommen.«

»Scheiß drauf«, sagt Alice und schnappt sich Smittys Besen. Mit einem Kampfschrei, der eines Samurai würdig wäre, springt sie auf die Rückseite des umgefallenen Regals und drischt auf die ersten Monster ein, die ihr in die Quere kommen. »Haut ab, ihr stinkenden Penner!«, kreischt sie. Sie schwingt den Besen wie einen Vorschlaghammer und streckt den Großen nieder. »Mir! Reicht's!«

Pete nutzt die Gelegenheit und springt hinter Alice. Sofort langen Smitty und ich hinunter, um sie hochzuziehen, unsere beiden Helden – der eine blass und keuchend, die andere rosig und herrlich am Ausrasten.

»Auf zur Treppe!«, verkündet Smitty wie so ein Musketier. Wir springen vom Kühlschrank zu dem Aktenschrank mit den Bildschirmen und dann hinunter zum Durchgang, und die Monster können nur ins Leere krallen.

Ich führe die Jagd die Wendeltreppe hinunter an. Hoffentlich erwarten uns in der Küche keine Überraschungen!

Kapitel 28

Keine Überraschungen. Aber das heißt nicht viel.

Rauch quillt aus der Stiefelkammer in die Küche. Lange hält das Feuer die Zombies nicht mehr draußen.

»Hier lang!« Smitty führt uns aus der Küche und wir rennen durch die Räume, bis wir in die Halle kommen.

»Oh-oh!«, ruft Alice.

Eine Handvoll Untote stehen um den Globus versammelt; sie schlagen mit ihren übel zugerichteten Händen dagegen und versuchen ihn zum Drehen zu bringen. Keine Frage, sie streben die Weltherrschaft an.

Ich schnappe mir Alice und ziehe sie hinter Smitty und Pete her zur Kellertür.

Runter geht's, und zwar ohne auf die Nägel zu treten, die Cam auf den Stufen verteilt hat. Wir kommen im Keller an.

»Scheiße, was denn noch alles!« Smitty bleibt mit einem Ruck stehen.

Es ist ein Déjà-Buh. Ein halbes Dutzend Zombies, die herumstehen und nichts zu tun haben. Bis sie uns sehen.

»O mein Gott.« Ich klinge schon wie Alice. »Das ist Gareth.«

Kein Zweifel. Da, mitten zwischen den anderen, steht unser alter Freund von der Tankstelle beim Cheery Chomper. Er hat ganz schön was durchgemacht. Sein Arm, der aussah wie ein angeknabberter Maiskolben, ist ganz abgefallen und die meisten seiner Klamotten sind ihm auch abhandengekommen, aber es ist eindeutig Gareth. Schließlich hat er noch sein Namensschild. Er sieht zu uns hoch und knurrt.

»Meint ihr, er erkennt uns?«, flüstere ich.

»Ich glaube, er erkennt Smitty«, sagt Pete.

»Ach ja.« Smitty leckt sich die Lippen.

»Action!« Alice geht wieder voll ab. Sie rennt in den Keller hinunter, packt den Rasenmäher unter seiner Plane beim Griff und schiebt ihn mit einem Mordsächzen in den vordersten Zombie rein, mäht ihn buchstäblich um. Jetzt ist der Weg zur Vorhangwand frei. »Kommt schon, ihr Lahmärsche!«

Wir rennen los. Was sollen wir auch sonst machen?

Pete und ich sind bei Alice am Vorhang und Smitty reißt eine leere Holzkiste hoch und kegelt mit einem grandiosen Wurf gleich zwei Zombies um. Aber als er sich das nächste Wurfgeschoss schnappt, wird er von Zombie-Gareth gepackt. Er hebt Smitty mit seinem verbliebenen Arm am Kragen der Lederjacke hoch. Smitty zappelt herum wie ein Tintenfisch an einem Angelhaken und rutscht aus seiner Jacke heraus und lässt Gareth wie einen Kleiderständer dastehen.

Smitty ist schon fast bei uns, da bleibt er stehen.

»Nee. So läuft das nicht.« Er dreht sich um und starrt Gareth an. »Der Drecksack kriegt meine Jacke nicht.«

»Smitty, nein!« Mein Schreien nutzt nichts.

Er saust zu Gareth zurück, weicht unterwegs dem Hieb eines anderen Monsters aus, krallt sich die Jacke und führt einen perfekten Roundhouse-Kick aus, der Gareth mit einem ordentlichen Knirschen in den Zombiehintern trifft.

Dann sprintet er mit grimmigem Gesicht wieder zu uns zurück. »Den hätte diese Matschbirne schon am Anfang kriegen müssen.«

Wir rennen durch den Vorhang in den Weinkeller und dann in den Gang mit den Zellen.

»Wo ist dieses Tastenfeld?«, keucht Smitty, der das Ende des Gangs als Erster erreicht.

»Irgendwo links.« Ich komme bei ihm an und lasse meine Hand über die Mauersteine gleiten.

»Ich hab das vorher schon alles abgesucht und nichts gefunden.« Petes Atem geht wieder pfeifend.

»Überlasst das mir.« Alice kniet sich hin. »Hier!« Sie drückt etwas und ein Stein kommt vorgesprungen und da ist das Tastenfeld.

Ein grausiges Ächzen hallt durch den Gang.

»Schnell!«, sagt Alice. »Mach die Tür auf!«

Smittys Finger schwebt über der Tastatur.

»Dein Geburtstag?«

»Der 16. April – warte!« Ich bremse seine Hand. »Scheiße.«

»Was denn?«

»Amerikanisch oder britisch?« Ich fahre mir mit der Hand durch die Haare. »Nein!«

Hinten im Gang wird das Ächzen lauter.

»Gib den Code ein!«, kreischt Alice und versucht die Wand mit den Händen wegzuschieben.

»Aber wie rum?« Pete treten die Augen aus dem Kopf.

»Keine Ahnung!«, rufe ich verzweifelt.

»Was *meint* ihr denn überhaupt?«, fragt Smitty und schlägt mit der Faust gegen die Wand.

»Das Datum.« Ich starre ihn an. »Wenn Mum es amerikanisch eingegeben hat, dann kommt zuerst der Monat und dann der Tag. Wenn sie die englische Schreibung genommen hat, erst der Tag und dann der Monat. Das war mal unser Running Gag, weil wir's immer durcheinandergewürfelt haben.«

»Sie sind hier!« Alice behält den Gang im Auge.

»Also wie rum würde sie es eingeben?« Smittys Finger schwebt über den Tasten.

Ich kneife die Augen zu und denke nach.

»Die Uhr tickt, Bobby!«, sagt Pete.

»Englisch. Erst der Tag, dann der Monat.«

»Bist du sicher?«, fragt Smitty. »Eine zweite Chance kriegen wir nicht.«

Ich nicke hektisch. »Sie hat immer gesagt, dass es logischer wäre. Und außerdem, verdammt«, ich verdrehe die Augen, »wir sind Engländer.«

Er tippt 1604 ein, ich halte den Atem an, etwas knirscht laut und die Wand gleitet beiseite und verschwindet in sich selbst. In Anbetracht der Umstände wär's schick, wenn wir sie wieder hinter uns zumachen könnten, aber man kann nicht alles haben. Wir müssen auf Tempo setzen.

Wir rennen einen breiten, schwach beleuchteten Gang hinunter. Unsere Füße trommeln auf dem Betonboden. Abwärts, abwärts, abwärts führt der Gang, tief unter die Erde. Sagte ich nicht, das hier wäre die Klassenfahrt aus der Hölle? Tja, jetzt geht es dahin zurück.

Schließlich verläuft der Gang horizontal weiter. Jetzt ist es rutschig unter den Füßen. Irgendwas rauscht auch und ich spüre Regen auf dem Gesicht, was mir überhaupt nicht einleuchtet, weil wir doch in einem Tunnel eine Meile unter der Erde sind. Und dann wird mir klar: *Wir sind unter dem See*. Ich renne immer weiter und bete, dass der Tunnel nicht auf die Idee kommt, sich vollllaufen zu lassen. Alice geht ab wie eine Rakete und führt das Rennen an, Smitty ist gleich neben mir und Pete bildet das Schlusslicht. Wir müssen weiter – irgendwann holen sie uns ein und ...

»Aaah!«

Ich reiße den Kopf herum. Ich sehe gerade noch, wie Pete hinfliegt. Richtig übel, mit vollem Karacho. Seine Füße verdrehen sich unter ihm und er knallt brutal mit dem Brustkorb auf den Boden. Da liegt er in der Nässe, die Arme ausgestreckt, und hält die Minikühltasche nach oben wie einen Rugbyball in einem Match, das er nie spielen wird.

Wir rennen zu ihm; er zittert total.

»Gerade noch gerettet«, keucht er und gibt mir die Tasche. »Brauche ... Inhalator.« Er tastet mit den Händen an seiner Brust herum und sucht nach einer Tasche. Smitty kniet sich hin und geht Petes Jackentaschen durch.

Der Reißverschluss der Kühltasche ist aufgegangen. Ich halte die Luft an und schaue schnell hinein.

Keine zerbrochenen Spritzen.

»Alles heil!«, rufe ich.

Smitty hat den Inhalator gefunden und Pete saugt blindlings daran, verzweifelt, eine Hand um Smittys Arm gekrampft. Ich sichere die Spritzen und hänge mir die Tasche über die Schulter. Pete stützt sich auf Smitty und kommt wieder hoch.

»Kannst du rennen?«, frage ich.

Er nickt. Und ist am Zittern.

»Kommt!«, ruft Alice weiter vorn. »Hier ist irgendwas!«

Wir laufen los und Pete bricht beim ersten Schritt zusammen und liegt wieder als zuckender Haufen auf dem nassen Boden. »Mein Knöchel!«

Ohne Diskussion werfen Smitty und ich uns jeder einen Arm über die Schultern, genau wie damals, als wir dem Fahrer aus dem Schnee in den Bus geholfen haben. Wir hinken den Tunnel entlang, die Kühltasche schlägt mir gegen die Seite und mein Handgelenk pocht schmerzhaft. Inzwischen geht es bergauf. Das Wasser, das von der Decke und den glatten Wänden läuft, rinnt an uns vorbei nach unten.

»Das ist eine Sackgasse!«, heult Alice auf. Der Weg ist mit alten verrotteten Brettern versperrt; durch die Spalte dringt Tageslicht.

»Nicht mehr lange!« Smitty setzt denselben Roundhouse-Kick ein, den er so wirkungsvoll bei Gareth angebracht hat, und bevor ich es noch richtig mitkriege, stürzen wir uns alle auf das Holz und prügeln und treten uns da durch, reißen die Bretter weg.

Wir purzeln hinaus ins Freie. *Freiheit.*

Tageslicht und Kälte. Bittere, bittere Kälte, mit einem heftigen, schneidenden Wind. Das erinnert mich wenigstens daran, dass ich am Leben bin – noch. Ich sehe mich um. Der Wind bläst mir die Haare ins Gesicht und meine Augen fangen an zu brennen.

Wir sind auf der Insel. Sie ist ungefähr halb so groß wie ein Fußballfeld, bloß dass es hier nichts gibt außer ein paar dicht stehenden Bäumen. Auf der anderen Seite des zugefrorenen Sees ist die Burg zu sehen und dahinter recken sich schwer mit Schnee beladene Kiefern und ferne blaue Berge gen Himmel. Der Stoff, aus dem die Weihnachtskarten sind.

Alice duckt sich in den Tunnel, um dem Wind zu entkommen. Ihre blonden Haare sind zu Strähnen verfilzt und ihre zitronengelben Jogginghosen haben einen zarten Schlammton angenommen. Kein Lipgloss mehr und keine Mascara. Auf einmal überkommt mich schreckliche Traurigkeit.

»Und wo ist deine Mum nun?«, fragt sie.

Gute Frage.

Und dann sehe ich sie drüben bei den Bäumen, wie sie auf uns zukommt. Eine schlanke Gestalt, die entschlossen durch den Schnee stapft. Ich habe keine Ahnung, ob ich zu ihr hin- oder vor ihr weglaufen soll.

Ich bleibe, wo ich bin. Als sie näher kommt, sehe ich, dass sie einen schwarzen, einteiligen Skianzug trägt. Sieht irgendwie modelmäßig aus. Gar nicht wie die Mutter, die ich kenne.

»Das ist sie?«, fragt Smitty. »Holla.«

O Graus. Ekelig hoch drei. Smitty steht auf meine Mutter. Gerade wo ich dachte, dass es schlimmer nicht mehr werden kann.

Sie fängt an zu laufen. »Geht's dir gut?« Sie nimmt mein Gesicht in ihre Hände, die in Skihandschuhen stecken. Ich zucke zusammen. »Verletzt? Gebissen?«

Ich entziehe mich ihr. »Pillepalle.« Ich halte mein steifes Handgelenk hoch und sie guckt mich kritisch an. »Nicht gebissen, verstaucht«, sage ich.

»Und ihr anderen?« Sie wendet sich ihnen zu.

»Pete hat sich den Knöchel verrenkt. Davon abgesehen ist alles schick«, sagt Smitty wachsam. Er steht vielleicht auf sie, aber er traut ihr nicht. Jedenfalls vorläufig nicht.

»Gut. Dann los.« Sie zeigt zu den Bäumen und ich sehe erst jetzt, dass dort ein kleiner Steg ist. Und an seinem Ende kann ich gerade noch zwei Quads ausmachen, die dort auf dem Eis zusammengekettet sind. »Wir sollten hier weg, bevor sie kommen.« Sie nickt zur Burg hinüber.

Meint sie die Gangster oder die Zombies? Im letzten Tageslicht sind Schatten auszumachen, die über das Eis in unsere Richtung wanken, mit ausgestreckten Armen. Fernes Ächzen ist zu hören.

»Die Osiris-Spritzen habt ihr?«, fragt meine Mutter.

Ich berge die Kühltasche an meiner Brust wie ein Baby. »Jepp.«

»Gute Arbeit.« Sie streckt ihre Hände danach aus.

»Die trage ich.«

Sie schnalzt ungeduldig mit der Zunge. »Meinetwegen. Dann los.« Sie wendet sich ab und geht voran zum Steg, und Smitty und ich hieven Pete vom eisigen Boden hoch.

»Ähm, hallo?« Alice fasst mich am Arm. »Wir latschen der bösen Wissenschaftlerin einfach hinterher?«

Und was wäre die Alternative?

»Wir brauchen ein paar Antworten!«, stottert Pete.

»Hier.« Ich lade ihn Alice auf, dann stapfe ich durch den Schnee hinter meiner Mutter her und versuche sie einzuholen, ganz wie es das kleine Mädchen auf dem Foto getan hätte.

»Bloß weil wir von den Untoten gehetzt werden, gibt dir das noch keinen Freischein, weißt du!«, rufe ich. »Du hast hier gearbeitet, oder nicht? Hast du diese Zombies geschaffen?« Der Wind reißt meine Fragen mit hinaus auf den See. »Du bist mir eine Erklärung schuldig!«

Sie bleibt nicht stehen oder wird auch nur langsamer und zuerst denke ich, sie hat mich gar nicht gehört. Aber dann blickt sie nach hinten.

»Für den Moment brauchst du nur zu wissen, dass unsere Absichten gut gewesen sind.«

»Jepp, das hat uns Grace auch schon vorgeflötet«, rufe ich ihr nach und habe Mühe, das Tempo zu halten. »Euer kleines Team hat einen Zombievirus nachgebildet, den Xanthro kriegen sollte.«

»Wir haben versucht ein Heilmittel zu finden!« Sie bleibt plötzlich stehen und fährt herum. »Das Stimulans war ein Fehler. Ich hab versucht es vor Xanthro zu verbergen. Hätte ich gewusst, dass es auf so was hier hinausläuft ...«, sie zeigt auf die näher rückenden Zombies auf dem Eis, »dann hätte ich mich geweigert da mitzumachen!«

Ich hole sie keuchend ein.

»Du hast nichts von dem Gemüsesaft gewusst?«

Sie schüttelt den Kopf. »Natürlich nicht. Mein Team hat mich hintergangen – oder jedenfalls Grace, Michael und Shaq –, zu jung und zu blöd, um etwas anderes als Gier zu kennen. Sie haben das Stimulans an Xanthro weitergegeben. Xanthro hat den Saft hergestellt, um einen kontrollierten Ausbruch durchzuführen und zu schauen, wie es sich verbreitet. Jetzt, wo ihr Experiment gelaufen ist, wollen sie kommen und die Beweise vernichten.«

»Zu Ihrer Info: *Wir* sind Beweise!«, ruft Smitty, der uns einholt.

»Exakt«, sagt meine Mutter. »Das Einzige, was unsere Sicherheit garantiert, ist das Gegenmittel.« Sie zeigt auf die Kühltasche über meiner Schulter. »Xanthro hat Osiris 17 nicht, und solange wir es haben, können wir mit ihnen verhandeln.«

»Noch mehr Infos für euch, ihr Superhelden!«, ruft Alice von hinten. »Zombies ahoi!«

Ich werfe einen Blick zum Tunneleingang; unsere Freunde aus dem Keller sind da. Und wie es aussieht, haben sie noch Zuwachs bekommen.

»Los, weiter!«, ruft meine Mutter und wir machen, dass wir zum Steg kommen.

»Das sind Hunderte! Da drüben!« Alice zeigt über den See zu einer anderen Stelle auf dem Eis, wo ein weiterer Mob auf uns zukommt, torkelnd und grässlich, mit blutigem Speichel und zerfetzten Klauenhänden. »Und da!« Sie dreht sich verzweifelt zu meiner Mutter um. »Wo kommen die alle her?«

Meine Mutter antwortet nicht auf die Frage, sondern nickt nur grimmig und rennt auf den Steg hinaus zu den Quads.

»Ich werd' nicht mehr.« Alice ist baff. »Sie verschwinden.«

»Hast du Halluzinationen?« Smitty späht in das nachlassende Licht. Aber Alice hat Recht. Ganze Gruppen von Untoten verschwinden im See. Ich brauche einen Moment, um zu begreifen, was da passiert.

»Ha ha!« Smitty lacht triumphierend. »Sie brechen im Eis ein! Diese Fettsäcke! Ich lach mich tot!«

Pete räuspert sich. »Ähm, ja. Aber wenn *sie* zu schwer sind, wie steht's dann mit uns fünfen auf Quadbikes?«

Meine Mutter übernimmt das Kommando. »Das Eis ist dort am dicksten, wo ich entlanggekommen bin.« Sie zeigt mit einem behandschuhten Finger in die entgegengesetzte Richtung von der Burg. »Wenn wir jetzt losfahren, schaffen wir es.« Sie nickt zu einem baufälligen Tor am Ende des Stegs hinüber. »Macht das hinter euch zu!«

»Ist ja toll«, murrt Alice. »Das wird echt was bringen.«

»Es hält sie ein paar Minuten auf.« Die bionischen Ohren meiner Mutter funktionieren tadellos. Sie klettert die Leiter hinunter und geht über das Eis zu der Stelle, wo die Quads geparkt sind. »Kannst du so eins fahren?«, ruft sie Smitty zu. »Gas, Bremse, Gangschaltung.« Sie dreht den Zündschlüssel und macht die Scheinwerfer an.

»Hakuna Matata.« Smitty schleppt Pete nach unten aufs Eis und setzt ihn auf das Quad.

»Oh nee, das muss ja wohl nicht sein.«

Zuerst denke ich, Pete protestiert dagegen, dass er hinter Smitty im Sozius mitfahren soll, aber dann sehe ich, dass er sich zur Seite gelehnt hat und auf das umgebende Eis hinunterschaut.

»Das solltest du dir lieber mal ansehen!«, fügt er hinzu und nimmt die Füße vom Eis hoch.

Smitty guckt fassungslos nach unten. »Gibt's doch nicht!«

Dort unter dem Eis sind, wie Kaulquappen in Gelee, die Horden. Sie sind zwar in den See gefallen, aber sie haben ihre Mission nicht aufgegeben, an uns heranzukommen. Sie schlagen mit blauen Händen auf die Eisdecke ein, versuchen auszubrechen. Da, wo es flach ist, sind sie auf allen vieren und pressen die Rücken gegen das Eis. Es knackt.

»Schlimmer geht's ja wohl nicht mehr!« Alice springt auf dem Steg auf und ab. »Wir! Müssen! Los!«

»Dann schafft eure Hintern hier runter!«, drängt Smitty uns und schwingt sich vor Pete auf das Quad. »Auf geht's!«

Als ich zu ihm gucke, ist ein lautes Bersten zu hören, das Quad ruckt nach vorn und Pete fliegt hinunter aufs Eis. Smitty hält sich am Lenker fest, das Gesicht starr vor Schreck. Aber es ist okay, das Eis hält, ihm passiert nichts. Er lacht erleichtert auf.

»Wuu-huu! Was für ein Ritt –«

Ein zweites Bersten, ohrenbetäubend – als würde die Hölle selbst sich öffnen –, und beide Quads werden vom Eis verschluckt.

»Smitty!«

Ich renne zum Rand des Stegs. Das Quad kommt im Wasser wieder hoch, aber Smitty ist weg. Pete schiebt sich auf dem Eis zu meiner Mutter hinüber und beide bringen sich über die Leiter in Sicherheit.

Dann sehe ich es. Eine Hand, Smittys Hand, greift aus einem dunklen Fleck im Wasser und krallt nach der Luft. Und dann kommt sein Kopf hoch, sein weißes, panisches Gesicht, und er schnappt nach Luft. Kopf, Schultern und die andere Hand; er zieht sich aus dem kalten Wasser auf das Eis.

Und dann sehe ich die dritte Hand.

Aufgeschwemmt und wabbelig und blau erhebt sie sich hoch über Smitty, legt sich auf seinen Kopf und drückt ihn wieder unter Wasser.

Ich sehe mich verzweifelt um – *irgendwie muss ich ihm helfen!*

Wieder kommt Smitty für einen Atemzug nach oben, wirft sich wie ein durchbrechender Wal hoch in die Luft. Aber nicht hoch genug. Er streckt auf dem Eis die Arme aus, rutscht aber zurück. Unsere Blicke treffen sich für einen Moment und die Hoffnungslosigkeit in seinen Augen breitet sich in mir aus. Und dann wird sein Gesicht hart, als er versucht tapfer zu sein, versucht noch ein letztes Mal stark zu sein – stark genug, um sich zu retten und mir zu ersparen, dass ich dabei zusehen muss, wie er in die Tiefe rutscht.

Die blaue Hand kommt wieder hoch – und dann noch eine und noch eine; sie greifen nach Smitty, der sich so schlüpfrig wie ein Otter durch das Wasser rollt, mit Armen und Beinen um sich schlägt und alles in den Kampf legt, was er hat. Bloß reicht das vielleicht nicht.

Am Ende des Stegs hängt ein zusammengerolltes Seil. Ich schnappe es mir; es ist steif gefroren und so gut wie nutzlos, aber etwas Besseres habe ich nicht. Rasch stelle ich die Kühltasche beiseite und trete vom Ende des Stegs auf das Eis.

»Bobby, nein!«

Ich ignoriere die Rufe meiner Mutter. Zu rennen traue ich mich nicht, aber ich mache große, gleitende Schritte auf Smittys tapferes Gesicht zu. Er hat sich zwischen ein paar Eisschollen verkeilt, damit die Zombies ihn nicht wieder nach unten ziehen können.

»Ich komme!«, rufe ich, mit schrecklich dünner Stimme – aber er hört mich und ich sehe einen Hoffnungsschimmer in seinen Augen. Dann Angst, Angst um mich.

»Das Eis ...«, keucht er. »Dünn ...«

Weiß ich doch. Ich gehe auf alle viere hinunter und rutsche wie eine Babygiraffe auf ihn zu, dabei gucke ich nach unten, gucke durch das Eis, um das zu sehen, was ihn nach unten zieht. Da sind sie, die Viecher, die mal Menschen gewesen sind, eine wimmelnde Masse von Gliedmaßen und grotesken, geschwollenen, grauen Köpfen. Ich reiße mich von dem Anblick los und konzentriere mich auf das Loch.

»Hier!« Ich werfe das Seil. Mist, zu kurz. Ich muss dichter heran. Ich krabbele vorwärts, lege mich flach aufs Eis und werfe noch mal, mit mehr Kraft. Smitty hechtet sich darauf zu und – schnapp – habe ich ihn am Haken. Ein Rekordfisch. Ich schiebe mich rückwärts, aber es ist klar, dass ich ihn nicht herausziehen kann.

»Halt einfach fest!«, ruft er mit dem Mund voll Eiswasser. Ich klemme mir das Seil zwischen die Beine, wickle es mir um die Hüfte und ziehe es über meine Schulter, dann lege ich mich mit meinem vollen Gewicht darauf. Mit einem heftigen Ruck zieht sich Smitty hoch, während die Hände nach ihm greifen. Ich halte gegen und hoffe, dass das reicht.

Und das tut es.

Auf einmal ist er neben mir, triefnass und keuchend wie ein Neugeborenes.

Und dann ist Mum da und packt mich an den Beinen, sichert mich, während ich Smitty sichere.

Für Worte fehlt uns die Energie. Wir kriechen zum Steg zurück, helfen einander. Als wir dort ankommen, hat Smitty sich schon erholt und klettert als Erster hoch, aber mein Bein gibt bei dieser letzten unmöglichen Hürde nach und ich klappe zusammen. Er greift zu mir nach unten, packt mich an der Jacke und zieht mich hoch; Mum schiebt von unten. Und dann sind wir endlich oben, wieder auf festem Boden.

Während wir da keuchend liegen, fällt mir auf, dass das eine Hosenbein von Smitty am Knie zerrissen ist.

Und in seinem bleichen Fleisch sind drei zerklüftete böse Bisswunden.

Kapitel 29

Smitty setzt sich mit einem Ruck auf und fängt an zu bibbern. Ich ziehe meinen Skianorak aus und lege ihn um seine Schultern. Ich spüre, wie mir die Tränen kommen.

Alice schüttelt mich. »Wir müssen hier weg – sie sind beim Tor!« Sie starrt auf Smitty hinunter, sieht sein Bein. »Au, Mist.« Ihre Unterlippe beginnt zu zittern.

»Lasst mich!«, herrscht Smitty uns an. »Geht!«

»Jetzt hör mir bloß auf mit diesem Märtyrerquatsch!«, schreie ich ihn an. »Steh auf und beweg dich!« Mir laufen die Tränen übers Gesicht.

»Sie haben mich erwischt, Bobby. Ich werd' mich verwandeln.«

»Hoch jetzt!« Ich packe seinen Arm und zerre ihn auf die Knie. »Wir stehen das zusammen durch. Und wehe, du verwandelst dich, dann mach ich dir die Hölle heiß.«

»Ich auch, du blöder Penner«, schluchzt Alice.

»Da bin ich dabei!«, ruft Pete. »Aber so was von!«

»Ihr seid ja die totalen Luschen«, höhnt Smitty trotz des Bibberns, das seinen Körper schüttelt. »Warum musste ich ausgerechnet an euch geraten?« Er erfriert vielleicht gerade, aber verwandeln tut er sich noch nicht – das würde er nicht wagen. Er versucht aufzustehen, schreit aber schmerzerfüllt auf und fällt wieder um. Er krampft auf dem Boden, biegt den Rücken durch.

Ich sehe zu meiner Mutter hoch. »Hilf mir ihn zu tragen!«

Ihr Gesicht ist eiskalt. »Lass ihn.«

Ich starre sie an.

»Er ist gebissen worden, Bobby. Du weißt, was passiert.«

»Hilf mir dabei, ihm zu helfen!«, schreie ich sie an. Meine Gedanken rasen. Ohne Hilfe werden Alice und ich nicht weit kommen mit Pete und Smitty. »Es geht ihm gut!«

»Er ist infiziert.« Sie guckt ihn nicht mal an.

»Ich hasse dich.« Der Zorn befeuert meine Versuche, Smitty auf die Beine zu kriegen. Bloß hilft Smitty nicht mit.

»Hör auf deine Mum, Bobby.« Er kneift die Augen zusammen. »Wir sind nicht so weit gekommen, nur damit jetzt alle draufgehen. Haut ab.«

Panik steigt in mir hoch – eine alte Wunde bricht wieder auf. Ich drehe mich zu meiner Mutter um.

»Wie konnte ich nur so blöd sein? Wie konnte ich erwarten, dass dir Smitty irgendwas bedeutet? Dich interessiert doch nichts als deine Arbeit. Sogar Dad war dir immer egal.«

»Das stimmt nicht«, sagt meine Mutter mit zitternder Stimme. »Osiris war der Versuch, ihm zu helfen.«

Mein Herz krampft sich zusammen. »Was soll das heißen?«

Sie zieht mich am Arm. »Dafür haben wir jetzt keine Zeit!«

»Da muss ich leider zustimmen!«, sagt Pete.

»Nun hau schon ab, Bobby!«, schreit Smitty mich an. »Ich bin erledigt!«

Und dann fällt es mir wieder ein.

Ich habe das Gegenmittel.

»Nur über meine Leiche.« Ich schüttele Mums Arm ab und stolpere zu der Kühltasche hinüber, die immer noch da steht, wo ich sie hingestellt habe.

Mum schnallt, was ich vorhabe. »Bobby, nein!«

»Ich rette ihn, Mum!«, schreie ich sie an und mache den Reißverschluss auf. Jetzt hab ich die Spritze in meinen steifen Fingern. »Versuch bloß nicht, mich davon abzuhalten!«

Sie stürzt sich mit ausgestreckten Armen auf mich, aber ich weiche ihr aus und stehe jetzt hinter Smitty.

»Die sind jetzt *so was* von hier, Leute!« Alice starrt gebannt auf das Tor zum Steg und das Dutzend sabbernde Monster, die sich dagegendrücken. Die Holzlatten biegen sich schon.

Meine Mutter macht einen Schritt auf mich zu. »Mehr von dem Gegenmittel gibt es noch nicht, Bobby. Es ist unermesslich wertvoll.« Sie bewegt sich wieder und wir zwei tanzen jetzt um Smitty herum. »Es kann Millionen von Leben retten!«

»Was ist mit Smittys Leben?«, rufe ich und halte die Spritze außer Reichweite. »Ich hab gedacht, darum geht es dir – Menschen zu heilen.« Ich schüttele den Kopf und lache. »Kein Wunder, dass du Dad nicht retten konntest.«

Sie sieht mich an, voller Mitgefühl anscheinend – meine eigenen Augen schauen mich aus ihrem Gesicht an, füllen sich mit Tränen.

»Er war infiziert.«

Auf einmal ist alles ganz weit weg.

»Dad war ... einer von denen?«

Meine Mutter schüttelt den Kopf. »Nein, er war ein Überträger. Wie etwa jeder millionste Mensch. Aber dann wurde er krank und nichts konnte seinen Zustand bessern ...« Ihr bricht die Stimme.

»Nicht mal das?« Ich halte weinend die Spritze hoch.

Das Gesicht meiner Mutter verzerrt sich. »Uns ist die Zeit davongelaufen. Für ihn kam es zu spät.«

»Aber nicht für Smitty.« Ich drücke ihm die Spritze in die Hand, dann stürze ich mich auf verquere Weise in die Arme meiner Mutter, um sie von ihm fernzuhalten.

Smitty zögert nur einen Moment und zieht die Schutzkappe von der Nadel ab. »Yeah. Lebendig kommt doch viel geiler. Wuu!« Er sticht sich ins Bein und drückt den Kolben runter. »Rock 'n' Roll!«

»Nein!«, heult meine Mutter und reißt sich von mir los.

Es kracht und das Tor, das ein Dutzend Zombies aufgehalten hat, geht in Stücke.

»Wir haben keine Zeit mehr!«, ruft Pete.

»Hier lang!« Meine Mutter schluckt ihre Tränen hinunter und übernimmt wieder die Führung. »Du bist vielleicht gerade der glücklichste Junge der Welt.« Sie schenkt Smitty einen grimmigen Blick. »Und du kommst jetzt mit mir mit.« Sie zieht Smitty hoch und wir klettern alle zusammen wieder die Leiter hinunter aufs Eis, bewegen uns schrecklich langsam um das Loch herum, in dem diese scheußliche Zombiesuppe brodelt, trauen uns weder schnell zu rennen noch langsam zu machen. Die Scheinwerfer der Quads brennen immer noch da unten im See, beleuchten die wimmelnden Körper von unten. Ich will nicht nach unten gucken. Ich konzentriere mich auf das andere Ufer, blende die Schmerzen und die Kälte aus, die Angst davor, dass das Eis bricht, die Angst vor Klauenhänden und scharfen Zähnen. Alice und Pete sind ein Stück weiter vorn; sie folgen den Spuren zum Land und wir folgen ihnen. So weit ist es gar nicht weg, aber weit genug mit einem benommenen Smitty, der schwer auf meiner Schulter liegt. Seinen anderen Arm hat sich Mum übergelegt und zusammen schleppen wir ihn über das Eis. Sie wollte unbedingt wieder an das Gegenmittel herankommen, aber so hat sie sich das wohl nicht vorgestellt. Jetzt ist Smitty ihre kostbare Fracht.

Als wir endlich auf der anderen Seite ankommen, ist es Nacht. Meine Mutter führt uns zu einem Pfad zwischen den Bäumen; sie scheint den Weg zu finden, obwohl es nahezu stockfinster ist. Ich werfe einen letzten Blick zurück; die Burg ist ein winziger Lichtfleck in der Ferne. Wer weiß, was da gerade abgeht? Vielleicht brennt sie bis auf die Grundmauern nieder, bevor die Xanthro-Leute kommen?

Wir gelangen durch die Bäume hindurch auf eine Straße. Ich starre mit meinem Tausendmeterblick in die Ferne – und da ist irgendwas ... Zuerst denke ich mir nichts dabei. Ein gelbes Glühen, das in der Ferne schwebt. Mein Gehirn ist heiß gelaufen; ich halluziniere bestimmt. Aber dann bleibt Alice stehen.

»Was ist das?«

»Seht ihr das?«, lallt Smitty.

»Ja«, sagt Pete.

Vielleicht halluzinieren wir ja alle. Oder wir sind alle da hinten auf dem See gestorben und das ist das Licht am Ende des Tunnels und unsere Lieben warten schon, um uns im Himmel zu begrüßen. Ich sinke selig auf die Knie. *Gleich sehe ich meinen Dad wieder.*

Smitty lässt sich neben mich fallen. Er weiß es auch. Das Licht kommt näher. Es kommt auf uns zu. Ich liebe es. Ich kann fast seine Wärme spüren. Das hier ist der Eingang ins Leben nach dem Tod und jetzt werde ich endlich ein bisschen Frieden finden. Alice und Pete knien sich auch hin. Hoffentlich ist Gott nicht sauer, dass Mum stehen bleibt; das ist nicht gerade höflich. Andererseits weiß er wahrscheinlich, dass das eben so ihre Art ist. Ich werde es ihm schon erklären.

»Steh auf!« Mum versucht mich hochzuziehen.

Aber es ist doch gemütlich hier im Schnee.

Das Licht blendet und auf dem Boden rumpelt es irgendwie.

»Steh auf!«, schreit meine Mutter und zerrt an mir, aber

ich bleibe hier. Sie rennt nach vorn vor das Licht und winkt mit den Armen. Etwas kreischt und das Licht hält genau vor ihr an. Komisch. Sie rennt zu mir zurück und wirft die Arme um meine Schultern. »Ich hab dich! Ich hab dich!«

Na toll, da komme ich in den Himmel und sie versaut's. Typisch.

Ich gucke zu Smitty hinüber. Er blinzelt in das Licht. Und dann sieht er irgendwas und fängt an breit zu grinsen. Seine Hände schießen in die Luft hoch und er wirft den Kopf zurück und jubelt wie ein Drogenfreak, der doppelte Regenbogen sieht.

»Der Bus ist wieder da«, sagt Alice matt. »Er hat uns gefunden.«

Ich stehe mühsam auf.

Das vertraute Zischen einer Falttür ist zu hören und das Knirschen von Füßen im Schnee. Und dann steht da ein Mann mittleren Alters mit einer Taschenlampe. Definitiv nicht Gott.

»Was habt ihr denn hier mitten auf der verfluchten Straße verloren?« Er leuchtet mir mit der Taschenlampe ins Gesicht. »Fast hätte ich euch alle totgefahren!«

Ich mache die Augen zu und sinke wieder in den Schnee. Jetzt sind da noch mehr Stimmen, überall um mich herum. Richtige, echte Menschen. Lebendige. *Geschafft.*

»Alles wird gut, Bobby.« Das ist wieder Mum an meinem Ohr. »Ich hab dich lieb, wir kommen heil nach Hause und du brauchst nicht mehr zu kämpfen.«

Und dann spüre ich Hände, die mich hinstellen und mir

die Treppe hoch in den warmen Bus helfen. Nicht in unseren Bus, natürlich, aber in genauso einen. Dutzende Gesichter starren uns an, mit großen Augen.

Schüler.

Auf einer Klassenfahrt.

Da sind die beliebten Mädchen mit pastellfarbenen Skianzügen, ganz hinten hockt der Rebell und guckt aufsässig und die Außenseiterin sitzt hinter dem Lehrer, Kopfhörerstöpsel drin, und wünscht sich, sie wäre egal wo, bloß nicht hier.

»Voll der Flashback«, sagt Alice.

»Frischfleisch«, sagt Pete.

»Mehr als genug Platz für euch alle«, verkündet der Fahrer, als wir den Gang hinunterzockeln. Jemand hilft mir auf die hinterste Bank. »In ein, zwei Stunden sollte die Zivilisation uns wiederhaben, wenn das Wetter hält«, fährt er fort. »Ihr hättet mal oben in Aviemore dabei sein sollen, das war vielleicht ein Schneesturm.« Seine Stimme ist entspannt und locker. »Seid ihr sicher, dass mit euch alles in Ordnung ist? Ich kann einen Arzt anfordern, sobald wir aus diesem Funkloch raus sind. Ihr seid nicht die Ersten, die wir hier auf der Straße haben rumwandern sehen. Die anderen sahen auch nicht gerade fit aus. Was für eine Nacht, um im Freien überrascht zu werden, hm? Beißend kalt.«

Ich höre, wie meine Mutter sich mit ihm unterhält, ihm irgendeine Geschichte auftischt. Pete und Alice sitzen weiter vorn auf der anderen Seite vom Gang. Alice schläft schon fast, ihr Kopf liegt an Petes Schulter. Und dann wird Smitty neben mich gewuchtet, jemand hat ihm mit einem Halstuch notdürftig das Knie verbunden. Wir bekommen eine Decke übergelegt. Ich spüre das Grollen, als der Motor anspringt, und dann setzt sich der Bus langsam in Bewegung.

Müdigkeit überkommt mich. Ich drehe mich zu Smitty um, bevor sie mich ausknockt.

»Jetzt sag mal.«

Er grinst mich benebelt an. »Was immer du willst.«

»Hat der Bus einen Gepäckraum? Und eine Falltür im Boden?«

Mit großer Mühe zieht er sich hoch und guckt den Gang hinunter.

»Jepp. Beides vorhanden.«

»Gut.« Ich lasse mich in meinen Sitz sinken. »Dann kriegen wir das hin.«

Smitty kichert schläfrig, der Motor röhrt, als der Fahrer schaltet, und dann ist auf einmal das Radio an und es kommt ein total geschmackloser Song darüber, dass wir alle draußen in der Sonne und so was von glücklich, glücklich, glücklich sind. Ich döse langsam ein und spüre, wie Smitty unter der Decke meine Hand nimmt. Ich erlaube mir ein Lächeln, als ich seine Stimme an meinem Ohr höre, sanft und kräftig.

»Klar, Bobby. Wir kriegen das hin.«

Ich kuschele mich tiefer ein, ergebe mich dem Schlaf. Aber irgendwas drückt mir in die Rippen. Es ist die kleine

Kühltasche. Ich winde mich aus dem Gurt heraus und lasse sie langsam auf den Boden hinunter. Hoffentlich ist die Spritze da unten sicher. Geht ja nicht, dass schon wieder eine Busladung Schüler in Zombies verwandelt wird – wäre ja voll die Schlamperei. Als ich die Tasche mit dem Fuß unter den Vordersitz schieben will, ist irgendwas im Weg. Dann schlingert der Bus und es rutscht in den Gang hinaus. Ich beuge mich über Smitty und gucke nach, was im Weg war.

Ein länglicher Karton.

Mit einer orangen Zeichentrickfigur vorne drauf.

Offen.

Leer.

Carrot Man Gemüsesaft! Hol dir den Extra-Kick!

Adrenalin flutet durch meinen Körper, als hätte es mir gerade jemand direkt ins Herz gespritzt.

Nein, nein, nein ...

»Smitty, wach auf!« Ich schüttle ihn und fange an zu schreien. »Wir müssen raus aus diesem Bus – sofort!«

Buch zu Ende? Hier ist das nächste!

→

Leseprobe

DIE AUSERWÄHLTEN
IN DER BRANDWÜSTE
JAMES DASHNER
CHICKEN HOUSE

2

Damit fing das Grauen an. Er hörte Teresa, aber ihre Worte klangen wie von ganz weit weg, als ob das Mädchen am Ende eines langen Tunnels stände. Sein Schlaf war zu einem klebrigen, zähflüssigen Saft geronnen. Er spürte seinen Körper, aber er war wie begraben unter seiner Erschöpfung. Er konnte einfach nicht aufwachen.

Thomas!

Es war ein Schrei. Von Teresa. Ein markerschütterndes Kreischen in seinem Kopf. Furcht tröpfelte langsam wie Gift in sein Bewusstsein, aber er konnte einfach nicht richtig wach werden. Und sie waren ja jetzt in Sicherheit, man brauchte sich also um nichts mehr Sorgen zu machen. Genau, es musste ein Albtraum gewesen sein. Teresa ging es gut, es ging allen gut. Er versank wieder in tiefem Schlummer.

Bald schlichen sich andere Geräusche in sein Bewusstsein. Dumpfe Schläge. Das Klirren von Metall auf Metall. Etwas zerbarst. Jungengeschrei. Eher wie das Echo von Schreien, ganz weit weg, sehr gedämpft. Plötzlich wurde es zum Geheul. Unmenschliche Schreie der Angst und Qual. Aber immer noch weit weg, als ob Thomas in einem dicken Kokon aus schwarzem Samt eingewickelt wäre.

Endlich störte doch etwas seinen Schlaf. Das konnte nicht richtig sein! Teresa hatte nach ihm gerufen, weil etwas nicht stimmte. Er kämpfte gegen den tiefen Schlaf an, der ihn überwältigt hatte, und versuchte das schwere Gewicht abzuschütteln.

Wach auf!, brüllte er sich selbst an. *Wach endlich auf!*

Dann verschwand etwas aus seinem Inneren. Einen Augenblick war es noch da, im nächsten weg. Es fühlte sich an, als ob ihm ein wichtiges Organ aus dem Körper gerissen worden wäre.

Sie war es. Sie war weg.

Teresa!, schrie er im Kopf. *Teresa! Bist du da? Bitte sag doch was.*

Doch es kam keine Antwort und das beruhigende Gefühl ihrer Nähe war auch verschwunden. Wieder rief er ihren Namen, dann noch einmal, während er weiter gegen den dunklen Sog des Schlafs ankämpfte.

Endlich war die Benommenheit weg. Voller Grauen riss Thomas die Augen auf und schoss im Bett hoch, trat um sich, bis er die Füße auf dem Boden hatte, und sprang auf. Blickte um sich.

Die ganze Welt war verrückt geworden.

Die anderen Lichter rannten laut schreiend im Schlafsaal umher. Schreckliche, fürchterliche, nicht auszuhaltende Töne füllten den Raum, wie das verzweifelte Jaulen von Tieren, die zu Tode gefoltert wurden. Da war Bratpfanne, der mit bleichem Gesicht auf ein Fenster zeigte. Newt und Minho rannten auf die Tür zu. Winston hielt sich die Hände vor das verängstigte, aknegeplagte Gesicht, als hätte er gerade einen menschenfressenden Zombie gesehen. Andere stolperten übereinander, um zu den verschiedenen Fenstern zu gelangen, hielten sich aber von den Scheiben entfernt. Voller Bedauern merkte Thomas, dass er von vielen, die das Labyrinth überlebt hatten, noch nicht mal die Namen wusste; seltsam, dass ihm das inmitten dieses unglaublichen Chaos einfiel.

Er sah etwas aus dem Augenwinkel und drehte sich in Richtung der Wand. Was er dort sah, machte augenblicklich jedes Gefühl der Sicherheit zunichte, das er in der vergangenen Nacht beim Gespräch mit Teresa empfunden hatte. Es ließ ihn daran zweifeln, dass solche Gefühlsregungen überhaupt in derselben Welt, in der er sich jetzt befand, existieren konnten.

Einen Meter von seinem Bett entfernt war, eingerahmt von einem bunten Vorhang, ein Fenster, durch das blendend grelles Licht hereinkam. Die Scheibe war zersplittert, spitze

Glasscherben berührten die Gitterstäbe vor dem Fenster. Dahinter stand ein Mann, der die Gitterstäbe mit blutigen Händen umklammert hielt. Er hatte die Augen weit aufgerissen. Sie waren blutunterlaufen und voller Wahnsinn. Sein hageres, sonnenverbranntes Gesicht war übersät von offenen Wunden und Narben. Er hatte keine Haare, sondern nur noch Flecken auf dem Kopf, auf denen etwas wucherte, das wie grünliches Moos aussah. Quer über die rechte Wange zog sich ein fürchterlicher Schlitz und durch die offene, eiternde Wunde konnte man seine Zähne sehen. Rosa Speichel hing ihm in Fäden vom Kinn.

»Ich bin ein Crank!«, schrie das Monster. »Ich bin krank! Krank! Krank!«

Und dann fing er an dieselben Worte wieder und immer wieder so laut zu schreien, dass bei jedem Schrei der Speichel flog.

»Bringt mich um! Bringt mich um! Bringt mich um! …«

Das Shakespeare-Zitat stammt aus:
William Shakespeare, Julius Cäsar,
in: Shakespeare und Hans Matter (Hrsg.): Shakespeares dramatische Werke. Band III: Julius Cäsar. Antonius und Cleopatra. Coriolanus. Übersetzt von A. W. v. Schlegel und L. Tieck. Diogenes, Zürich 1979.

FSC
www.fsc.org
MIX
Papier aus verantwortungsvollen Quellen
FSC® C014496

Ein *Chicken House*-Buch im Carlsen Verlag

Originaltitel: Undead
Umschlagillustration: Steve Wells
Umschlaggestaltung: Hauptmann & Kompanie, Vivien Heinz
Aus dem Englischen von Frank Böhmert
Lektorat: Michaela Kolodziejcok
Layout und Herstellung: Karen Kollmetz
Satz: Dörlemann Satz, Lemförde
Lithografie: Margit Dittes Media, Hamburg
Gesetzt aus der Swift
Druck und Bindung: GGP Media GmbH, Pößneck
ISBN 978-3-551-52041-8
Printed in Germany
1 2 3 14 13 12

www.chickenhouse.de